공항으로 간 낭만 의사

인천공항 의료센터장 **신호철 에세이**

공항으로 간 낭만 의사

저상
버스

'유 퀴즈'가 불러낸 공항 병원의 이야기들

어느 날 병원 홍보실로부터 연락이 왔다. 모 방송사의 신규 예능 프로그램에서 인천공항의 비밀스러운 공간들을 소개하려 하는데, 그 한 부분으로 공항 의료센터의 다양한 에피소드들을 다루고 싶다는 것이다. 마다할 이유가 없었다. 화려한 공항을 지키고 운영하기 위해 노력하는 여러 분야의 숨은 조력자들이 매일매일 수행하는 일들을 대중에게 알리고 이들의 노력이 인정받는다면 얼마나 뿌듯하겠는가?

얼마 지나지 않아 총괄 PD, 메인 작가와 미팅을 했다. 설레는 마음으로 두 시간이 넘는 인터뷰를 하면서 20년 세월을 공항 병원에서 근무해 온 경험과 겪은 다양한 에피소드들을 담담히 풀어 보았다. PD와 작가의 반응은 좋았고 곧바로 촬영 스케줄이 잡혔다. TV에서만 보던 연예인들이 공항 의료센터에 방문했고 설레는 마음으로 한 시간 가까운 녹화를 진행했다. 멋지게 편집되어 우리 의료센터의 스토리가 전국적으로 널리 알려지기를 기대했다.

하지만 바람과 달리 일은 그리 쉽게 진행되지 못했다. 막상 편집을 하다 보니 원래 계획했던 예능 프로의 성격과 잘 맞지 않는다는 내부의 우려가 있었다는 것이다. 잔뜩 미안해하는 PD의 전갈에 속상한 마음을 애써 감추려는데, 본인이 얼마 전에 〈유 퀴즈 온 더 블록〉이라는 예능 프로에 출연했었다며 그 프로의 제작진에게 의료센터의 스토리를 소개해 주고 싶다고 하는 게 아닌가.

그 PD는 들으면 모두 알 만한 시사 고발 프로그램을 제작한다. 사회의 어두운 내면을 파헤치고 부조리하고 추한 이면을 들추어내거나 과거에 묻힌 사건과 사고들을 재조명해 진상을 밝히는 프로그램이다. 나와 아내는 오래전부터 그 프로그램을 즐겨보았다. 하지만 프로그램의 뒤에서 사건을 찾고 취재하고, 시사점을 재조명하여 스토리텔링하는 제작진의 노력과 고충을 일반 시청자들이 세세히 알 리는 없는 노릇이다. 내 진료실에서 그 PD와 오랜 시간 이야기를 나누며 그런 고충을 알게 되었다.

"원장님. 저도 사실은 이런 프로그램을 제작하면서 신변의 위협이나 협박도 많이 당하고 집안의 여러 일들을 포기하게 되는 어려움을 겪습니다. 하지만 누군가는 해야 하는 일이고 제 숙명이라 생각하며 힘을 내고 있답니다. 원장님과의 인터뷰에서도 동질감을 느꼈습니다. 화려해 보이는 공항의 이면에서 애쓰는 의료진과 구급대의 속사정이 유익한 프로그램에 소개되기를 진심으로 바랍니다."

젊은 PD의 진솔한 부탁이 마음을 울렸다. 평소 예능 프로그램을 즐겨보지 않는 나도 〈유 퀴즈〉만은 빼놓지 않고 시청하고 있던 터였다. 〈유 퀴즈〉 방송 초기, 유느님과 그의 단짝인 조셉이 이 골목 저 골목을 걸어 다니면서 평범한 우리 이웃들과 작은 밥상 하나를 사이에 놓고, 엉덩이가 다 들어가지도 않는 낚시의자에 쭈그려 앉아 그들의 이야기를 담담히 들어주며 평범한 삶을 특별하게 만들어 주는 마법과 같은 진행에 나는 매료되어 있었다.

떨리는 마음을 가다듬고 아주 조심스럽게 승낙 의사를 밝혔다. 성사가 되면 기꺼이 출연하여 20년 공항 의사로 살아온 나의 이야기보따리를 풀어내 보겠다고. 담당 작가와 여러 시간에 걸쳐 전화 인터뷰를 하고 스토리 작성과 사실 관계 확인 작업을 하느라 몇 주가 어떻게 흘러갔는지 이제 기억도 잘 나지 않는다.

녹화 당일이 왔다. 설레고 떨려 전날 잠을 설친 것도, 결혼식 이후 한 번도 해 보지 않은 풀메이크업을 받느라 온몸이 경직된 것도 녹화장에서 밝은 미소로 맞이해 주는 유느님 앞에서 눈 녹듯이 사라졌다. 약 두 시간에 걸친 녹화는 시종일관 유쾌한 웃음 속에서 훈훈하게 마무리 되었다. 집으로 돌아오는 길, 내 차 안에서 얼마나 기쁜 마음으로 콧노래를 흥얼거렸던지. 녹화를 마친 이후 방송 날짜가 잡히기까지 기대감도 컸지만 혹시나 통편집이 되거나 불방되지는 않을까 하는 별별 걱정도 많은 시간들이었다. 드디어 방송이 나오는 수요일 저녁, 동네 단골 횟집에서 친한 지인들과 소주와 맥주를 마셔 가며 초조한 마음으로 나의 순서가 방송되기를 기다렸다.

"181화. 비상"

공항 병원이라 날아오른다는 뜻의 '비상'인가 싶었지만 "비상한 책임감으로 공항의 최전선에서 생명을 살리는 인천국제공항 의료센터 신호철 원장을 소개합니다."라는 자막이 뜨자 긴장감 넘치던 동네 횟집은 이내 환호와 박수로 떠들썩해졌다. 다음날부터 이곳저곳에서 축하 전화와 문자가 쏟아졌다. 데면데면하던 이웃 주민들이 따뜻하고 다정한 눈빛과 미소로 인사를 해 오고, 평소 자주 가던 동네 단골들은 내 사인을 받아 가게에 걸겠다는 농담을 건네기도 하는 등 어깨가 좀 올라가는 일상이 시작되었다. 진료를 받으러 온 승객들이 알아보고 수고 한다, 고맙다는 말도 더 많이 해 주셨다. 그동안 나름 고생하면서 공항 의사로 지내온 세월을 조금은 보상받는 느낌이었다. 무엇보다 20여 년 진료실에서 마주한 상주 직원들이 매우 자랑스러워해 준 것이 기뻤다.

하지만 시간이 흐르면서 만족감은 공허함으로 바뀌기 시작했다. 20여 분 남짓한 방송에 다 담을 수 없었던 공항 병원의 이야기들이 자꾸만 머릿속을 맴돌았다. 내가 만나고 겪어 오며 가슴에 담아 두었던 공항 사람들의 애틋한 이야기들이 자꾸만 목구멍으로 치밀어 올라왔다. 왠지 꺼내 놓지 않으면 국제공항의 화려한 겉모습 뒤에 가려져 영원히 빛을 보지 못하게 될 것만 같았다.

간절하면 이루어진다고 했던가. 때마침 출판 제안이 들어왔다. 방송 그 너머의 이야기가 궁금했단다. 의사들의 에세이가 적잖이 출간되었고 의료 현장의 이야기를 담은 드라마도 여럿 되지만, 공항 병원과 항공의학을 다룬 것은 거의 없다며, 한 해에만도 수천만 명이 오고가는 국제공항의 생로병사와 애환이라면 이야기할 만한 가치가 있지 않느냐 했다. 그래, 이왕 여기까지 온 거 책을 한번 써 보자 하는 나름의 결의가 솟아올랐다.

글쓰기는 참 어렵다. 나처럼 평생을 논문이나 강의 자료만 작성하던 사람에게는 미지의 영역이기도 하다. 머릿속에 떠오르는 생각과 가슴속에서 차오르는 감성을, 말로 표현하는 것도 어려운데 하물며 글로 세련되게 표현하기에 나는 너무 미숙한 존재인 듯하다. 하지만 못할 건 또 뭐 있으랴 하는 심정으로 조심스럽고 솔직하게 한 문장 한 문장 써 내려 왔다. 세상에 태어나 내 이름의 책을 한 권쯤은 남기고 싶은 마음으로. 그리고 나를 비롯해 공항을 지키는 수많은 사람들의 노고가 조금이라도 빛을 보기를 바라는 마음으로.

그러고 보니, 이 책은 〈유 퀴즈 온 더 블럭〉이 내 가슴속에서 불러낸 공항 병원의 이야기인 셈이다. 나에게 이 책을 쓰는 과정은 삶과 죽음, 일과 사랑, 그리고 의사의 길에 대한 수많은 질문과 대답의 연속이었다. 그러니 한편으로 이 책을 '신 퀴즈 온 더 공항'이라 부를 만도 하겠다. 그렇게 나는 글쓰기라는 곁길을 잠시 다녀왔다. 나의 '외도'를 아낌없이 격려해 준 아내와 여러 모로 도움을 주신 많은 분들께 감사드린다.

목차

2부. 인천국제공항의 샘로병사
국제공항은 날마다 응급 상황

3부. 알면서도 모르는 항공 질병 이야기
고도 10km 상공에서 아프면 어떡하지?

4부. '공항 의사'가 사는 세상
꿀물 타기 좋은 온도를 아시나요?

'3년 후 벤츠'에서
'20년째 공항살이'까지

비행기 타러 오신다고요?
저는 만나지 말고 가세요!

나는 '공항 의사'다. 공항 병원에서 진료하는 의사. '공항 병원'이라니, 생소할지도 모르겠다. 하지만 공항은 많은 사람들이 오가는 곳이고, 사람이 있는 곳엔 다치거나 아픈 사람이 생기기 마련이다. 그래서 국제민간항공조약(ICAO)은 국제공항에 응급 상황에 대응할 수 있는 일정 규모 이상의 의료기관을 두도록 규정하고 있다. 한 달에 약 600만(2024년 1월 통계), 1년이면 7,000만 명 이상이 이용하는 인천국제공항에는 가정의학과·내과·외과 전문의 6명과, 간호사 8명, 임상병리사, 방사선사, 행정직원 등 20여 명의 의료 인력과 각종 장비를 갖추고 365일 가동하는 의료센터가 있다.

그런데 ICAO의 규정은 권고사항일 뿐 법적 강제성은 없다. 뿐만 아니라 전 세계 1,000여 국제공항은 지리적·문화적 조건이 다 달라서 모든 국제공항에 인천공항 수준의 병원이 있는 것은 아니다. 가령 유럽이나 미국의 대부분 국제공항에서는 환자가 생기면 구급대가 와서 곧장 공항 밖으로 이송한다. 길어야 30분 이내에 인근 종합병원과 연결되기 때문에 굳이 공항 안에서 의료 행위를 할 이유가 없다. 우리나라도 인천공항을 제외한 6개의 국제공항 가운데 제주공항과 김해공항 정도가 최소한의 요건만 갖춘 의료기관을 두고 있을 뿐이다.

인천공항의료센터가 이만한 규모로 24시간 365일 가동되는 까닭은 공항이 도심에서 멀리 떨어진 섬에 있기 때문이다. 지금은 인천대교 덕분에 조금 나아졌지만, 과거 영종도에서 응급환자가 발생하면 가장 가까운 종합병원까지 한 시간은 족히 걸렸다. 그 시간 동안 앰뷸런스 안에서 환자에게 심폐소생술을 하면 정말 하늘이 노래진다. 앰뷸런스 안에서는 사망선고를 내릴 수 없기에 종합병원에 도착할 때까지 중간에 멈출 수도 없다. 의료진만 힘든 문제라면 감내할 수도 있겠지만, 환자는 어떻게 되겠는가.

2001년 인천공항이 개항할 때 섬이라는 지리적 특성 때문에 의료에 취약한 문제를 해결하고자 공항공사가 협력병원을 찾았다. 대한항공이 모체인 인하대학교병원이 나섰고 협약을 통해 24시간 응급의료체계를 갖춘 의료센터가 설립되었다. 당시 전공의 신분이었던 나도 1년에 수개월 야간 당직의사로 파견근무를 나왔다. 개원 당시 의료센터는 공항 근무자들이 간단한 응급처치를 받을 수 있는 의무실 정도로 인식되었다. 지금은 연간 6만여 명을 진료하고 1만 명 이상의 건강검진을 해내며 공항 지역의 주치의 역할을 하고 있다.

그러나 인천공항의료센터가 수익이 나는 의료기관은 전혀 아니다. 공항이 '파리를 날리던' 코로나 팬데믹 때는 더 말할 필요도 없었다. 의료센터의 주된 임무는 군대의 '오분대기조'나 소방서의 응급구조대처럼 만약의 의료적 비상사태나 응급 상황에 대비하는 공익적인 것이니 어찌 보면 당연하다. 그렇기에 공항공사가 어느 정도 유무형의 지원을 하고는 있지만, 우리 센터의 막대한 운영비를 상쇄시킬 만큼에는 미치지 못한다. 국가의 지원도 없다. 아무리 명분이 있어도 자본주의 사회에서 이런 조직은 설자리가 좁아지기 마련이다. 자연스레 발언권도 약하다. 그래서 최소한 직원들 인건비 정도는 충당할 수 있도록 진료를 열심히 해 보자는 것이 의료센터 책임자로서 나의 입장이지만, 한계가 있을 수밖에 없다. 어쩌면 내가 이 책을 쓰게 된 동기 중 하나가 그것 때문일 수도 있겠다. 이렇게라도 우리 의료센터의 공익성과 분투를 알려, 종사자들이 돈으로 환산되지 못하는 보람과 자부심을 느낄 수 있으면 좋겠다는, 더불어 여행객들이 마음 놓고 인천국제공항을 이용하며 건강하게 항공여행을 할 수 있기를 바란다는.

인천국제공항으로 비행기를 타러 오는 여행자들께서는 공항의료센터가 있으니 안심하고 공항을 이용하시라. 다만, 될수 있으면 나를 비롯한 의료진을 만나는 일이 없도록 건강을 잘 지키시라.

'빨간 전화'를 받는 가정의학 전문의

공항은 바라보는 관점에 따라서 의미가 달라지는 장소다. 승객들에게는 설레는 여행의 출발지이면서 마음이 편해지는 종착지일 것이다. 그러나 검역소에서 일하는 분들에게 이곳은 질병의 국경이다. 세관 분들에게는 밀수 퇴치의 마지노선이고 공항경찰대에게는 테러 예방의 최전선이다. 동시에 모든 상주 직원들에게 이곳은 삶의 터전이기도 하다. 그리고 우리 센터의 의료진에게 공항은 참으로 다양한 의료적 상황에 대처하게 되

는 '버라이어티' 진료 현장이다,

인종도 국적도 직업도 나이도 정말 다종다양한 사람들이 오가는 곳이니 그럴 수밖에 없다. 가벼운 감기에서부터 고혈압과 당뇨 같은 지병, 때론 목숨이 왔다갔다하는 심장이나 뇌혈관계의 응급상황까지 온갖 상태의 환자들을 접하게 된다. 살갗이 찢어지거나 뼈가 부러진 환자들의 상처를 봉합하거나 깁스를 할 때도 있다. 장소가 장소인 만큼 어떤 상태의 환자도 일차적으로 조치를 취해서 전문 치료가 가능한 종합병원으로 이송시켜야 하는 것이 '공항 의사'의 임무인 것이다.

게다가 공항 의사에게는 환자를 보지도 않고 진료를 해야 하는, 말도 안 되는 상황이 닥칠 때가 있다. 바로 '레드콜Red Call'. 운항 중인 항공기 내에서 환자가 발생할 경우 위성전화로 지상의 의사에게 의료 지원을 받는 시스템이 '레드콜'인데, 의료진으로서 이 '빨간 전화'를 받는 것은 여간 스트레스가 아니다. 정확성과 엄밀성이 필수인 의료적 처치를 승무원으로부터 전해 듣는 증세만을 바탕으로 추리하고 판단해서 신속하게 해야 하기 때문이다. 그러니 공항 의사에게는 세부 진료과목의 고도로 전문적인 의료 기술보다는 전반적인 건강과 의료 문제에 대한 폭넓은 이해와 식견이 필요하다. 가정의학과 전문의가 적격이라는 뜻이다.

수련의 시절, 나는 외과로 오라는 권유를 많이 받았다. 체격이 딱 '외과 각'이라는 이유에서였다. 내심 끌리기도 했다. 환자에게 절대적인 신임을 받는 외과 의사야 말로 '의사 중의 의사'라는 생각이 들었고, 도포자락 같은 흰 가운을 벗고 초록색 수술복으로 갈아입은 뒤 에어클린실에 들어설 때, 온 몸을 휘감고 지나가는 청량한 무균 공기의 감촉이 주는 긴장감도 좋았다. 나름 '수술의 신'이 되고 싶은 욕망도 있었다. 하지만 에어샤워를 할 때만 잠깐 기분이 좋을 뿐, 수술방의 신경이 곤두선 분위기는 나와 맞지 않았다. 결국 가정의학과 교수님의 명강의와 동고동락하던 선후배들의 조언에 힘입어 가정의학과를 선택하게 되었다.

전공의를 마치고 2005년에 인천공항의료센터 응급실장으로 발령받아 근무를 하게 되었다. 학장님 추천이 크게 작용했다. 늦깎이 레지던트가 동료들에게 폐 끼치지 않으려 신경을 쓰고 근무 시간 이후까지도 환자와 보호자들에게 잘하려고 애쓰는 모습을 좋게 보았다 하셨다. 공항에서 진료하면 다양한 환자를 만나 내·외과적으로 두루 경험을 쌓을 수 있고, 무엇보다 사람 친화적인 내 성향이 공항의료센터에서 빛을 발할 것이라고 말씀해 주셨다. 나는 칭찬에 약한 사람이다. '정말 그런가?' 하고 우쭐한 기분으로 학장님 말씀을 따랐다. 레지던트로서는 늙은 편이었지만 젊은 혈기가 있을 때이기도 했고, 학장님이 잘 봐 주신 것에 감읍해서 기대만큼 잘 해내고 싶은 순수한 마음이었다.

일단은 그동안 배운 걸 다 써먹어 볼 수 있겠다는 생각으로 가슴이 뛰었다. 전공의 시절 공항에 파견 나왔을 때 본원에서는 경험하지 못한 다이내믹한 현장 상황에 흥미를 느끼고 잘 적응했던 걸 생각하니 자신감도 생기고, '항공의학'이라는 전문 과목이 따로 있는 것도 아니어서 마치 내가 새로운 영토에 깃발을 꽂는 것 같은 기분이 들기도 했다. 학장님이 보신 대로 나는 사람들과 이야기하는 걸 좋아하고, 남에게 인정받기를 좋아하는 성향이 아주 뚜렷한 청년이었던 것 같다. '외과 체격' 이지만 가정의학과를 선택한 데에도 그런 성향이 영향을 미쳤을 것이다. 나는 환자와 소통하며 그들의 삶을 이해하고, 건강 문제를 상의하고 교육하는 일에 더 흥미를 느꼈다.

공항 근무를 결정하면서 스스로에게 목표 하나를 주었다. 공항 상주 직원들에게 신뢰받는 주치의가 되는 것. 그래서였을까, 초기부터 직원들 건강검진에 그렇게 매달렸다. 기초검사에 위암, 간암 등 각종 암 검진까지 직접 다 했다. 아침에 출근하면 대기 환자가 40명씩 있었고, 오전 진료 세 시간 동안 150명 찍은 날도 있었다. 그 와중에 '레드 콜'도 종종 받아야 했다. 나의 순간적인 판단과 결정에 환자의 목숨과 승객들의 스케줄과 항공사의 연료비와 공항의 항공편 조정⋯ 등등 너무 많은 것이 달려 있으니, 비행 중인 기내의 상황과 거기서 발생하는 의료 문제에 대한 지식을 갖추기 위해 끝없이 공부해야 했다.

퇴근 무렵이면 몸이 곤죽이 되었다. '오늘 하루도 무사히 지나갔다'는 안도감이 유일한 위안이었다. 하지만 어디 나만 그럴까 생각했다. 응급실을 지키는 의사들도 그렇고 중환자실, 흉부외과 의사도 마찬가지일 거라고, 오늘 하루 별 일 없이 보냈다는 게 얼마나 큰 행운인가 하고 나를 추슬렀다. 시간이 흐르면서 조금씩 무뎌져 가기는 했지만 그렇게 혹독한 긴장감을 안은 채로 버티는 것도 배짱이 맞아야 하는 일임은 분명했다. 누가 시키는 일이었다면 아마 튕겨나갔을지도 모른다. 내 마음이 그리로 움직였기에 자꾸만 스스로 문제를 내고 그걸 풀려고 애를 썼을 것이다.

공항 의사로서 20년 경험은, 이곳 공항이 어떤 사람에게는 삶의 종착지가 되기도 한다는 사실 또한 알려주었다. 그것이 나의 부주의로부터 비롯되어서는 결코 안 된다는 비장한 긴장감이 있다. 나뿐 아니라 공항에서 근무하는 많은 사람들이 그러한 긴장감을 갖고 있다. 항공기와 관련된 재난은 일어났다 하면 엄청나게 큰 재앙이다. 재난은 보이지 않는 곳에서, 보이지 않는 것으로부터 비롯된다. 그것들과 싸우는 일을 함께하고 있는, 화려한 공항에서 눈에 잘 띄지 않는 사람들과의 연대감은 매일 나를 일으키는 동력 중의 하나다.

군의관이 아니라 의무병 출신?

　남자 의사들은 대부분 군의관이나 공중보건의로 병역을 마친다. 그런데 나는 육군 야전부대의 의무병 출신이다. 라고 말하면 사람들이 의아한 표정으로 묻는다. "아니, 왜?"

　나는 의대를 졸업하는 데 12년이 걸렸다. 의대 공부를 못 따라가서가 아니고, 이른바 '운동권'이었기 때문이다. 운동권이었기 때문에 의대 공부를 못 따라갔다고 해도 맞는 말이다. 1980년대 말, 학생운동 '끝물'. 뭐, 세상을 바꿔 보겠다는 대단한 포부가 있는 건 아니었다. 그저 정의롭지 못한 세상에 피가 끓던 열혈 청년이었다. 운동권 선배들이 주축이 돼 진행한 입학 오리엔테이션을 다녀온 뒤, 부평의 조그마한 중소기업 파업 현장에 학생 지원단으로 가게 되었다. 그것이 내 인생에 어떤 영향을 미칠지 그때는 생각지도 못했다. 선배들은 의료 봉사를 하고 저학년은 불침번과 사수대 역할을 맡았는데, 파업 참가자들의 대부분을 차지하는 내 나이 또래 '여공'들과 함께 노동가요를 배우고 토론하는 과정에서 우리 사회의 부조리한 모습에 눈을 뜨게 되었다. 큰 어려움 없이 자라온 나에게는 큰 충격이었다. 알다시피 공부만으로도 힘든 게 의대 생활이다. 그런데 피 끓던 당시의 나는 노동의 가치가 존중받고 인권이 보장되는 세상을 만드는 일이 우선이라고 생각했다.

내 입으로 말하기 민망하지만, 나는 인천에서 내로라하는 우등생이었다. 초등학교 때부터 공부에 관한 한 굴욕을 겪은 적이 단 한 번도 없는 이 '범생이' 소년의 진로 희망은 초지일관 육군사관학교. 어린 시절 내 세계관 속의 나침반은 '남자로서 가장 정의로울 수 있는 직업'으로 늘 군인을 가리켰다. 그런데 고등학교 1학년 때 나침반이 흔들리게 된다. 어머니가 돌아가신 것이다. 빨래를 널러 베란다로 가려다가 쓰러져 몇 시간 뒤 사체로 발견되었다. 사인은 고혈압. 약을 제때 먹기만 했어도 그런 일은 없었을 것이다. 어머니에게 혈압약을 처방해 주시던 선생님이 조금만 더 열심히 복약지도를 했다면 하는 원망이 열일곱 살 소년의 가슴에 불을 질렀다. 너무 화가 났다. 한편으로, 의사라는 직업의 역할과 중요성에 주목하게 되기도 했다.

결정적으로 고3 때 담임선생님이 의대 진학을 강력히 권하셨다. 당시 나는 빨리 인천 집을 벗어나 독립할 생각뿐이어서 어떻게든 서울로 진학하고 싶었다. 그런데 선생님은 자꾸 인하대 의대에 원서를 넣으라고 하셨다. 나중에 안 것이지만, 당시 새로 의대를 설립한 지 얼마 안 된 재단의 독려가 컸다고 한다. 아무튼 나침반의 지침도 바뀐 터라 결국 나는 인하대 의대에 지원하게 되었고, 차석으로 입학해서 전액 장학금에 생활비까지 보장받는 '전도유망한' 의대생이 되었다. 이것이 '공항 의사'라는 내 운명으로 향하는 첫 번째 선택이었다. 그런데 운명은 순탄한 게 아닌 것일까. 학생운동을 하다 제적이 되고 말았으니, 내 범생이 인생 최초의 굴욕이자 운명의 첫 번째 걸림돌이었다.

1991년, 나는 '집시법 위반' 등 무려 8가지 죄목으로 체포되어 학익동 구치소에 수감되었다. 당시 우리 그룹의 노선은 '민중민주주의'. 그런데 그해 여름 '민족통일'을 외치며 남도에서부터 북상해 오는 '대학생 통일 선봉대'가 인천 입성 지원을 요청해 했다. 마음속으로는 왜 그들의 행사를 도와야 하나 싶었지만 선배들의 결정에 따라 전경들이 에워싸고 있는 학교 후문을 뚫고 선봉대를 학내로 진입시키는 역할을 맡게 되었다. 그때 나는 오른손 검지에 열상을 입고 봉합수술을 하여 붕대를 감고 있었던 터라 정보과 형사들의 눈에 띄기 쉬운 상태였는데, 참으로 바보 같은 짓을 하고 말았다. 집회가 끝나갈 즈음 친한 후배의 생일이라는 말에 경솔하게도 생일 선물을 사겠다고 학교 밖으로 나갔다가 잠복형사들에게 잡히고 만 것이다.

의대생이 학생운동을 하다가 구속된 건 이례적인 사건인지라, 곳곳에서 탄원이 들어가고 아버지가 백방으로 변호사를 선임해서 한 달 반 만에 조기 석방되긴 했지만, 결국 1993년에 학사 경고 누적으로 제적을 당하고 말았다. 곧바로 예비 군의관 신분도 박탈당하고, 이듬해 일반 사병으로 입대 조치되었다. 그래도 의대 물을 먹었다고 의무병으로 군 생활을 하면서, 이제 의사 되기는 틀렸으니 제대하면 사법시험을 쳐서 인권변호사가 되자는 계획을 세웠다. 지금 생각하면 무모한 도전이었다는 생각이 들지만 당시에는 미래에 대한 불안과 새로운 돌파구를 찾아야 한다는 절실함이 컸다. 어쨌든 나는 일과 후 개인 정비 시간에 한자 공부부터 시작했다. 그런데 그즈음 학생운동을 하다가 제적된 학생들의 사면복권 조치가 발표되었다. 아버지는 면회를 올 때마다 강력하게 복학을 권하셨다. 알량한 자존심에 선뜻 응하지 못하다가 결국 못 이기는 척 학교로 돌아가게 되었다.

3년 만에 돌아온 교정은 예전 모습 그대로였지만 분위기는 많이 달려져 있었다. 나 역시도 늦깎이 복학생으로서 공부를 부지런히 따라잡아 무사히 졸업하고 의사가 되는 길만 남아 있다는 생각이 들었다. 더구나 내게는 9년이나 사귄 여자 친구가 있었다. 학교를 꼬박 4년은 더 다녀야 졸업인데, 여자 친구 집에서는 얼른 결혼부터 하라고 성화였다. 아버지께 등록금만 대주시면 생활비는 알아서 하겠다고 말씀드려서 결혼을 허락받았다.

아버지는 진짜로 딱 학비만 주셨다. 생활비가 없으니 대학원까지 나온 아내가 골목골목 다니면서 토지조사 공공근로를 했다. 학생 신분이지만 명색이 남편인 나로서는 미안한 생각에 과외를 해서 보태기도 하고, 제적으로 박탈당했던 장학금을 받겠다고 애도 썼다. 나중에 의사가 되면 아내에게 돈 걱정은 절대 안 하게 해 주겠다는 다짐을 하고 또 했다. 그렇게 시간이 흘러 드디어, 12년 만에 의대를 졸업했다.

인하대학병원에서 가정의학과 전공의 생활을 할 때 내 별명은 '3년 후 벤츠'였다. 전공의 마치고 개원하면 3년 내에 벤츠 타고 다닐 거라는 뜻이었다. 그만큼 악착같이 살았다. 당시 우리 부부는 산꼭대기 빌라 전세를 얻어 살았는데 그때도 함께 아르바이트를 해야 했다. 나는 당직 알바(대학병원 전공의의 타

병원 당직 알바는 엄격히 금지되어 있지만 20여 년 전인 당시에는 공공
연한 비밀이었다), 아내는 공공근로에 인형 눈알 붙이는 일까지.
전공의 과정 마치면서 몇 군데 병원에서 아르바이트를 했나 세
어 봤더니 15군데나 됐다. 심지어 인천에서 온양까지도 다녔
다. 어떤 병원에서는 희한한 경험도 했다. 거기 냉동실 문을 열
면 손가락이 여러 개 들어 있었다. 담당 근무자가 "건달인지
조폭인지 3.1절만 되면 그렇게 잘라가지고 와요."하면서 이런
거 보여주면 다른 당직 선생님들은 다음 날로 안 나온다고 했
다. 왜 그런 걸 냉동실에 넣어두고 있냐고 물었더니, 가져오는
사람마다 꼭 찾으러 올 테니 보관하고 있으라고 당부를 한다
는 것이었다. 하지만 찾으러 오는 사람은 없다고 했다.

사십대 초중반까지는 그 시절을 이야기하는 게 참 싫었다.
나이 서른 먹은 놈이 의대를 다니는데 돈은 없고, 아내가 대학
선배들을 불러 모아서 거실에다 인형을 잔뜩 쌓아 놓고 같이
눈알을 붙이는 걸 보면 가슴에서 불이 났다. IMF 때라 직장 잃
은 사람들이 모여서 불도 안 컨 어두운 거실에서 인형 눈알을
붙이며 키득거리던 모습. 그 자랑스럽고 똑똑한 선배들과 아내
가 그러고 있는 게 너무 답답하고 화가 났다. 그런데 아내는 그
렇게 번 돈을 선배들 술 사주고 밥 사주고 가끔 치킨도 시켜
먹느라 족족 다 써 버렸다. 신기하게도, 그 암울했던 시절을 아
내는 즐거운 추억으로 이야기하곤 한다.

지금 생각해 보면 그렇게 천진하고 낙천적인 아내였기에 그 시절을 잘 견뎌냈을 듯도 하다. 아내를 생각하면 고마운 마음뿐이다. 그런 사람을 만난 것이 얼마나 행운인지도 갈수록 새록새록 느낀다. 내 청춘은 어둡고 심각했는데 그 시간을 함께한 아내는 밝고 즐거웠다. 지금 내가 이만큼 살고 있는 것도 아내의 한결같은 햇살 덕분이라고 생각한다. 그 시절의 기억은 지금까지도 여러 가지 생각을 하게 만든다. '세상에 그 무엇도 허투루 되는 것은 없다. 그냥 얻어지는 것도 없다.'

　요즘 아내는 아이들에게 하는 말을 통해 내게 여전히 햇살을 비춰 준다. "너희들이 누리는 모든 것은 다 아빠의 노고 덕분이다. 아빠가 벌어 오는 돈은 세상 사람들의 노고 덕분이고. 세상의 모든 건 다 연결되어 있다."

신속, 정확, 질서, 이왕이면 친절!

초등학교 시절부터 고등학교 1학년 때까지 나의 꿈은 딱 하나였다. 국군 대장. 육체와 정신을 강하게 만들어 사관학교에 진학한 후 멋진 장교가 되어 야전에서 수많은 장병을 지휘하는 사령관에 이르는 꿈이 바로 그것이었다. 물론 그 시절에는 또래의 많은 남자 아이들이 비슷하게 희망했던 진로였으니 그 영향을 받았을지도 모른다. 어쨌든 나는 그 꿈을 이루고 싶었다. 육군사관학교에 들어가기 위해 틈나는 대로 운동장에 나가 체력을 키우는 운동을 했다. 그러다 고등학교 1학년 때 어머니를 여의고 미래의 직업에 대한 고민을 다시 한 끝에 결국 의대를 가게 되었다. 곰곰이 생각을 해 보니 내가 의사로 살아가게 된 데에는 또 다른 계기가 나도 모르는 사이에 다가와 있었다는 생각을 하게 된다.

나에게는 평생을 추억하고 감사해 온 은사님이 한 분 계시다. 초등학교 5학년 때 담임선생님. 당시 신생 학교였던 우리 학교로 전근을 오셨는데 그때로선 생소했던 청소년적십자(RCY, 국제적십자에서 운영하는 청소년 단체. 사랑과 봉사라는 적십자 정신의 실천을 목표로 한다) 활동을 학교에 도입하셨다. 당시에는 남학생은 보이스카우트, 여학생은 걸스카우트 대원이 되는 것이 대유행이었고 그들이 입고 다니는 멋진 단복은 부러움과 동경의 대상이었다. 여러 사정상 결국 소망을 이루지 못하고 부러운 시선만 보내던 참이었는데, 담임선생님의 강력한 권고에 마지못해 우리 학교에 처음 생긴 청소년적십자의 첫 단원이 되었다.

여름방학 때였다. 지금은 이전하여 한방병원에 자리를 내어준 옛 인천적십자병원의 별관 대강당에서 '응급처치법 경연대회' 참가 준비를 했다. 한 달 가까이 응급처치법을 교육받으며 우리 꼬마 대원들이 귀에 못이 박이도록 들었던 말은 '신속, 정확, 질서'라는 세 가지 행동강령이었다. '만약 주변에서 위급한 상황에 놓인 환자가 발생한 것을 목격하면 주저하지 않고 '신속'히 반응하며, 응급처치 행동 하나하나는 '정확'하게, 동요 없는 차분한 마음가짐으로 '질서'를 유지할 것!' 무더운 여름, 에어컨도 없이 선풍기 몇 대뿐인 강당에서 비지땀을 흘리던 우리 대원들에게 훈련조교 역할을 했던 대학생 적십자단원 형, 누나들이 끊임없이 강조했던 말이다.

그렇게 뜨거운 여름이 지나고 가을 즈음 수원에서 열린 '제1회 청소년 응급처치 경연대회'에서 우리 팀은 당당히 대상을 거머쥐었다. 내 생애 처음으로 맛본 거대한 성취감이었다. 아프거나 다친 사람을 돕는 것이 얼마나 숭고하고 가슴 벅찬 일일까 하는 막연한 동경이 내 마음에 싹트기 시작한 것이 바로 이때였다는 생각이 든다. 청소년적십자 단원 활동은 초등학교를 졸업할 때까지 계속되었고 이를 인연으로 나는 헌혈을 열심히 하는 청년이 되었다. 군에 입대한 후에도 군부대 근처의 재활센터에 나가 청소와 빨래 봉사를 했는데 이것도 은사님과 청소년적십자 단원 활동을 경험한 것이 끼친 영향이라 생각한다.

제대하고 의대 복학 이듬해인 1998년, 스물아홉 살 나이에 결혼을 하게 되었다. 시장 근처에 신혼집을 마련한 우리 부부는 저녁때가 되면 손을 잡고 시장 주변을 산책하는 것이 행복한 일과 중 하나였다. 평소와 다름없이 도란도란 이야기꽃을 피우며 길을 걷고 있던 그때, 건너편 도로에서 쿵 소리와 함께

한 여자가 길바닥에 나동그라지는 것을 목격하게 되었다. 신호를 위반한 차량이 길을 건너던 한 아주머니를 그대로 들이받은 것이었다. 도로 주변은 일시에 아수라장이 되었다. 나는 곧장 쓰러진 아주머니 곁으로 달려갔다. 아주머니의 의식 상태를 확인하고 다친 부위를 살폈다. 아주머니는 의식이 혼미해 보였고 뒷머리에서는 출혈이 지속되고 있었다. 나는 소리치듯이 말했다. "저는 의대생입니다. 제가 응급처치를 할 테니 저를 좀 도와주십시오!"

초등학교 5학년 여름방학 때 응급처치법을 배우면서 익힌 말이다. 이 말은 주위 사람들에게 신뢰감을 주고 질서를 유지시켜 주는 힘이 있다. 그런 다음 웅성거리며 서 있는 행인들 중 한 명을 손가락으로 지목하며 "119와 112에 전화를 걸어 주세요!"라고 분명하고 단호한 말투로 부탁을 한다. 그래야 그 사람도 신속하고 책임감 있게 행동을 하게 된다. 얼굴을 알고 있는 시장 상인 분을 지목해 깨끗한 수건을 가져다 달라고 하여 아주머니의 머리에서 뿜어져 나오는 피를 틀어막았다. 잠시 후 구급차와 경찰차가 도착하고 구급대원들이 구급상자를 들고 달려왔다. 구급대원들에게도 의대생임을 알리고 아주머니가 무사히 응급실에 실려 갈 때까지 응급처치를 도왔다. 구급차가 현장을 벗어나자 주변에 몰려 있던 행인들이 모두 나를 향해 박수를 보냈다. 어린 시절의 훈련을 통해 습득해 두었던 '신속, 정확, 질서'라는 세 가지 행동강령을 유감없이 발휘한 현장이었다. 그날 나를 자랑스러운 눈으로 바라보던 아내의 눈빛은 지금도 변함없이 따뜻하다.

한참의 시간이 흘러 그 기억이 잊혀 갈 무렵, 사고 당사자였던 그 아주머니가 나를 찾고 있다는 이야기를 아버지를 통해 들었다. 그분은 아버지가 속한 동호회 회원의 부인이었는데 수개월이 지난 후 우연히 동호회 행사 뒤풀이에서 교통사고 이야기를 하다가 그 현장에서 자신을 구해 준 청년이 바로 나였다는 사실을 확인한 후 너무 반가워서 그날 뒤풀이 비용을 모두 내셨다는 것이다. 칭찬받기 좋아하는 내 어깨가 으쓱했음은 물론이다.

의사가 된 지도 벌써 20여 년이 훌쩍 지난 지금도 어린 시절에 응급처치대회에서 맛보았던 성취감을 잊지 않고 있다. 더불어 응급 현장의 행동강령 '신속, 정확, 질서'를 늘 명심하고 있다. 응급 현장에서 의사는 마치 오케스트라의 지휘자와 같은 역할을 해야 한다. 수십 가지 악기 소리를 조정하고 조율해 하나의 화음을 만들어 내는 지휘자의 역할은 의료 현장에서도 마찬가지다. 공항에서는 간호사와 응급구조사뿐 아니라 공항 경비대원들 및 일반 직원의 협조를 요청하게 되는 경우도 많다. 이들이 지닌 모든 기능을 조율해 응급 의료 조치의 효과를 극대화하는 것이 내 역할인 것이다. 구급차를 타고 응급출동을 할 때도, 의료센터에 실려 오는 응급환자를 진료할 때도 반드시 이 세 단어를 되뇐다. 어떠한 상황에서도 흔들림 없이 신속하고 정확하게 환자의 상태를 판단하되 평정심을 유지하고 질서 있게 환자를 회복시킨다는 다짐이다.

세월이 흐른 지금은 단어 하나가 추가되었다. '이왕이면 친절.'

출근길 새벽에 바치는 인사

전공의 생활을 마치고 2005년에 인천공항의료센터로 정식 발령을 받았을 때 주변으로부터 '한적하고 편한 곳에 발령받아 좋겠다'는 부러움 섞인 인사를 많이 받았다. 이미 전공의 시절 1년에 수차례 공항 야간 당직 근무로 파견을 나와 보았던 나로서는 공항에서의 정식 근무가 얼마나 긴장되고 체력적 정신적 고충을 감내해야 하는지 알고 있었기에 지인들의 이런 축하가 달갑지 않았다. 시간이 지나면서 나의 고충을 이리저리 알게 된 지인들은 이제는 왜 그만두지 않고 계속 공항 병원에서 근무하느냐는 질문을 더 많이 하게 되었다.

실제로 공항 병원에서의 진료가 힘에 부치고 점점 부담스러워져 그만두어야겠다는 생각을 수도 없이 많이 했다. 이른 아침 집을 나서서 인천대교를 반쯤 건너 저 멀리 공항의 실루엣이 어렴풋하게 보이기 시작할 즈음부터 맥박이 조금씩 빨라지고 숨이 폐의 끝까지 들어가지 않는 느낌이 들기 시작했다. 처음에는 그냥 컨디션이 좋지 않고 피곤해서인 것으로 치부했지만 이런 증상이 자주 반복되고 얼마 지나지 않아 이것이 경미한 예기불안에 따른 공황 증상이란 것을 스스로 알게 되었다. 매일 출근 후 겪게 되는 다양한 응급 상황과 아무 때고 후송 앰뷸런스에 몸을 싣고 불안하고 초조한 마음으로 공항고속도로를 내달리는 생활이 반복되다 보니 어느새 몸과 마음이 긴장에서 벗어나지 못하고 있었던 것이었다.

그렇게 하루하루를 버티던 어느 날, 집에서 가까운 한 종합병원이 건강검진센터를 만들게 되었고 이를 관리할 의사를 찾던 중 나를 영입하고 싶다는 의사를 전해왔다. 환자들의 건강검진 데이터를 분석해 이해하기 쉽게 설명해 주고 개선할 점을 찾아내어 관리해 주는 전문가인 나에게 꼭 맞는 자리였다.

'그래, 공항에서 벗어나자.' 갑자기 공항 병원을 벗어나 평화로운 진료 환경에서 근무하고 싶다는 욕구가 치솟았다. 나의 고충을 충분히 이해하고 있는 아내도 전폭적으로 지지해 주었다. 임원진의 만류에도 나의 의지는 단호했다. 결국 사표는 수리되었고 나는 정든 공항 병원을 정리하기 위해 조금씩 개인 물품들을 집으로 나르고 그동안 정들었던 환자들에게도 아쉬운 작별의 인사를 했다. 그동안 병원에서는 후임자를 물색하기에 비상이 걸렸고 결국 나이가 좀 지긋하신 의사분을 차기 원장으로 선임하였다. 나는 후임 원장에게 그동안 내가 공항 병원에서 해 왔던 업무들을 차질 없게 인계하는 것으로 나의 마지막 임무를 정리하려 했다.

아직도 그날의 기억이 생생하게 남아 있다. 토요일 당직근무 날이었다. 진료실에서 후임 원장에게 공항에서 흔하게 발생하는 여러 상황과 대처법에 대해 설명하는 자리를 마련하였다. 하지만 기대에 차서 인계를 받던 후임 원장의 표정이 점점 어두워지기 시작했다. 면접 때는 듣지 못했던 애로 사항을 전임자를 통해 생생하게 전달받게 되자 '아차!' 싶은 표정이었다.

응급상황이 발생하면 공항 어디든 단숨에 달려가야 하고, 생사의 갈림길에서 심폐소생술은 언제 어느 때라도 직접 해야 하며, 시시때때로 구급차에 탑승하여 활주로든 고속도로든 손에 땀을 쥐고 달려야 하는 일상이 믿기지 않는다는 표정이었다.

때마침 항공기 정비를 하던 항공정비사가 날카로운 구조물에 머리가 찢어지는 사고를 당하여(공항에서 종종 발생하는 일로,

항공정비사들의 두피에는 봉합받은 상처가 마치 연륜처럼 남아 있는 경우가 많다) 동료들의 부축을 받으며 의료센터로 들어왔다. 대충 수건으로 틀어막은 상처 부위에서 흘러나온 피가 의료센터 바닥을 흥건히 적시고 있었다. 두피는 혈관이 많이 분포되어 있는 조직이라 열상이 발생하면 출혈이 상당하다. 상처를 확인해 보니 약 10센티미터 정도 지그재그로 찢어져 있다. 늘 있는 일이라 아무렇지도 않게 상처를 소독하고 봉합 준비를 하고 있는데 뒤에서 지켜보는 후임자의 안색이 영 안 좋다. 봉합을 마치고 환자에게 향후 소독받을 일정과 투약을 설명한 뒤 돌려보내고 나니 후임자분은 자신은 전공의 수련 시절을 제외하고는 외상 상처를 직접 봉합해 본 적이 없다고 조용히 고백했다. 모든 시술을 본인이 직접 해야 한다는 것이 아득하게 느껴지는 눈빛이다. 인수인계를 마치고 귀가하는 후임자의 뒷모습이 많이 무거워 보였다.

아니나 다를까 우려했던 일이 발생했다. 월요일 아침, 출근하기로 한 후임 원장이 나타나지 않은 것이다. 전화 불통, 연락 두절. 인사 팀을 비롯해 병원 전체에 한바탕 난리가 났다. 그런 상황에서 모르는 척 의료센터의 문을 나설 수는 없는 노릇이었다. 영화배우 모 씨가 외치던 "남자는 의리!"라는 말을 평소 입버릇처럼 하던 나였다. 공항 병원에서 쌓아 온 그동안의 정과 의리에 발목이 잡힌 것일까? 신기하게도 굳게 결심했던 이직의 각오가 봄날 눈 녹듯 사그라졌다. 그냥 편하게 '팔자로다, 운명이로다' 생각했다. 이런 나의 변심을 아내는 이미 예상하고 있었다는 듯 받아들여 주었다.

가끔 그때의 일이 주마등처럼 스쳐 지나간다. 물론 지금의 나는 그때보다는 좀 더 단단해지고 원숙해진 공항 의사로 하루하루 잘 지내고 있다. 그렇다고 그전에 비해 진료 환경이 많이 편해진 것은 아니다. 내 마음가짐이 조금 바뀌었을 뿐이다.

살다 보면 수많은 갈림길을 마주하게 된다. 어디로 가는 것이 좋을지는 선택의 시점에서는 알 방법이 없다. 그것은 아마도 신의 영역일 것이다. 그때 마음을 다시 잡고 이 길을 계속 걸어온 나의 선택이 그저 옳았기를 바랄 뿐이다.

내 스마트폰에 저장해 두고 아침 출근길에 한 번씩 열어 보는 문구가 있다.

새벽에 바치는 인사

오늘을 잘 살펴라!
오늘이 바로 인생이요, 인생 중의 인생이라.
그 짧은 순간에 당신이라는 존재의 진실과 실체가,
성장의 축복과 행위의 아름다움과 성취의 영광이 모두 담겨 있다.

어제는 꿈일 뿐이요, 내일은 환상에 불과하나
오늘을 잘 살면 어제는 행복한 꿈이 되고
내일은 희망찬 환상이 된다.
그러니 오늘을 잘 살펴라!
이것이 새벽에 바치는 인사이니.

칼리디사라는 고대 인도 극작가의 시구이다. 매일 아침 출근을 하기 위해 운전석에 앉으면 한 번씩 나직이 읊조린다. 오늘 나에게 주어진 하루를 열심히 살아갈 힘과 영감을 얻는다. "그래. 과거는 과거이고, 나에게 주어진 오늘을 잘 보내자. 신호철! 오늘도 파이팅이다!"

국제공항은
날마다
응급 상황

약을 놓고 왔어요!

아침부터 진료실 밖이 어수선하다. 응급 환자가 실려 온 것도 아닌데, 한 무리 사람들이 웅성대는 소리와 신세 한탄을 하는 노인의 목소리가 뒤섞여 진료실 문틈을 비집고 들어온다.

"늙으면 죽어야지, 이 나이에 해외여행은 무슨. 집에 가자!"

노부부에 자식 손주들까지 여남은은 족히 되는 대규모 가족 여행단이다. 그 정도면 준비도 많이 했을 테고 기대가 컸을 텐데 '죽어야 한다'느니, '이 나이에 무슨 해외여행' 같은 마음에도 없는 말이 노인의 입에서 나오는 까닭은 무엇일까.

"어르신, 어디가 불편하셔서 오셨어요?"

"아이고, 의사 양반. 내가 정신머리가 없어 여행 가서 먹을 약을 집에 고이 모셔 두고 왔네."

상복하는 약을 집에 두고 왔다는 걸 공항에 도착해서야 깨달았단다. 비행기 시간 때문에 집에 갔다 올 수도 없고, 약 없이는 여행을 못 간다고 난리를 피우다가 지푸라기라도 잡는 심정으로 내 진료실까지 오게 된 것이다. 혈압약과 당뇨약. 수십 년 동안 동네 의원에 다니며 처방받은 약을 하루도 빠짐없이 복용해 온 터라 '꼭 챙겨 가야지' 하고 신줏단지 모시듯 탁자 위에 잘 놓아두었는데 정작 출발할 때는 깜빡했으니…. 약 없이 일주일간을, 그것도 해외에서 보낸다는 것이 어르신으로서는 엄두가 나지 않는 일일 것이다. 불안과 체념에 휩싸여 내내 자신을 책망하는 어르신의 마음을 우선은 달래 드려야 한다.

"어르신, 저는 나이 50중반밖에 안되었는데도 이것저것 많이 놓고 다닙니다. 오늘 아침에도 커피를 타서 식탁에 놓고서는 그냥 나왔지 뭡니까. 하하! 공항에는 어르신만 그런 게 아니라 젊은이들도 뭘 깜빡 놓고 와서 당황하는 경우가 부지기수예요. 하지만 다들 무탈하게 여행을 잘 다녀옵니다. 비행 시간 전까지 어떻게든 약을 확인해서 처방해 드릴 테니 너무 걱정하지 마세요. 어르신, 약 이름이나 종류는 알고 계세요?"

"글쎄, 주는 대로 먹어서 외우고 다지니는 않아요. 약은 한 주먹이여."

약 이름을 기억하고 있거나 수첩에 적어 다니는 분이라면 걱정할 게 없다. 처방전을 촬영해 핸드폰에 저장해 두었다면 더 좋을 것이다. 다니는 병의원의 이름이라도 기억하고 있다면 전화해서 물어볼 수도 있다. 하지만 그마저도 가물가물하다 하시니 이제 '탐문수사'에 들어가야 한다. 사는 지역과 주소지를 바탕으로 인근 병의원을 탐색한다. 구글, 네이버 등을 동원하여 다니는 병원을 찾아낸다. 인터넷 강국인 대한민국에서는 살고 있는 동네 이름만 알아도 그 주변의 병의원과 약국을 쉽게 찾을 수 있다. 어르신과 인터넷 지도를 같이 보며 평소 다니시는 병원과 약국을 확인하고 직접 전화를 걸어 약 이름을 알아냈다. 10여 분의 탐문수사가 끝나고 처방전을 건네드리니 그제야 어르신 표정이 밝아졌다. 어르신과 나는 굳게 악수를 나누고 가족 여행단은 만세를 외쳤다.

하지만 아직 끝이 아니다. 여행 중 분실에 대비해 약 성분명을 영문으로 적어 드렸다. 그러고는 다시 차분히 마주 앉아 처방한 약의 성분과 효능에 대해 설명한다.

"지금 드시고 계시는 혈압약은 한 알에 두 가지 성분이 들어가 있는 복합성분의 약인데요, 혈압을 잘 떨어뜨리면서도 안전성이 입증되어서 대부분의 환자들에게 처방되는 매우 우수한 약입니다. 한 성분은 심장혈관을 보호하고, 한 성분은 콩팥을 보호하는 기능이 있습니다. 주치의 선생님께서 참 좋은 약을 주셨군요. 꾸준히 잘 드시는 게 제일 중요합니다."

잔소리도 덧붙인다. "처방전은 반드시 사진을 찍어서 스마트폰에 저장해 두고 다니세요."

환자 본인이 오랫동안 복용하고 있는 약인데도 그 성분과 효능에 대해 잘 모르는 경우가 많다. 약의 어떤 성분이 신체에 무슨 작용을 하는지, 부작용은 무엇인지, 각각의 약은 어느 시간에 복용해야 가장 좋은 효과를 발휘할 수 있는지 정도는 알 필요가 있다.

내가 그 어르신의 주치의도 아닌데, 여행길에 잠시 스쳐가는 분에게도 굳이 이런 설명을 해야만 직성이 풀리는 데에는 나름의 이유가 있다.

1987년 어느 봄날, 나는 어머니를 잃었다. 당시 어머니는 45세의 꽃다운 중년이셨고 나는 막 고등학교에 입학한 열일곱 살, 여드름투성이 사춘기 소년이었다. 어머니는 오래전부터 중증의 고혈압 진단을 받은 환자였다.(중증 혹은 악성 고혈압은 수축기 혈압이 180 이상이거나 합병증을 동반한 상태를 말한다) 고혈압은 유전적 요인이 두드러지는 질환이다. 어머니의 외가쪽 혈족 중에 고혈압의 합병증으로 돌아가신 분들이 많다. 나도 어머니가 고혈압 약을 복용하시는 것을 초등학생 시절부터 보아 왔다. 당시의 고혈압 약은 작용 기간이 짧아 하루 세 번 복용해

야 했는데, 부작용도 많아 약을 꼬박꼬박 먹는 일이 어머니에
겐 꽤 스트레스가 되었던 것 같다. 약 먹기를 게을리한 지 한
참이 지난 어느 날, 어머니는 욕실에서 빨래를 마치고 빨래 바
구니를 들고 일어서다 쓰러지셨다. 그리고 그길로 운명을 달리
하셨다. 사망 원인은 '고혈압에 의한 뇌출혈'.

너무도 황망한 일이었다. 누구를 탓하고 원망할 것인가? 당
시 어머니에게 약을 지어 주시던 동네 의원의 원장님이 좀 더
자세히 설명하고 꾸준히 복용할 것을 강하게 설득해 주셨다면
내 어머니의 운명이 달라질 수도 있었을 거라는 생각이 지워지
지 않았다. 의사가 된 지금까지도 그 생각이 떠나지 않는다. 평
상시 약 복용을 잘 해야 하는 고혈압이나 당뇨 환자 분들에게
내가 유난히 집착하게 된 이유다.

승객들은 이런 나의 유난한 당부를 고맙게 받아 준다. 여행
을 마치고 돌아오는 길에 의료센터에 일부러 들러 현지에서 사
온 기념품이나 초콜릿 같은 소소한 선물을 슬며시 놓고 가기
도 한다. 선물을 받는 것도 물론 즐겁고 감사한 일이지만, 무사
히 다녀오셨구나 싶어 마음이 놓이고 기분이 좋아진다.

'괌 태풍 재난'과 대'약(藥)'난감

2023년 5월, 괌을 강타한 슈퍼 태풍 '마와르'로 한국인 관광객 약 3,000명이 일주일 넘도록 꼼짝없이 섬에 갇히는 사태가 일어났다. 일상의 불편함도 불편함이지만, 고혈압과 당뇨 등 지병을 앓고 있는 여행객들은 약이 떨어져 난감했다. 병원에 가는 건 엄두가 안 나는 일. 한 번 진료에 적게는 500달러, 많게는 1,000달러까지 드는 비용 때문이다. 현지 교민 단체의 협조로 어찌어찌 넘기기는 했지만 지병이 있는 환자들과 가족들은 얼마나 애가 탔을까. 해외여행을 할 때 만성질환 약이나 상비약을 넉넉하게 챙겨야 하는 이유다. 특히 어린이나 노약자를 동반하는 여행에는 더욱 세심한 준비가 필요하다.

해외여행을 떠나는 만성질환자들에게 드리는 당부

① 평소 복용하는 약은 따로 전용 파우치에 담아 출발 전날 짐 가방에 챙겨 넣으세요.

② 일정 연장이나 분실에 대비하여 약은 여행 기간에 필요한 분량의 1.5배를 준비하세요.

③ 장거리 항공편(6시간 이상)을 이용하는 경우에는 기내에서 복용할 약을 따로 챙겨 탑승하세요.

④ 천식이나 만성 폐쇄성 폐질환 등 호흡기 질환자의 경우 항공기 내에서 심한 기침이나 호흡곤란 등으로 증세가 악화할 가능성이 있으니 벤톨린 등 응급

기관지 확장제를 준비하세요.

ⓔ 당뇨환자의 경우 사용하는 인슐린이 상온 보관이 가능한 것인지, 반드시 냉장 보관해야 하는 건지 확인하여 기내에서 사용할 인슐린과 혈당 측정기를 지참하고 탑승하세요.

ⓕ 분실에 대비하여(그런 일이 없어야 하지만) 주치의 선생님 도움을 받아 복용약의 영문 이름을 메모해 두세요. 상품명은 국가별로 다른 경우가 많으므로 성분명으로 표기해 가는 것이 안전합니다. 긴 여행을 떠나기 전에는 반드시 주치의 선생님을 만나고 가는 것이 포인트입니다.

ⓖ 스마트폰에 건강보험심사원에서 최근 개발한 '건강 e음' 어플리케이션을 설치해 두면 본인의 처방 정보를 한눈에 확인할 수 있어 좋습니다. 자녀분들이 부모님 스마트폰에 설치해 드리면 좋겠습니다.

목에 걸린 소시지

어느 날 오후, 평온하던 의료센터의 조용한 공기가 일시에 흩어졌다. 한 중년 남자가 괴성에 가까운 비명을 지르며 문을 박차고 들어왔다. 그의 등에는 초등학생쯤 되어 보이는 아이가 팔과 다리가 축 처진 채로 업혀 있었다. 연신 질러 대는 비명소리에 의료센터 내 모든 진료 대기자와 의료진의 몸이 얼어붙는 듯했다.

응급처치 침대에 눕혀진 아이는 이미 숨을 쉬지 않고 있었다. 맥박도 잡히지 않았다. 심전도로 측정되는 심장 박동만이 아이가 아직은 살아 있음을 확인시켜 줄 뿐이었다. 초응급 상황, 지체 없이 심폐소생술을 시작했다. 동시에 아이를 업고 온 남자에게 왜 이런 상황이 되었는지 물었다.

불과 10여 분 전. 3층 출국장에서 출국 순서를 기다리던 중 아이가 배가 고프다고 해서 핫도그 하나를 사 주었단다. 허겁지겁 먹다가 아이가 갑자기 쓰러졌고 아버지가 업고 달려온 것이었다. 핫도그 속 소시지 덩어리가 아이의 기도를 막아 버린 것 같았다. 나는 즉시 아이의 가슴을 압박하던 손을 멈추었다. 가슴을 압박하는 일반적인 심폐소생술은 이런 상황에서는 도움이 되지 않는다. 어떻게 해서든 아이의 기도를 막고 있는 소시지 조각을 빼내야 한다. 이마에 식은땀이 흐르기 시작했다. 아이를 등 뒤에서 끌어안고 일으켜 세운 후 '하임리히법'이라는 기도 폐쇄 회복술을 시도했다.

아이는 초등학생치고는 덩치가 컸고 몸무게도 많이 나갔다. 군에 있을 때 훈련 중 부상으로 얻은 요추 디스크가 있어 평소 운동을 할 때에도 허리보호대를 착용하던 나였지만 그런 사정을 고려할 상황이 아니었다. 양손으로 아이의 명치 부를 받친 뒤 미친 듯이 압박했다. 그러기를 여러 차례, 이윽고 아이의 기도를 막고 있던 소시지 덩어리가 무심히 튀어나왔다. 길이가 3cm 남짓했다. 숨통이 트인 아이의 몸에 호흡이 돌아오기 시작했다. 심장도 천천히 다시 뛰기 시작했다. 하지만 아이의 의식은 돌아오지 않았다.

후속 치료를 위해 시내에 있는 대학병원 응급실로 향하는 구급차 안에서 아이의 아빠는 늘어져 있는 아이의 손과 발을 계속 주무르고 어루만지며 오열을 멈추지 않았다. 그 심경을 어찌 글로 표현할 수 있을까.

인간의 뇌는 산소 부족에 매우 취약한 조직이다. 뇌로 가는 혈류가 4분 정도만 중지되어도 뇌세포는 죽어 가기 시작한다. 소시지 덩이가 아이의 기도를 막았던 바로 그 즉시 아이의 아버지가 하임리히법을 실행했다면, 혹은 주변에 있던 다른 누군가라도 이 방법을 알고 바로 시도했더라면, 그래서 그 4분 안에 소시지 조각이 아이의 목에서 튀어나왔더라면 이토록 위급한 상황에 처하지는 않았을 것이다. "이 녀석아, 음식 급하게 먹지 말아. 죽을 뻔했잖아!" 하는 안도 섞인 나무람과 등짝 한 대 정도로 끝났을 것이다. 눈물 찔끔 맺힌 눈으로 멋쩍게 웃으며 아빠와의 즐거운 여행을 이어 갔을 것이다.

하지만 아이는 대학병원 중환자실에서 인공호흡기에 의지한 채 언제 깨어날지 모르는 뇌사의 나날을 보내게 되었다. 그 후 한동안 아이의 소식이 궁금하여 가끔 병원에 연락을 취해 보았지만 무사히 의식을 회복하여 퇴원했다는 연락은 끝내 받지 못했다.

하임리히법이나 심폐소생술은 누구든지 기본적인 교육만 받으면 타인의 목숨을 구한 '생명의 은인'으로 만들어 줄 수 있는 응급처치법이다. 과거에는 이런 종류의 응급처치법을 교육받는 일이 일부 특수 업무에 종사하는 사람들에 국한되었다. 하지만 지금은 초등학교부터 노인대학까지 교육기관이나 양로원, 마을회관, 동호회 모임 등에서도 얼마든지 교육을 제공받을 수 있는 시대가 되었다. 유튜브에도 관련 영상이 수없이 올라와 있다. 평소 관심을 기울이고 기회가 되는 대로 배워 둘 필요가 있다. 영웅이 따로 있나. 남의 목숨을 구해 주는 이, 그가 바로 영웅 아닌가.

*하임리히법은 1974년에 이를 고안한 흉부외과 의사 헨리 하임리히Henry J. Heimlich의 이름을 딴 응급처치 방법이다. 음식이나 이물질로 기도가 막혀 질식의 위험이 있을 때 흉복부에 강한 압박을 주어 이를 토해 내게 하는 방법으로, 언제 어떤 장소에서건 이물질이 기도에 막혀 호흡이 불가능해지면 구급대가 도착하기 전에 현장에서 즉시 시도해 볼 수 있는 응급조치 중 하나다. 기도가 완전히 막히지 않았을 때는 환자 스스로 기침 등을 통해 이물질을 뱉어 낼 수 있지만, 기도가 완전히 막힌 경우에는 우선 말을 하지 못하고 목 부분을 움켜쥐는 동작을 보인 후 몇 분 내로 의식을 잃고 심정지 상태에 빠지게 된다. 주변에 있는 사람들이 이러한 완전 기도폐쇄의 신호를 신속히 알아차리는 게 무엇보다 중요하다.

초등학생 이상의 환자를 기준으로 하임리히법 시행방법을 설명하면 다음과 같다. 우선 환자의 의식 여부를 확인하고 주위 사람들에게 구급대에 신고할 것을 요청한다. 곧바로 환자의 등 뒤로 돌아가 상체를 감싸 안고, 환자가 의식을 잃고 쓰러질 것에 대비하여 환자의 다리 사이에 시술자의 다리 하나를 끼워 넣은 뒤, 한 손은 주먹을 쥐고 환자의 명치 아래에 두고 다른 손으로 감싼다. 이후 복부를 시술자 쪽 대각선 방향으로 강하게 수차례 당기면서 이물질이 빠져나오는지, 환자의 호흡이 돌아오는지 확인한다.

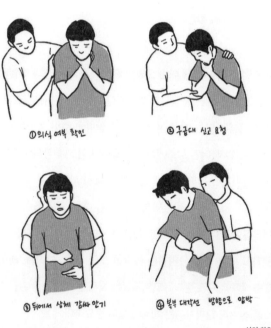

① 의식 여부 확인

② 구급대 신고 요청

③ 뒤에서 상체 감싸 안기

④ 복부 대각선 방향으로 압박

성인 하임리히법

① 구급대 신고 요청 후 기도 확인 ② 환자 머리를 아래로

③ 앉은 팔을 허벅지에 고정하고 등 5회 두드리기 ④ 검지와 중지로 가슴 압박 후 구강 내 이물질 제거

영유아 하임리히법

올해 초등학교 6학년인 우리 집 막내가 하루는 학교에서 수영장을 간다고 전날부터 부산을 떨었다. 수영장으로 소풍이라도 가는 줄 알았지만 정규 수업으로 '생존수영'을 배운단다. 물장구치기와 잠수놀이밖에 할 줄 몰랐던 나의 어린 시절과 비교해 보니 참으로 격세지감이다. 막내가 배운 생존수영이라는 것은, 물에 빠진 다른 사람을 구할 수 있는 수영 실력을 배우는 것이 아니라 자신이 물에 빠졌을 때를 대비하여 구조자가 오기 전까지 오랫동안 물에 떠 있을 수 있게 하는 수영법이라 한다. 수영을 잘 못하는 나도 아이가 배워 온 생존수영을 집안 거실에서 따라해 보고, 자주 가는 동네 목욕탕의 냉탕에서 실전처럼 연습도 해 보았다. 중년의 아저씨가 동네 목욕탕에서 벌거벗은 몸으로 둥둥 떠 있는 모습을 별로 상상하고 싶지는 않겠지만, 위급 상황 대비는 이처럼 평소에 몸으로 해야 하는 것임을 강조하고 싶다. 기회가 있을 때 무심코 익혀 둔 소소한 기술들이 언제 어느 때 나와 남의 목숨을 구할지 모른다. 이런 건 미룰 일이 아니다.

2부. 인천국제공항의 생로병사

탑승해도 될까요?

60대 남자 승객이 아랫배를 움켜쥐고 끙끙 신음을 하며 공항 구급대의 스트레쳐 카트(stretcher cart, 환자 이송용 침대)에 실려 왔다. 그의 하복부는 보호대와 탄력붕대로 겹겹이 감겨 있다. 그것들을 조심스레 제거하고 환부를 본 나는 소스라치게 놀란다. 환자의 오른쪽 사타구니 쪽으로 맹장 수술을 한 자국이 선명했는데 봉합해 놓은 부위가 벌어져 붉은 속살이 훤히 드러나 있는 것이다.

"아니 수술을 대체 언제 하신 겁니까?"

나는 너무 놀란 나머지, 거의 신음소리밖에 내지 못하는 환자에게 다그치듯이 묻고 말았다.

"죄송합니다. 이틀 전에 미국서 수술받고 급하게 귀국하는 바람에 이 지경이 된 듯합니다. 죄송, 죄송합니다."

연신 죄송하다고 조아리는 환자를 보니 오히려 내가 더 미안해진다.

"우선 진통제로 통증을 덜어 드릴 테니 아픈 게 좀 나아지시면 찬찬히 상황을 설명해 주세요."

환자가 털어놓은 사연은 이러했다. 미국 출장 중 갑자기 배가 아파 병원에 갔더니 급성맹장염이란다. 현지 병원에서 응급 수술을 받기는 하였으나, 한국에서와 다른 살벌한 수술비와 입원비(수천만 원이 든다 함)에 놀라 수술을 마치자마자 바로 귀국을 요청하게 되었다. 수술 부위가 채 아물지 않은 상태에서 12시간의 장거리 비행 끝에 돌아오긴 했지만, 우려한 대로 수술한 봉합 부위가 다 벌어져서 재수술이 필요한 상황이 된 것이다.

항공기 안의 기압은 정상 기압보다 낮다. 국제선 항공기의 경우 객실 내 기압은 한라산 정상 정도의 수준. 고도가 높아지면 기압이 낮아지므로, 비행 중인 항공기에서는 인위적으로 기압을 높여 승객들에게 안락한 환경을 제공하기 위해 엔진으로 빨아들인 공기를 정화하고 압축하여 객실로 공급한다. 이렇게 하는 것을 '객실 여압cabin pressurization'이라고 하는데 우리가 비행기를 타면 항상 에어컨이 틀어져 있다고 느끼게 되는 것이 바로 이 객실 여압 장치가 가동되고 있기 때문이다. 그런데 여압을 하더라도 항공기 무게의 증가에 따른 추가적인 동력이 요구되는 등의 문제로 객실의 기압을 정상 기압과 동일하게 유지하기는 어렵다. 이러한 상황이 지속되면 몸에 문제를 일으킬 수 있다. 'trapped wind' 또는 'trapped gas'라 불리는, 우리 몸속 닫힌 공간의 공기는 기내에서 약 30% 정도 팽창하게 된다. 그래서 일반 승객들도 비행기만 타면 유난히 복부 팽만감을 느끼고 트림이나 방귀가 평소보다 자주 나온다고 하는 경우가 있다. 건강한 사람에게 이런 소소한 불편함은 항공 여행의 에피소드에 그칠 수 있지만, 특정 질환을 앓고 있거나 상처가 채 아물지 않은 환자의 경우 예기치 못한 불상사를 초래할 수도 있다. 항공운송규약에는 각 신체 부위별로 수술 후 일정 기간을 경과해야 항공기 탑승이 가능하다는 조항이 명시돼 있지만 일선 의사들이 전부 이를 숙지하고 있기는 어렵다. 상처가 회복된 후 귀국하라는 의사의 권고가 있었다 하더라도 이를 무시한 채 귀국편 탑승을 서두르는 경우도 많다.

WHO(세계보건기구)나 IATA(국제항공운송조약) 등에 명시된 바에 따르면 환자인 승객은 본인의 건강 상태와 관련하여 항공기 탑승 가능 여부를 전문의와 상의해야 하며, 의사는 안전한 여행을 위해 필요한 사항을 확인하고 필요시 항공사와 사전 조율을 해야 한다. 물론 절대적인 기준은 없고, 항공사마다 적용 기준이 조금씩 다르다. 탑승 여부는 최종적으로 환자의 전반적인 의학적 상태를 검토한 의사의 판단에 달려 있다. 그래서 공항 의료센터에서 발급하는 진단서에는 다른 일반 병원에서 발급하는 진단서와는 사뭇 다른 문장이 등장하게 된다. "fit for travel" 직역하면 '여행에 적합한'이다. 이 짧은 문장 속에 복잡하고 어려운 의학적 고민이 숨어 있다.

앞의 사례에서 말한 승객의 수술 부위는 눈으로 보기에는 무척이나 심각한 상황이었지만, 그나마 다행히도 복강 안의 수술 부위는 무사하여 본인이 거주하는 인근 병원에서 외부 복벽의 벌어진 부위를 봉합하는 재수술을 받은 뒤 무사히 퇴원하였다는 전갈을 받았다.

건강상 특정 조건하에 있는 승객들에게 항공기 탑승은 각별한 주의를 요하는 일이다. 때로는 위험천만한 모험이 될 수도 있으니 조심해야 한다.

1903년 라이트 형제가 완성한 비행기 '플라이어 호'가 36미터를 날아 인류 최초로 동력 비행에 성공한 뒤로 항공 기술은 비약적으로 발전해, 지상으로부터 10킬로미터 이상의 상공을 날고 있어도 지표면에 있는 것과 별 차이를 못 느끼게 하는 경지에 이르렀다. 하지만 이것은 지극히 건강한 사람들에 해당되는 이야기일 뿐이다. 항공 여행이 보편화하여 승객이 폭발적으로 늘어나면서 이에 상응하게 다양한 의학적 문제가 생겨나고 있는 것이다. 지표면이라는 공간에 적응해 진화해 온 인간이 지표면으로부터 8,000에서 10,000미터 떨어진 상공을 비행할 때 발생할 수 있는 신체의 다양한 변화와 적응을 연구하는 것이 항공의학의 주된 관심 분야 중 하나다.

기압 주의가 필요한 환자를 위한 안내

비행 고도가 약 7,500미터 정도(보통의 국내선 운항 고도)라면 대형 여객기의 기내 기압은 지상과 거의 같고, 국제선의 운항 고도인 1만 미터 이상에서는 해발고도 약 2,000미터 정도와 비슷한 상태가 유지됩니다. 건강한 사람이라면 이러한 차이는 잘 못 느끼거나 느끼더라도 복부에 가스가 찬 듯한 불편함 정도에 그치지만, 기내 압력 조건으로 상태가 악화할 가능성이 있는 분들은 각별히 주의하셔야 합니다. 비행 중 기압 부적응을 대비하여 각별히 탑승에 유의해야 하는 경우는 다음과 같습니다.

1. 2~3주 이내에 발생한 급성 심근경색증 환자
2. 불안정성 협심증 환자
3. 3도 이상의 울혈성 심부전증 환자

4. 조절되지 않는 고혈압이나 빈맥 증세 환자

5. 2주 이내의 심장혈관 수술 환자

6. 2주 이내의 뇌혈관 질환자(뇌졸중 등)

7. 이관폐색을 동반한 중증의 중이염 환자

8. 2주 이내의 기흉 등 체강 내 가스가 차 있는 환자

9. 흉부 및 복부 수술 10일 미만의 환자

10. 장폐색증이나 뇌압 상승을 수반하는 두부 질환자

여기에 해당하는 분들은 해외여행을 떠나기 전에 주치의와 만나 꼭 상담

하세요.

우리 애 쫌 살려 주세요!

센터 문이 열리고 절규에 가까운 고성이 들려온다.

"우리 애가 다쳤어요! 도와주세요!"

공항에서는 의외로 어린아이들이 자주 다친다. 넓고 매끄러운 공항 바닥에서 신나게 뛰어 놀다가 넘어지기도 하고 카트에 태운 아이가 떨어져 다치는 등 크고 작은 안전사고가 종종 일어나기 때문이다. 아이들의 부상은 크건 작건 신속히 진료하는 게 우선이기에 다급한 마음으로 의자를 박차고 나간다. 그런데 다쳤다는 아이는 온데간데없고 승객의 품에 안긴 채 다리에 피를 흘리고 있는 강아지의 울부짖는 소리만 대기실에 가득하다. 진료 순서를 기다리고 있던 다른 환자분들도 이런 상황에 어리둥절해 있다.

승객이 다급하게 외친 '우리 애'는 다름 아닌 반려견이었다. 실제로 공항에는 반려견을 데리고 오는 승객들이 상당히 많다. 케이지에 계속 넣어 다니기가 미안한지 가끔 산책을 시키다가, 공항에 설치된 구조물이나 무빙워크 등에 강아지가 발이 끼여 다치는 경우가 종종 있다. 다친 반려견을 안고 공항 의료센터로 달려온 보호자도 이곳이 동물병원이 아니라는 것은 충분히 알 것이다. 급한 상황에 찬물 더운물 가리지 않는 것은 인지상정이니, 누구를 탓할까.

우선 보호자부터 진정시키는 게 우선이다. 치료하려다 내가 물릴 수도 있기에 보호자의 협조가 필요하다. 보호자가 진정해야 다친 반려견도 안정을 찾을 것이다. 다친 부위를 꼼꼼히 확인하고 급한 대로 소독하고 붕대로 감싸 추가적인 손상이 없도록 상처 부위를 보호해 준다. 조치가 끝나고 환자(?)와 보호자(?)가 좀 차분해지면 연고지의 동물병원에서 치료받을 수 있도록 설명해 준다. 그제야 보호자는 한숨을 돌리며 진료비를 내고 병원을 나서려 한다. 그런데 누구 이름으로 접수하고 누구 이름으로 진료비를 받으리오. 접수를 할 수도 진료비를 청구할 수도 없다. 진료비는 감사 인사로 대신 받을 뿐이다. 가끔 커피 한 잔이 놓이기도 한다.

다음의 이야기는 조금 심각하다. 항공기에서 응급 전화가 온다.

"비행 중인 808편 항공기 사무장입니다. 조금은 황당한 일이라 자문 요청하기를 망설였는데요. 그래도 혹시나 여쭈어는 보아야 할 듯하여 전화 드렸습니다."

"네. 무슨 일인가요?"

"한 승객분이 반려견을 데리고 탑승을 하셨는데요."

많은 항공사들이 동물 운반용 케이지 포함 5kg 미만의 반려견은 승객과 함께 탑승시킨다는 사실은 알고 있었다.

"반려견이 갑자기 경련을 일으키다가 호흡이 멎어 죽은 걸로 보이는 상황인데요. 승객께서 울면서 뭐라도 응급조치를 좀 해 달라고 강하게 요청하십니다. 전기충격기를 사용해서라도 살려 달라고 하도 애원을 하셔서요."

승무원에게 심폐소생술과 전기충격기 사용을 요구하여 이 요구가 타당한지, 그리고 실제로 가능한지 문의하는 전화다.

본인이 탄 항공기에 동물을 치료할 수 있는 수의사가 탑승하고 있을 확률은 얼마나 될까? 행여 있다고 하더라도 인간을 살리기 위해 탑재된 응급 장비를 반려견에게 쓸 수 있는 것일까? 전화를 받고 처음에는 상상도 못했던 일이라 몹시 당황스러웠는데 유사한 사례가 있는지를 확인해 보니 의외로 사람 몸집 정도의 대형 견종에게는 전기충격기를 사용해 본 케이스가 발견되었다. 하지만 대부분 인간에게 사용하는 의료 장비를 다른 동물에게 사용할 수는 없다. 기내에 동반 탑승한 반려견이라면 몸무게가 2~3kg를 넘지 않는 소형견일 텐데 자칫 제세동기가 내부 장기를 모두 태워 버릴 수도 있어 현실적으로 사용은 불가능하다. 가족 같은 반려견을 살리기 위해 어떤 조치라도 해 보려는 승객의 마음은 십분 이해가 되지만, 의학적으로 타당하지도 않고 적용 불가능한 요구는 받아들여지지 않는다.

2023년 현재 국내의 애견, 애묘 인구가 무려 천만 명을 넘어섰다고 한다. 나도 퇴근해서 집에 오면 눈부시게 하얀 꼬리를 내 다리에 비벼 대며 '쓰담쓰담'과 간식 요구를 들어줄 때까지 애정공세를 펼치는 페르시안 품종 고양이가 있다. '별난 고양이'라는 의미로 '별냥이'라 부르는 우리 집 고양이는 집안의 막내 역할을 톡톡히 한다. 모든 가족들의 사랑을 받고 또 나누어 주는 소중한 식구로서, 그 존재감에 대해 나 또한 잘 알고 있다. 하루도 떨어질 수 없고, 멋진 여행에 동반하고 싶은 마음도 십분 이해가 간다. 하지만 반려동물의 갑작스런 질병이나 사고에 대처할 만한 동물병원이 공항에는 존재하지 않는다. 있다고 한들 간헐적으로 발생하는 응급치료만 가지고는 정상적인 운영이 가능하지 않을 것이다.

어찌됐든 공항 병원 문을 박차고 들어오는 반려견 가족의 마음이야 오죽하랴! 진료비는? 감사 인사로 퉁칠 수밖에 없기도 하지만, 기꺼이 포기다.

비켜 주세요, 플리즈!

　따르릉~! 따르릉~! 긴급 출동을 알리는 응급 전화벨 소리가 의료센터에 울려 퍼진다. 외래 진료를 보다가도 이 소리만 들리면 갑자기 말이 빨라지고 손도 분주해진다. 출동 사유를 빨리 알아내야 한다는 생각에 마음이 급해지는 것이다. 먼저 출동한 공항 구급대가 환자 발생 장소와 환자 상태를 알려 오면 간호사와 함께 구급 배낭과 약품 상자 등을 들고 현장으로 달려가야 한다.

2023년 현재는 공항 터미널에 공항 구급대 대기실이 배치되어 있어 터미널 안에서 발생하는 응급 환자에 대한 1차 출동 임무를 맡아 주고 있지만, 과거에는 이렇게 응급 호출 전화가 오면 곧바로 공항 병원의 의료진이 비상 의료 가방을 이고 지고 현장까지 출동하는 것이 일상이었다.

인천공항은 동서로 매우 긴 건물이다. 동에서 서까지의 길이가 약 1.2킬로미터, 단일 건물로는 국내 최대 크기로 알고 있다. 공항에 상주하는 직원들이 식사 후에 운동 삼아 걸어서 왕복하기에는 알맞은 거리다. 하지만 탑승 시간이 임박한 승객들이나 나처럼 촌각을 다투는 응급 상황에 긴급하게 출동하는 입장에서는 그 거대한 규모가 참으로 부담스럽다. 환자 발생 장소가 3층에 위치한 출국장인 경우, 의료센터가 있는 지하 1층에서 지상 3층으로 이동하여 검색대를 통과한 뒤 출국장까지 달려가는 과정의 고충은 이루 말할 수 없을 정도였다. 검색대에서는 의료진이라도 봐주는 법이 없다. 예외 없이 가방과 소지품 검사를 받느라 시간이 지체되니, 몸과 마음이 급한 나로서는 입이 바짝바짝 마른다. 체력이 그닥 좋지 않은 의료진은 환자에게 도착하기도 전에 진이 빠져 버리는 경우가 다반사였다. 이러한 문제를 여러 차례 공항공사에 제기하였고 해결 방법을 논의한 끝에 한 가지 개선 방안이 나왔으니, 바로 3층 출국장 검색대 인근에 의료진 출동 전용 전동카트를 마련해 준 것이었다. 앞에는 운전석과 조수석, 뒤에는 승객석에 짐 칸까지 구비되어 있는 전동차는 그야말로 신세계였다. 드디어 뚜벅이 출동 신세를 벗어나게 된 것이다.

시동을 걸고 엑셀러레이터를 밟으면 전동차는 특유의 전기음을 내며 경쾌하지만 조용히 미끄러지듯 나아간다. 그런데 공항 전동카트도 엄연히 차량인지라 운전허가증 소지자만이 운전할 수 있고, 운전자는 반드시 카트 운전허가증을 패용해야만 한다. 문제는 의료센터에서 이 허가증이 있는 사람이 나 하나뿐이라는 것. 처음에는 신기하기도 하고 우쭐하기도 했지만 아뿔싸! 응급 출동 운전은 모두 내 차지가 되고 말았다. 술자리에서 술을 마시지 못하는 친구가 대리기사 역할을 수행하느라 진이 빠지는 것과 같다고나 할까?

흰 가운을 입은 남자 의사가 조수석에 간호사를 태우고 카트를 몰면서 승객들 사이를 비집고 다니는 모습을 상상해 보라. 도로 위 모든 차량을 제압하듯 사이렌을 울리며 현장으로 출동하는 구급차를 연상하면 안 된다. 공항 출국장에서 사이렌 소리는 금물이다. 승객들에게 다른 긴급 상황으로 오인하게 만들어 불안감과 혼란을 주면 안 되기 때문이다. 의료용 전동카트는 조용히 승객들의 사이사이를 비집고 달려가야만 한다. 사이렌 소리를 대체할 수 있는 건 오직 내 육성뿐이다. 그것도 그리 크지 않고 부드러운 음성으로 "비켜 주세요.

비켜 주세요. 응급 상황입니다. 길 좀 비켜 주세요!" 하며 달려야 한다. 그나마 내국인들은 알아듣고 길을 내주지만 한국 말을 알아듣지 못하는 외국인들은? "Excuse me, Excuse me, Emergency please!"를 연발하는 수밖에 없다. 응급 환자에게 도착하기도 전에 목도 쉬고 지치는 것은 기분 탓일까?

수년의 세월이 지나고 이제 전동카트는 공항철도 역과 터미널 사이를 이동하는 승객들 가운데 짐이 많거나 거동이 불편한 승객들을 이송하거나, 가끔은 공항으로 견학을 나온 유치원생들에게 즐거움을 주는 목적으로 활용되고 있다. 이제는 전동카트에서 경쾌한 음악이 흘러 나와 앞에 있는 사람들에게 신호를 보낸다. 따라단 딴다~ 따라단 딴다~ 음악 소리와 함께 내 옆을 미끄러지듯 이동하는 전동카트를 볼 때면 그때 나의 애절했던 목소리가 귓가에서 오버랩된다. 그때 "비켜 주세요~! Please~!" 하던 애절한 내 육성을 대신해서 이런 음악을 틀고 다녔으면 어땠을까?

2부. 인천국제공항의 생로병사

가느냐 돌리느냐 내려앉느냐

"따르르르르르!"

손에 쥐고 있는 핸드폰에 국제 전화임을 알리는 긴 번호가 뜬다. 가볍게 심호흡을 한 번 하고 나서 지체 없이 통화 버튼을 누른다.

"안녕하세요, 필리핀 다낭에서 인천으로 향하고 있는 KE-000편 기내입니다."

"네, 안녕하세요. 항공 응급 자문 의사입니다. 무슨 일인지

찬찬히 말씀하세요."

찬찬히 말하라고는 하지만 내 목소리에도 긴장이 잔뜩 묻어 있다.

"네. 기내에서 5세 소아 승객이 알러지 발진으로 가려워하는데 보호자분께서 페니라민이라고 하는 약을 소아에게 주어도 되는지 문의하십니다."

심각한 상황은 아닌지라 조마조마했던 마음이 풀어지고 덩달아 목소리도 경쾌해졌다.

"네, 물론입니다. 반으로 잘라 갈아서 주셔도 되고, 삼킬 수 있으면 그냥 주셔도 되고요. 발진이 생긴 부위는 시원한 물수건으로 찜질하게 해 주시고 긁지 않도록 하라고 전달 바랍니다. 공항 도착 후 병원 진료를 받도록 권고도 부탁드립니다."

"네 감사합니다."

"네, 안전한 비행 하세요."

대부분의 항공기에는 어느 정도의 일차 상비약이 구비되어 있다. 페니라민과 같은 항알러지 약뿐만 아니라 멀미약이나 두통약 같은 비상 약품은 승무원에게 요청하면 바로 받을 수 있다. 하지만 비상 약을 써도 좋을지 판단이 서지 않는 경우에는 의사의 자문을 받아야 한다. 우선 기내 방송을 통해 기내 승객 중에서 의료인을 찾는다(이런 기내 방송을 들어본 사람들이 많을 것이다). 기내에 도움을 줄 의료인이 없다면 승무원은 콕

핏(cockpit, 조종석)에 설치되어 있는 항공 응급전화 버튼을 누르게 되는데 그 위성전화가 내가 지니고 다니는 핸드폰에 연결된다. 승객 중에 의사나 간호사가 있지만 전문 분야가 아니라 판단이 어려운 경우에도 응급전화가 연결된다. 2015년부터 항공 응급 비상 전화(Emergency Medical Call Service.이하 EMCS)를 내 핸드폰에 연동하여 받고 있다. 벌써 8년째다. EMCS는 운항 중인 항공기 안에 마땅한 의료진이 없거나 승객의 상태가 위중하다고 판단되는 경우 지상의 의료진에 의학적 자문을 요청하는 시스템이다.

조용하던 핸드폰이 요란하게 울려 대면 나의 심장도 덩달아 뛰기 시작한다. 하루 24시간 365일 언제든 울릴 수 있는 이 전화는 공항에서 같이 근무하는 동료 의사 셋이 교대로 받는다. 지난 수년간 사고 없이 맡은 바 임무를 잘 수행해 주고 있음에 항상 고마워하고 있다. 언제 어느 때 울릴지 모르는 응급 전화 벨 소리에 약간의 노이로제와 강박이 생긴 것은 어쩔 수 없다. 화장실에 있을 때도, 샤워를 할 때도, 잠자리에 들 때도 핸드폰을 손에 닿을 거리에 두어야 마음이 편하다. 가끔은 머리에 샴푸 거품을 잔뜩 올린 상태로 다급히 울리는 EMCS 전화를 받다가 눈에 거품이 들어가 눈물을 쏟아내기도 한다.

기내에서 가장 긴박한 응급 상황은 승객이 '심폐정지' 상태에 빠진 경우이다. 지상으로부터 10km 떨어진 상공을 시속

1,000km에 가까운 속도로 비행하는 항공기 내에서 심장마비로 호흡정지 상태가 되다니, 생각만 해도 끔찍하고 공포스러운 상황이 아닐 수 없다. 하지만 다행히도 국제선 항공기에 평균 한 명 이상의 의료진이 탑승한다는 통계 보고(2019년 '코로나 팬데믹' 이전 통계이지만 지금도 크게 다르지는 않을 듯하다)가 있고 항공기 승무원들은 승객 안전을 위해 필수적으로 기초 심폐소생술 교육을 받는다.

심폐소생술이 필요한 정도의 초응급 환자가 발생했을 때 항공기 운항의 총괄 책임을 지고 있는 기장은 고민에 빠진다. 그대로 목적지까지 비행할 것인가, 아니면 항로 근처의 다른 공항에 임시 착륙 허가를 받아 비행을 멈춰야 할 것인가. 어려운 선택이다. 이 고민을 항공 응급 자문 의사, 항공 통제실이 함께한다. 통제센터를 통한 3자 통화(조만간 화상으로 연결되는 시대가 오리라 확신하지만 그나마 위성전화로 3자 통화가 가능해진 것만도 다행이다) 속에 긴박함과 고심 가득한 대화가 오간다.

"사이판에서 인천공항으로 들어가는 KE-000편 기장입니다. 기내 외국인 승객께서 갑자기 쓰러져 의식이 없고 호흡도 없는 상태입니다. 다행히 의사 한분이 탑승하고 계셔서 지금 승무원들과 심폐소생술을 하고 있는 중인데 이대로 비행을 지속할지 아니면 비상 착륙을 할지 결정해야 할 것 같습니다."

종합 상황실 관제사는 항로 중간에 비상 착륙이 가능한 다른 공항을 알아보며 그 공항에서 응급 의료가 가능한지를 확인한다.

"기장님. 승객분이 사망하신 상태인지, 심폐소생술로 소생이 가능한 상태인지를 확인하는 게 중요합니다. 기내 의사분께 확인 바랍니다."

잠시 정적이 흐른 후 대답이 돌아온다.

"아직은 판단하기 어렵다고 합니다. 최선을 다해 심폐소생술을 해 보겠다고 하십니다."

전화기 너머로 다급함과 긴장감이 전해져 온다. 환자가 심폐소생술로 회복이 가능한 상태인지, 목적지까지 비행 시간이 얼마나 남았는지, 항로 근처의 공항에 착륙할 수 있는지, 그 공항 근처에 의료 시설이나 병원이 있는지 등을 종합적으로 고려하여 최선의 선택을 해야 한다. 기장과 자문 의사인 나와 항공통제실이 함께하는 이 고민은 초를 다투는 긴박한 상황에서 치밀하고 조심스럽게 결정된다. 한 생명을 살리기 위한 사투의 현장에서 다른 승객들의 불편과 항공사의 경제적 손실은 후순위일 수밖에 없다. 그렇기에 가끔 '아름다운 회항'이라는 제목의 기사가 신문의 한 페이지를 장식하는 것을 보곤 한다.

의사들 사이에 전설처럼 전해져 오는 일화가 있다.

미국행 국제선 기내에서 한 승객이 갑작스럽게 호흡 곤란에 처한 위급 상황이 벌어졌다. 승무원의 다급한 '닥터 콜'에 이곳저곳에서 여러 사람이 일어나 승객 주위로 몰려들었다. 통상적으로는 운항 중인 국제선 항공기 내에 의사 승객이 1명이나 있을까 말까 하니, 이런 경우는 상당히 이례적이었다. 때마침 해외 학회 참석차 탑승한 의사들이 여러 명 있었던 것이다. 게다가 대다수가 흉부외과 의사들이었다. 이들은 승객을 차분히 진찰하고 의견을 나눈 후 '기흉'이라는 질병 때문인 것으로 결론을 냈다. 그리고 기내에 있는 응급 의료 상자를 열고 이런저런 도구들을 사용하여 병원 응급실에서나 가능할 법한 시술들을 시행하였다. 응급 의료 상자에 들어있는 주삿바늘로 폐에 작은 구멍을 내고 수액 줄을 연결하여 흉곽 안에 고여 있던 공기를 밖으로 배출해 낸 것이다. 시술 후 헐떡대던 승객의 호흡이 점차 편안해져서 목적지 공항에 도착할 때 즈음에는 아무 일 없었다는 듯이 편안한 호흡을 되찾았다. 승무원들과 승객들의 찬사와 박수갈채 속에 흉부외과 의사들은 마치 영웅처럼 환자와 함께 비행기에서 내렸다. 환자는 현지 병원으로 이송되어 무사히 기흉을 치료한 후 귀국할 수 있었다고 한다. 이 승객은 정말 천운을 타고난 것이 틀림없다. 전생에 나라를 몇 번이나 구해야 이런 행운을 맞을 수 있을까 싶다.

예기치 않은 기내의 응급 상황은 승무원과 승객들의 긴밀한 협조로 환자가 기적적으로 소생을 하면 아름다운 미담으로 남겠지만, 결과가 좋지 않거나 최악의 경우 허망하게 기내에서

생을 마감하게 되면 관련된 모든 이들에게는 한동안 잊기 힘든 괴로운 기억으로 남을 것이다. 그래서 응급 의료 자문을 수행하는 나 역시도 한동안은 계속 당시의 상황을 무한 반복하여 복기해 보고 나의 자문이 적절했는지를 곱씹어 본다. 부디 오늘 밤도 갑자기 아픈 승객 없이 안전하고 편안한 비행이 계속되기를 바란다.

사람은 물고기가 아니랍니다

　나는 항공 의사이기 이전에 가정의학과 전문의다. 한국에 가정의학과라는 의학 분야가 도입된 지 수십 년 세월이 흘렀다. 하지만 아직도 가정의학과가 어떤 진료를 행하는지 궁금해하는 경우가 많은 것이 사실이다. 내과, 외과, 소아과, 정형외과, 산부인과 등 이름만 들어도 진료 영역이 보이는 과들과는 다르게 가정의학과는 이름만 들어서는 어떤 영역을 진료하는지 애매모호할 수밖에 없다. 간략하게 설명하자면, 가정의학과는 의학의 전문화, 세분화가 불러온 문제들을 보완하기 위해 생겨난 의학 분야로 성별·연령·질환의 종류에 관계없이 일차적 진료를 수행하며, 포괄적이고 지속적인 의료 서비스를 제공한다.

'PA_{Physician Assistant}'라 불리는 학생 실습 시절과 인턴 수련 당시에는 수술실에서 환자들의 배를 열고 병든 장기를 잘라내고 생명을 이어 주는 외과 의사의 강한 카리스마와 매력에 끌리기도 했다. 그래서 외과 전문의의 길을 가려 한 적도 있었다. 그럼에도 나는 가정의학과 전문의로 20년째 살아 왔고 매우 만족스럽게 의사 생활을 하고 있다. 일상생활에서 많이 경험하는 다양한 질병들에 대한 폭넓은 이해를 바탕으로 평소에도 주변 사람들에게 크고 작은 도움을 줄 수 있을 뿐 아니라 항공 관련 질병에 대한 예방과 치료에 있어 전문적인 역할을 충실히 하고 있다는 사실이 나에게 만족감을 준다. 전공의 시절, 가정의학 수련을 받을 때 여러 다른 전문과에 수개월씩 파견을 나가서 배운 알찬 술기(術技 skill)들 또한 이곳 공항 의료센터에서 그 효용성과 존재감을 유감없이 발휘하고 있어 뿌듯하다. 아무리 소소한 술기라도 그것이 언제 어느 때 유용하게 쓰일지 모르니 기회가 있을 때마다 열심히 배워서 자기 것으로 만드는 것이 의사의 중요한 덕목 중 하나이다. 공항에서 심심치 않게 접하는 기상천외한 의료 상황에 대응하는 데 나의 전문 분야가 딱 제격이라는 생각에는 변함이 없다.

내 귓속에 무엇이?

이비인후과 의사만 환자들의 귀를 들여다보는 건 아니다. 귀가 아파서 내원하는 환자의 경우 반드시 이경을 통해 귀 안에 어떤 병변이 생겼는지를 관찰하게 된다. 특히 아이들은 감기의 후유증으로 중이염이 종종 생기기 마련이고, 항공성 중이염도 공항 의료에 있어 단골 증상이니 환자의 귀를 세심하고 꼼꼼하게 들여다보아야 한다.

이경을 통해 귀를 들여다보면 좁고 짧은 외이도(지름 0.6cm, 길이 2.5cm 정도)에서 참으로 많은 일이 벌어지고 있음을 알게 된다. 귀에서 이상한 느낌이나 소리가 들린다며 내원하는 사람들의 귀에서는 귀지떡이나 고막에 근접해서 붙어 있는 귀지뿐만 아니라 머리카락, 면봉의 잔해 등 별별 이물들이 발견된다. 이들을 제거함으로써 대부분의 증상이 사라진다. 그런데 외이도는 통증에 굉장히 예민한 조직이기 때문에 이물을 제거할 때는 조심조심 신중을 기해야 한다. 자칫하다간 비명을 지르는 환자를 달래는 데에 시간이 더 오래 걸릴 수도 있다.

가장 황당하고 난감한 일은 살아 있는 작은 벌레를 발견할 때다. 영종도에 있는 캠핑장이나 펜션 등에서 귀를 부여잡고 의료센터로 달려오는 사람들이 종종 있다. 날벌레부터 개미, 작은 지네가 외이도의 좁은 통로에서 오도 가도 못하고 꿈틀

대고 있는 것을 목격하면 이경을 쥔 내 손에도 닭살이 돋는 경우가 많다. 무리하게 핀셋을 집어넣어 잡아 빼는 것은 매우 위험천만한 일이다. 빛을 좋아하는 날벌레 종류는 라이트를 비추고 가만히 기다렸다가 슬금슬금 기어 나오는 것을 살포시 잡아 낸다. 제 발로 나오기를 거부하는 일부 벌레들은 고농도 알코올(80% 이상)을 외이도에 부어 주고 잠시 기다렸다가 알코올에 취해 기절하면 핀셋으로 조심스레 잡아 끌어내야 한다. 주의할 점은 벌레의 일부가 외이도에 남아 있지 않도록 조심 또 조심해야 한다는 것이다.

시술을 성공적으로 마치고 조금은 의기양양해진 나는 환자에게 농담을 건네기도 한다. 이런 일도 나중에는 술자리에서 안줏거리가 될 만한 에피소드이니 이 벌레는 기념으로 가지고 가시라고. 환자의 귓속에서 죽거나 기절한 채 나의 집게 끝에 붙잡힌 벌레를 밖으로 끄집어내는 순간의 쾌감이란! 수술로 환자를 괴롭히던 암 덩어리를 제거한 외과 의사의 성취감에 비교하는 것은 좀 심한 과장이겠지?

낚시로는 물고기만 잡으세요

인천공항 의료센터에서 근무하기 전에는 관심도 없고 잘 몰랐던 사실이 하나 있다. 인천공항이 위치한 영종도에는 평일과

휴일을 가리지 않고 수많은 낚시꾼이 찾아온다는 것이다. 심지어는 낚시가 금지된 구역에서도 많은 사람들이 낚싯대를 던진다.

나에게 낚시 경험은 초등학교 4학년 때 멋모르고 따라간 저수지 붕어 낚시가 전부다. 그때 잡아 온 조그마한 붕어들로 어머니가 붕어 수제비를 만드셨는데 그 놀라운 비주얼에 나는 한동안 수제비를 먹지 못했다. 중년의 지금에 이르러서는 지인들 중에 낚시에 광적인 사람들이 좀 있어 나도 어느 정도 강태공들의 세계를 간접 경험하고 있다.

출조하는 모든 강태공들의 꿈과 희망은 바로 대어일 것이다. 하지만 그런 바람과는 달리 자기 자신이나 주변 사람들만 낚아 황급히 의료센터로 달려오는 일이 의외로 많다. 저 멀리 바다로 멋지게 날아가 참방! 하고 물에 떨어져야 할 낚싯바늘이 엉뚱하게도 자기 몸이나 주변에 서 있던 다른 사람들의 몸에 걸려 버린 상황이다. 베테랑 강태공들은 그런 상황에서도 당황하지 않고 현장에서 나름의 조치를 잘 취한다고는 한다. 하지만 가끔 입술이나 코가 낚싯바늘에 꿰여 들어오는 환자들을 볼 때면 안타까우면서도 어쩔 수 없이 터지려 하는 웃음부터 참아야 한다.

낚싯바늘은 몸의 어디든 걸리기 쉽게 몹시 뾰족하다. 또 자세히 들여다보면 모양이 참 기발하다. 바늘 끝은 마치 작은 작살처럼 미늘이 있어서 한번 뚫고 들어가면 빼내기 어렵게 되어 있다. 그러니 한번 걸린 물고기는 어지간해서는 달아나지 못한다. 낚싯바늘은 후진을 허락하지 않는다. 오로지 전진만이 가능한 물건이다. 그러니 이를 제거할 때도 뚫고 들어간 방향으로 조심스럽게 전진시키는 것으로 시작한다. 그렇게 바늘 끝이 피부를 관통하게 한 후(물론 환자의 고통을 줄이기 위해 주변 부위의 마취는 필수다) 미늘 부분이 피부 밖으로 나오면 절단기로 제거한다. 그런 후 매끈해진 바늘을 들어온 방향으로 후진시켜 빼낸다. 이렇게 해야 통증과 조직 손상을 최소화한 안전한 제거가 가능하다.

낚싯바늘에 걸린 피부에는 바늘이 들어온 방향과 나간 방향으로 두 개의 구멍이 남는다. 새 바늘이면 걱정이 덜하겠지만 여러 번 사용한 바늘은 감염을 일으킬 수 있으니 꼼꼼히 확인하고 철저히 소독한다. 예방 차원에서 항생제도 사용한다. 잘 제거한 바늘은 기념으로 환자에게 줄 법도 하지만, 환자의 혈액이 묻은 모든 물건은 특수 처리해야 하는 의료 폐기물로 분류가 되니 쿨하게 주황색 폐기물 봉투로 직행시켜야 한다.

강태공 여러분, 낚시를 던질 때는 조심하시고 주변을 꼭 확인하시기를 당부합니다. 대어 대신 자기 자신이나 주변 사람을 잡는 경우가 생깁니다.

물속의 조용한 공포– 독성 해파리

1975년에 개봉하여 전 세계를 충격에 빠뜨린 영화가 있다. 스티븐 스필버그 감독의 초기작 〈죠스〉, 어느 한적한 바닷가에 나타나 사람들을 공포로 몰아넣은 식인 상어와 인간의 대결을 그린 영화다. 이 영화가 개봉되고 나서 충격이 얼마나 컸던지 그 해와 그 다음 해 전 세계의 해수욕장은 방문객 감소로 울상을 짓게 되었으며 물속의 조그마한 이상에도 혼비백산하여 해상구조대를 호출하는 일이 비일비재하였다 한다.

영화에서 죠스가 등장할 때마다 울려 퍼지던 '다단~ 다단~ 다다다다다 다단' 하는 음악과 수면 위로 음산하게 나타나는 삼각형의 등지느러미는 보는 이들의 심장을 쥐락펴락했고, 이후 해양공포영화의 원형이 되었다. 나는 어린 나이에 TV에서 '주말의 명화'를 통해 보았는데 그야말로 충격 그 자체였고, 그 뒤로 한동안 바닷가 근처는 얼씬도 하지 않았다.

이제는 우리나라의 해역에도 상어가 심심찮게 출몰한다. 해마다 여름철이면 그물에 걸린 백상아리 사진과 함께 피서객들의 주의를 당부하는 기사가 나곤 한다. 하지만 인천공항 의료센터의 입장에서는 현실적으로 상어보다 더 심각한 것이 어망을 찢어 버릴 정도로 기세가 등등한 해파리 떼다. 갈수록 심각해지는 지구 온난화 문제 중에서도 해수 온난화가 바다를 생계의 터전으로 삼는 어민들뿐만 아니라 해수욕객들에게도 문제를 일으키고 있는 것이다. 우리 의료센터에도 해수 온난화와 관련해 응급처치 매뉴얼에 이 독성 해파리와 관련한 새로운 항목을 추가하게 되었다. 공항과 해파리가 무슨 상관이냐 싶겠지만, 우리 인천공항은 영종도라는 섬에 위치한다는 사실을 잊으면 안 된다.

어릴 적 나에게 해파리는 일 년에 한두 번 잔칫상에 올라오는 '냉채' 속의 것이 전부였다. 우리나라에서 해파리는 대부분 식재료로 인식되어 왔다. 우리 해역에 독성이 강한 해파리는 거의 없다시피 했고, 간혹 물이 따뜻한 남해의 해수욕장에서 신나게 물장구를 치다가 가끔 다리 쪽에 따끔한 느낌이 나서 화들짝 놀라면 해파리가 쏘았나 보다 하는 정도였을 것이다. 증상이라고는 좀 따끔거리는 통증이나 작은 반점이 올라오는 정도여서 굳이 병원에 갈 만큼 심각하지는 않았다. 그런데 요즘 새롭게 몰려드는 해파리들은 결코 만만히 볼 상대가 아니다. 다 자라면 지름이 1미터에 이르는 노무라입깃해파리의 개체수가 급격히 늘어났고, 이러한 독성 해파리류가 우리나라의 서해와 남해에 유입되면서 해수욕장을 찾은 피서객들에게 위협이 되고 있다. 촉수의 독성이 사람의 생명을 위협할 정도는 아니라고 하나 어린아이나 알러지 반응이 과민하게 일어나는 사람에게는 치명적일 수도 있다. 인천공항 근처에는 유명한 해수욕장이 두 군데 있어 주말이나 여름 휴가철에는 수많은 여행객들이 몰려온다. 이들 중에 해파리 등의 각종 해양 생물들에게 공격(?)당한 채로 의료센터를 방문하는 사람들이 점점 늘고 있다. 이제는 해마다 여름이면 인천 앞바다에 나타나 사람들을 괴롭히는 해파리 종류까지 신경을 써야 하는 입장인 것이다.

해파리에 쏘인 환자 치료의 기본 중 기본은 쏘인 자리에 독성 해파리 포자가 남아 있는지 잘 확인하는 것이다. 매우 꼼꼼하고 면밀하게 잔여 포자를 확인하지 않으면 안 된다. 자칫 남아 있던 해파리 포자가 터지면 피부를 통해 인체 내로 유입되어 급성 알러지 쇼크를 일으킬 수도 있다. 해파리의 종류에 따라서는 바닷물로 세척하거나 알코올 소독을 하면 안 되는 경우도 있으니 이 또한 유의해야 한다.

수술대 위의 대단한 술기나 죽을 목숨을 되살리는 의술과 비할 바는 아니겠으나 의외의 상황에서 일반인이 해결할 수 없는 각종 신체 손상을 슬기롭게 해결해 줄 수 있는 '소술기' 내공이 점점 늘어가는 데에 자부심을 느낀다. 이런 일이 가정의학과 출신인 내가 잘할 수 있고 또 우리 의료센터에 어울리는 방식일 것이다. 부디 영종도의 아름다운 해변과 물속에 도사리고 있는 해파리의 긴 촉수가 미래 공포영화의 배경과 주인공이 되지 않기를 바라는 마음이다.

이토록 다양한 발 부상

절뚝거리며 진료실로 간신히 걸어 들어오거나 아예 항공사에서 대여해 주는 휠체어에 의지하여 의료센터로 들어오는 젊은 여행객들이 종종 있다. 배가 많이 나온 중년 남자들이 다리를 절고 들어오면 대개는 통풍 환자로 짐작이 된다. 나이가 많이 드신 노년층일 경우에는 각종 퇴행성 질환을 의심한다. 하지만 젊은 여행객들이 절뚝이며 들어온다면 대부분 여행지에서 레저를 즐기다 부상을 당했을 확률이 높다.

가장 황당한 것은 발바닥 부상. 처치실에서 들여다보는 환자의 발은 그야말로 난장판이다. 발바닥과 발가락 사이사이 촘촘히 박혀 있는 새까만 점들과 붉게 부어 있는 주변 조직 곳곳은 이미 고름이 잡혀 터지기 직전이다. 범인은 바로 여행지 해안가에서 흔히 발견되는 성게다. 여행지 백사장과 얕은 해변의 복병인 성게. 이들은 자신을 밟은 사람들의 발에 바로 응징을 가한다. 살에 박힌 성게의 가시는 극심한 고통과 염증을 유발한다. 유일한 치료는 박힌 가시를 하나하나, 꼼꼼히 모두 제거해 내는 것뿐이다.

의사의 입장에서 솔직히 말하면 이런 환자들은 되도록 만나고 싶지 않다. 의사의 진을 빼기 딱 좋기 때문이다. 마취 연고를 바르고 하나하나 제거하는 과정은 긴 시간과 노력이 들어

가는 고난도 작업이다. 노안으로 근거리 시력이 떨어진 나 같은 중년의 의사에게는 더욱 힘든 작업이다. 돋보기와 확대경까지 동원하여 짧게는 수십 분, 길게는 한 시간을 넘겨 시술을 시행한다. 대기하고 있는 다른 환자들에게 양해를 구해야 할 정도로 많은 시간이 소요된다. 그 사이 출국 시간이 임박한 환자가 있으면 시술하던 중간중간 다른 환자를 진료하고 나서 다시 시술하고를 반복하기도 한다. 시술이 끝나고 나면 이마에 맺힌 진땀을 닦으며 말한다. "환자 분, 다음부터는 해변을 맨발로 다니지 마시고 꼭 신발을 신도록 하세요. 특히 발가락 노출을 피하세요." 공항 의사의 간절한 당부이다.

사랑한 후에

외래 환자 대기창에 젊은 나이의 여성 이름이 올라오고 진료 특기란에 '사후피임약 처방 원함'이라는 문구가 나타나면 대충 상황이 짐작이 간다. 이런 경우 진료실 밖에는 동행한 남자가 어정쩡하게 서성거리고 있기 마련이다.

"어서 오세요, 어디가 불편하세요?"

젊은 여성은 처음에는 잘 대답하지 못하고 주저주저한다.

"선생님, 그러니까…."

"편하게 말씀해 보세요."

무슨 일인지 짐작은 가지만 최대한 편안한 분위를 만들어 환자가 자기 상황을 자세히 이야기할 수 있도록 분위기를 만드는 것도 노련한 의사의 덕목이다.

"네. 제가 어제 파트너와 잠자리를 했는데 피임에 실패한 듯해서요, 혹시 임신이 될까 걱정이 돼서, 사후피임약을 처방받으러 왔어요."

"네. 그러시군요. 알겠습니다. 응급피임약을 처방해 드리기 전에 파트너인 남자분도 진료실에 들어오게 해서 같이 설명을 좀 드리고 싶습니다만."

나는 가급적 파트너도 함께 진료실로 들어오게 한다. 이는 응급피임약의 처방이 단지 여성의 문제만이 아니기 때문이다. 준비되지 않은 성관계의 위험성을 남자 쪽에서 정확하게 알고 있어야 한다. 가능한 한 응급피임약을 복용하는 일이 없도록 하는 안전한 성관계의 중요성을 커플이 함께 인지할 필요가 있다.

개인적으로 나 역시 준비되지 않은 임신을 맞닥뜨렸었다. 동갑내기인 나와 아내가 42세 되던 해. 아내가 덜컥 둘째를 임신한 것이었다. 간이 검사 키트에 선명히 뜬 빨간색 두 줄을 보고 우리 부부는 아연실색할 수밖에 없었다. 산부인과에서 최종적으로 임신 4주임이 확인된 후 마나님에게 멱살이 잡히기는 했지만 내심 둘째를 갖고 싶은 욕심이 있었기에 그 정도는 감수할 수 있었다. 어렵게 키운 첫째가 이제 조금 커서 한숨 돌리려는 시기에 또 다시 임신을 하게 된 아내로서는 무척이나 당황스러웠을 것이다. 하지만 그런 황당한 마음도 곧 사라지고 늦은 나이에 얻게 된 둘째에 대한 기대와 설렘이 우리 부부를 더 행복하게 만들었다. 그렇게 태어난 사랑스러운 둘째가 무럭무럭 자라 어느덧 초등학교 졸업을 앞두고 있다. 우리 부부는 가끔 그때의 상황을 웃으며 이야기하곤 한다.

임신과 출산은 가정생활에도 수많은 변수를 불러오기 때문에 부부간 합의와 소통이 중요한데, 아직 법적으로는 남남인 연인 관계에서는 더 조심할 문제다. 여행지에서의 뜨거운 하룻밤은 아름다운 추억으로 남겨질 수도 있지만, 그 어떤 예기치 못한 상황을 가져오게 될지 알 수 없는 일이다.

지금은 응급피임약(Emergency Contraceptive)이 개발되어 일선 의료기관에서 어렵지 않게 처방받을 수 있다. 이는 최근의 변화로, 이런 약이 나오기 전에는 하룻밤 사고를 친 선남선녀들의 심적 부담감과 불안이 어떠했을까 싶다. 하지만 응급피임약이 있다고 마냥 안심할 수는 없다. 응급피임약은 100% 효과를 보장하지도 않을 뿐더러 강력한 호르몬제여서 부작용이 만만치 않다. 유럽 일부 국가에서는 연 1회 이상 복용을 금지하고 있기도 하는 만큼 약의 양면성을 잘 이해하고 사용해야 한다. 성관계 후 일정 시간(72시간 이내에서 가급적 이른 시간에 복용 권장, 최근 출시된 약은 5일까지 유효)이 경과되면 효과가 나타나기 어렵다. 투약 후 현기증, 구역질 등 부작용 현상도 흔하게 나타난다. 30% 정도는 점적 출혈도 보인다. 이런 부작용은 약을 복용하는 여성이 혼자 겪어 내게 된다. 상대 남성도 사랑하는 사람이 겪어야 하는 심적인 불안과 육체적 고통에 대해 제대로 알아야 할 의무가 있다.

긴 설명을 듣고 난 커플이 진료실을 떠나는 뒷모습은 둘 중 하나다. 서로를 다독이며 다정하게 손잡고 나가거나, 억울한 심경의 여자에게 남자가 등짝 스매싱을 당하거나.

응급피임약이 필요한 커플을 위한 안내

사후피임약이라고 흔히들 부르지만 공식 명칭은 '응급피임약'입니다. '사후'와 '응급'은 뉘앙스 차이가 큽니다. 전자는 별 문제 없이 처리 순서만 다른 느낌이지만, 후자는 말 그대로 문제 있는 것을 급하게 처리한다는 뜻이니까요. 계획되지 않은 성관계나 잘못된 피임법 등으로 피임이 불확실할 때에는 빠른 시간 내에 병원을 방문하여 응급피임약을 처방받아 복용해야 합니다.

현재 처방이 가능한 응급피임약에는 두 가지 종류가 있습니다. 성관계 후

72시간 이내에 복용해야 하는 약물과 최대 120시간(5일) 이내에 복용하는 약물입니다. 그러나 가급적 12시간 이내에 복용해야 최대한의 예방 효과를 볼 수 있다고 되어 있습니다.

응급피임약이 임신을 막는 원리는 이렇습니다. 자궁 경부의 점성을 높여 정자의 이동을 어렵게 하거나, 고농도 호르몬의 작용으로 배란을 연기시키거나, 자궁내막을 변화시켜 수정란의 착상을 방해하거나, 자궁내막을 탈락시켜 착상된 수정란이 떨어져 나가게 만듭니다. 하지만 응급피임약을 먹었다고 100% 피임에 성공하는 것은 아닙니다. 복용 시점이 빠르면 빠를수록 임신하지 않을 확률이 높아질 뿐입니다. 평균적으로 85% 정도의 피임 성공률을 보인다고 합니다. 고농도의 호르몬 제제인 응급피임약은 여러 가지 부작용을 일으킵니다. 구토와 복통, 피로감과 어지럼증은 흔한 증상이고, 일부 여성은 복용 후 수일에서 길게는 2주 안에 부정출혈을 보이기도 합니다. 물론 이런 출혈은 자궁내막이 떨어져 나가면서 생기는 일시적인 현상이므로 크게 걱정할 필요는 없습니다. 시간이 지나면 자궁내막이 회복되고 월경도 정상으로 돌아옵니다. 하지만 자가 테스트기로 임신 여부를 다시 한 번 확인하는 것이 좋고, 부정출혈이 지속되는 경우에는 산부인과에 방문하여 상태를 확인해 보아야 합니다.

응급피임약은 전문의약품으로 분류되어 있어 처방전 없이는 살 수 없습니다. 부작용과 오남용 방지를 위해 반드시 의사의 상담과 처방을 요하는 약품입니다. 가장 좋은 것은 이 약을 써야만 하는 응급한 상황이 생기지 않도록 하는 것이겠지요. 사랑한다면 상대방의 몸을 아껴 주세요.

아이슬란드 화산의 '나비 효과'

2010년 4월, 아이슬란드의 에이야피야틀라외쿠틀(Eyjafjalla-jökull) 화산이 거대한 폭발을 일으켰다. 이 소식을 뉴스로 접했던 나는 까마득히 먼 나라에서 이름도 생소한 화산 하나 폭발한 게 무슨 대수냐 싶었다. 하지만 이 사건이 커다란 나비 효과의 시작이었음을 체감하는 데에는 그리 오랜 시간이 걸리지 않았다.

아이슬란드는 북대서양의 한가운데 있는 섬나라다. 면적은 우리나라와 비슷하지만 인구는 제주도의 절반 정도이며, 말 그대로 '빙하의 나라'이다. 지질학적으로 두 대륙의 거대한 지각이 국토의 한가운데서 부딪치고 있어 화산 활동이 활발하게 이루어져 왔다. 먼 과거로부터 크고 작은 화산 폭발이 기록되어 왔는데, 1783년 라키Laki 화산의 폭발은 아이슬란드뿐만 아니라 유럽의 많은 사람들을 사망하게 하고, 그 후 수년간 기근으로 이어지는 전세계적 기상이변을 일으켜 결과적으로는 1789년 프랑스혁명의 한 원인이 되기도 하였다 한다. 당시 상황을 기록한 어느 성직자의 일기를 보면 간접적으로나마 그때의 공포를 짐작할 수 있다.

"지난 2주 동안 이루 말할 수 없는 독성 물질이 하늘에서 쏟아져 내려왔다. 화산재, 화산모火山毛, 유황으로 가득한 비, 이 모든 것이 모래와 섞여 떨어졌다. (······) 불이 계속 타오르고 땅위의 식물은 모조리 타 버리거나 잿빛으로 시들었다."

이번 화산 폭발 후에도 막대한 양의 화산재가 바람을 타고 유럽 전역의 하늘을 뒤덮었다. 그 여파로 유럽으로 가는 모든 항공기 운항이 중단될 정도였다. 때마침 인천공항에서는 유럽행 비행기로 갈아타려던 환승객 수백 명이 대기 중이었다. 하루아침에 기약 없는 대기를 하게 된 사람들로 인해 환승 구역 내 호텔의 객실은 모두 동이 나 버렸고 그마저도 구하지 못한 승객들은 공항 대합실에서 숙식을 해결해야 하는 신세가 되었다.

우리나라의 경우에도 기상 상황이 급변하기 쉬운 제주도에서 폭풍이나 폭설로 항공 운항이 중단되어 공항 대합실에서 승객들이 대기하는 모습이 일 년에도 수차례씩 뉴스 화면을 장식하곤 한다. 몇 시간 정도라면 이런 일도 여행에서 발생할 수 있는 이벤트이자 나중에 추억거리가 될 수도 있겠다는 가벼운 마음으로 공항 노숙을 견딜 수 있겠지만 기약 없이 체류가 길어지면 문제가 커진다. 특히나 어린이들과 지병이 있는 만성 질환자들은 그 고통이 배가되고 기존 질병이 악화하거나 없던 병도 생길 수 있다.

문제의 심각성을 인지한 공항공사는 대기하는 승객들에게 임시 거처를 제공하고 생필품을 지원하기 시작했다. 지원을 요청받은 우리 의료센터도 승객들에게 필요한 의료적 지원이 무엇인지를 검토하고 가능한 범위 내에서 지원을 아끼지 않기로 결정하였다. 나는 한동안 창고 안에 보관 중이던 이동용 진료 가방을 꺼내 왕진에 필요한 의료용품들을 챙기기 시작했다. 각종 주사제와 약품, 응급처치 도구와 이동식 심전도 장비, 산소포화도 측정기, 혈압기 등으로 왕진가방은 간만에 포식을 한 강아지 배처럼 불룩하게 부풀었다.

그렇게 공항 내 왕진의 날들이 시작되었다. 정규 진료를 마치고 난 저녁 시간에 공항 터미널 2층에 마련된 승객들의 임시 거처로 찾아간다. 갑자기 나타난 흰 가운의 의사와 간호사를 본 승객들은 잠시 어리둥절해하는 표정이었으나 우리가 도움을 주기 위해 온 의료진이라는 것을 알고는 너도나도 도움을 요청하러 다가왔다. 갑자기 열이 나기 시작한 아이들과 소화불량, 복통, 설사 등으로 고생하던 승객들, 특히나 고혈압과 당뇨, 심장 질환자들처럼 항시 약을 복용해야 하는 승객들은 본인이 가지고 있는 약이 고갈되는 것에 대해 매우 불안감을 느끼고 있었다.

현장에서 바로 조치가 가능한 승객들도 있었지만 현장의 도움만으로는 해결할 수 없는 경우가 더 많아 보였다. 보다 실질적이고 효과적인 대안이 필요했다. 상태가 좋지 않아 보이는 승객들은 공항 구급대의 도움을 받아 의료센터로 후송하여 안정된 상태에서 치료를 받을 수 있게 조치하기 시작했다.

그러던 중 영국 국적의 한 노인에게서 심상치 않은 징조가 보이는 것을 발견했다. 70대의 중증 당뇨 환자인 그는 소지하고 있던 인슐린이 다 떨어져 주사를 맞지 않은 상태로 이삼일을 버티다가 정신이 혼미해지는 위기 상황에 봉착해 있었다. 즉시 의료센터로 이송해 혈당을 측정해 보니 당 수치가 'high'. 통상적으로 혈당기가 측정할 수 있는 범위를 넘어서면 찍히는 단어다. 즉각 치료하지 않고 방치하면 고혈당에 의한 급성 쇼크가 발생할 수 있는 상황이었다. 생리식염수를 걸고 공항 병원에 비치된 응급 인슐린을 사용하여 환자의 혈당을 낮추기 시작했다. 시간이 어느 정도 흐르자 다행히 혈당 측정기에 찍히는 당 수치가 내려오기 시작해 정상 범위에 근접하기 시작했고 혼미하던 환자의 의식도 돌아왔다. 하지만 이후가 더 중요하다. 승객이 사용하던 인슐린을 확보하여 체류 기간 동안 안정적으로 혈당을 조절해야만 했다. 인슐린 같은 의약품은 이를 반드시 사용해야 하는 당뇨 환자에게는 생명을 지키는 수호신과도 같은 것이다. 정해진 시간에 정해진 용량을 조절하여 주사하지 못하는 시간이 길어지면 치명적이고 심각한 고혈당성 쇼크 등이 발생할 수도 있다.

얼마 지나지 않아 유럽 각국의 대사관에서도 지원 인력을 파견하기 시작했다. 각국의 국기가 새겨진 구호조끼를 입고 종횡무진 도움의 손길을 전하는 그들이 가세하자 막힌 물줄기가 뻥하고 뚫리는 느낌이었다. 천군만마랄까? 필요한 의약품을 확인하고 이를 지원해 줄 수 있는 병원을 연결하여 직접 공항까지 공수하는 작전을 수행하였다. 영국 노인이 쓰던 인슐린도 무사히 확보하여 환자의 손에 쥐어 줄 수 있게 되었고 의식이 혼미해진 채로 실려 들어왔던 노인은 본인이 스스로 걸어서 공항 병원을 나설 수 있게 되었다.

며칠을 이렇게 보내다 보니 다행히 유럽의 하늘을 뒤덮었던 화산재는 조금씩 옅어져 갔고 유럽행 항공기들도 밀렸던 운항을 점차 재개하기 시작했다. 조마조마한 마음으로 하루하루를 보내던 유럽 승객들은 드디어 자기 나라로 무사히 돌아 갈 수 있게 되었다. 그동안 나를 비롯한 우리 의료진에게 공항 공사 관계자들과 각국 대사관 직원들이 보내준 무한한 신뢰와 존경, 감사의 마음을 담은 포옹, 악수와 박수 세례는 수일간의 노고를 풀어 주기에 부족함이 없었다.

얼마 지나지 않아 고국으로 돌아간 환승객들의 감사 인사 가 공항공사와 각국 대사관을 통해 쏟아져 들어왔다. 그들이 자기 나라에서도 낯선 땅 대한민국에서 받은 친절과 인류애를 주변에 전파해 주리라는 생각에 큰 보람을 느꼈다. 그들 또한 국적과 인종을 떠나 곤경에 처해 있는 다른 이들을 기꺼이 도 울 수 있게 되기를 바라는 마음이다. 그리하여 우리 국민들도 우리가 그들을 대했던 것만큼의 도움을 받을 수 있기를.

아이들은 원래 갑자기 아프다

아침 첫 진료를 시작하기가 무섭게 진료실 문 밖에서 어린 아이의 울음소리가 대기실을 가득 채운다. 아이 울음소리는 본능적으로 어른들을 긴장하게 한다. 유모차를 밀고 진료실 안으로 들어오는 아이 엄마의 얼굴은 진찰하기도 전에 이미 많이 상기되어 있다.

"아이가 어디가 아픈가요?"

"선생님. 어제까지 멀쩡하던 아이가 오늘 아침부터 열이 많이 나고 기침을 심하게 해요. 당장 출국인데 어떡해야 하나요?"

"우선 진찰부터 하고 상의하시죠."

아이는 38.5℃ 정도의 고열을 보이고 있었고 편도도 심하게 부어 있었다.

"어머니. 지금 편도염이 시작하는 단계인 것 같아요. 혹시 코로나나 독감 증세일수도 있으니 검사부터 진행하고 다시 말씀드리죠."

이리저리 보채고 우는 아이를 어르고 달래며 간신히 검사를 마친다. 마스크를 쓴 내 이마에 작은 땀방울이 맺힌다. 다행히 코로나와 독감 신속 진단 키트는 음성임을 알리는 한 줄만 보여 마음을 놓았다.

"해열제와 편도염에 쓰는 항생제를 처방해 드릴게요. 아이가 열이 떨어지고 편안해지려면 이삼일은 잘 쉬고 안정을 취하는 게 좋으니 장거리 여행은 취소하는 게 좋을 듯합니다."

긴장하고 있던 아이 엄마의 얼굴이 더 굳어진다. 아이는 계속 울어 대고 아이 엄마도 곧 울 것 같은 얼굴이다.

"선생님. 이번 여행 가려고 얼마나 기대하고 준비를 했는데요. 여행사에서 취소도 안 될 것 같고 어떻게 방법이 좀 없을까요?"

"그러게요. 해외여행 가기 위해 오래 계획하고 준비하신 건

알겠습니다만, 이런 상태로 아이와 해외로 간다 한들 누구 하나 즐겁게 여행을 즐길 수 있겠습니까? 아이는 더 힘들어할 거고 혹시라도 응급 상황이 생기면 현지에서 병원을 찾아가기도 쉽지는 않을 거예요. 힘들고 후회할 일만 생길 듯하네요. 우선 약을 잘 처방해 드릴 테니. 가족들과 충분히 상의하시고 현명하게 결정하시길 바랄게요."

의사의 권고를 묵묵히 받아들이고 집으로 발길을 돌리는 부모들도 있지만 어떻게 해서라도 여행을 갈 수 있게 해 달라며 '반짝 치료'를 요구하는 부모들도 있기 마련이다. 그럴 때 진료실 안은 묘한 긴장과 함께 실랑이가 벌어진다. 공항 병원에서 소아들을 진료할 때 가장 많이 접하는 상황이다.

국내여행도 아니고 해외여행을 나가려면 최소한 수개월 전부터 여러 준비를 하며 손꼽아 출국 날을 기다린다. 길게 펼쳐진 눈부신 백사장의 선베드에 누워 모히또 한 잔을 마시며 이국적인 풍광에 취하는 낭만적인 휴양을 그려 보기도 하고 사랑하는 아이들이 마음껏 물놀이하고 뛰어 노는 모습을 바라보는 행복한 상상을 하기도 할 것이다.

하지만, 그러거나 말거나 아이들 몸은 예고도 없이 갑자기 아프다. 어른들처럼 병력이 있는 것도 아니어서 예측도 안 되니 조절이 더욱 어렵다. 누구를 탓할 수도 없다. 그저 아프면 정성껏 돌보아 빨리 낫기를 바랄 뿐이다.

가정의학과 전공의들은 소아과로 파견을 나가 몇 개월씩 수련을 받는 것이 기본이다. 나 역시 전공의 시절에 소아과 호흡기 파트에 파견을 나갔다. 20여 명 소아들의 주치의로 임무를 부여받아 담당 교수님이 맡고 있던 입원 환아들을 돌보게 되었다. 나는 환자 보호자들에게 '좋은 의사' 소리를 듣고 싶기고 했고, 소아과를 전공하는 동료 전공의들에게 인정받고 싶은 욕심도 있고 해서 나만의 '좋은 의사 되기' 프로젝트를 야심 차게 시작했다. 교수님 회진이 모두 끝난 저녁시간을 이용하여 혼자만의 회진을 따로 돈 것이다. 내 손에는 당시 육아를 하는 엄마들 사이에서 대유행이었던 책《삐뽀삐뽀 119 소아과》가 들려 있었다. 병실 침대 머리맡에 앉아 입원한 아이의 증상에 해당하는 부분을 같이 읽고 중요한 부분에는 빨간 펜으로 줄도 그어 가며 차분히 설명해 주는 나름의 노력이 조금씩 나와 아이, 보호자의 거리를 가깝게 만들었고 다음날 아침 교수님 회진 시간이면 환자의 보호자들은 담당 교수님이 아닌 나를 바라보고 대화를 하게 되었다. 회진을 마친 교수님은 약간 의아해하는 표정을 지었으나 이내 지난밤 사연을 듣고는 크게 흡족해하시며 칭찬하셨다.

나와 내 아내는 36세에 첫 아이를 얻었다. 적지 않은 나이에 육아를 시작한 아내의 고생을 조금이라도 덜어 주고자 퇴근하고 나면 진료로 지친 몸을 추슬러 아이 돌보는 일에 적극

동참했다. 모유 수유가 잘 되지 않아 우리는 분유에 의지할 수밖에 없었는데 매일 밤 젖병을 씻어 분유를 타서 먹이며 선잠을 자다가 깨다가를 반복해야 해서 얼굴에서 다크서클이 사라질 날이 없었다. 출근길 버스 안에서는 목이 꺾일 만큼 꾸벅꾸벅 졸면서 코까지 골았다. 심한 장염에 걸려 아무리 약을 써도 물똥을 지려 대 엉덩이가 벌겋게 달아오른 아이를 감싸 안고 목욕을 시키던 기억, 고열에 시달리는 아이를 밤새 지켜보던 괴로운 시간이 너무도 생생하게 기억에 남아 있다. 이 세상 모든 부모가 감내해 온 고생이다. 소아과 파견 당시의 경험, 그리고 두 아이의 아버지로 겪은 육아의 경험이 아픈 아이를 돌보는 부모의 심정에 공감하며 진료할 수 있게 만든 원동력이 되었다.

요즈음 대한민국 소아과의 미래에 대해 여러 우려가 있다는 것을 알고 있다. 점점 기피 과가 되어가는 소아과를 살리기 위한 방안에 대해 갑론을박이 있다. 의대를 갓 졸업해서 자신의 전문 분야를 결정해야 하는 시기에 있는 젊은 의사들이 소아과 전공을 기피한다. 각 지역에서 아이들의 주치의 역할을 묵묵히 수행해 오던 개원 의사들은 소아 진료를 포기하겠다는 선언을 하기도 한다. 겹겹이 쌓이고 꼬일 대로 꼬여 있는 이 문제를 풀어 낼 방법이 아직은 보이지 않는 것 같다. 다른 분야를 전공한 의사의 입장에서 보아도 소아 진료는 어렵기도 하고 소아과 의사로 살아가는 것은 의사 개인의 입장으로 보면 많은 인내가 필요하다. 물론 모든 의사의 길이 다 그러하지만 소아과 의사는 진정으로 아이들을 사랑하는 마음이 없으면 견뎌내기 힘들다. 소아과학이라는 학문적 어려움도 어려움이지만, 소아과 의사들은 의사소통이 잘 되지 않는 아이들을 치료하는데 그치는 것이 아니라 아이들을 데리고 온 부모도 따뜻한 마음으로 위로하고 아이들을 건강하게 키우기 위한 조언이나 충고, 교육도 해야 한다. 그 와중에 요즈음에는 정체불명의 인터넷 의료 지식으로 무장한 일부 극성 맘들과의 논쟁도 피할 수 없다.

공항 의료센터 진료실에서 만나는 환자들 중 어린이의 비중이 크지는 않다. 하지만 몇 차례 안 되는 소아 진료에 어른 진료보다 몇 배의 노력과 시간과 에너지를 소비한다는 느낌이 든다. 하루 종일 아이들만 보는 소아과 의사들은 얼마나 힘이 들 것인가. 대한민국 소아과 선생님들, 모두 힘내세요. 응원합니다!

그나저나 앞의 그 아이 가족은 기어이 여행을 떠났을까, 집으로 돌아갔을까? 전자였든 후자였든 쾌유했기를 바란다. 의사이기에 앞서 자식 키우는 아빠의 마음이다.

보디패커(body packer)를 잡아라

2022년 9월, 서울의 한 주택가에서 갑자기 숨진 50대 남성의 몸 안에서 다량의 마약 봉지가 발견된 사건이 보도되어 사회에 충격을 주었다. 부검을 통해 남성의 사망 원인은 엑스터시 급성 중독으로 밝혀졌는데 배 속에서 마약 봉지 수십 개가 터진 채로 발견되었다 한다. 국내 공식 '보디패커 사망 1호 사건'으로 세간에 떠들썩하게 화제가 되었다.

이미 이 사건 이전인 2003년, 인천공항이 개항하고 얼마 지나지 않은 때에 공항에서도 유사한 사건이 발생한 바 있다. 미국에서 들어오는 항공기에 탑승했던 한 승객이 갑자기 경련을 일으킨 후 심정지 상태로 의료센터에 후송되어 온 것이다. 승객은 이송 당시 이미 사망 상태로 판정되었다. 이런 상태를 의학적으로는 D.O.A(dead on arrival 도착시 사망)라 부른다. 해당 승객은 사실 탑승시부터 마약 밀수 의심자로 당국의 요관찰자로 분류되어 있었고 도착하는 즉시 체포되어 조사를 받을 상황이었다. 그런데 밀반입을 위해 꿀꺽 삼킨 마약 봉지가 위장 안에서 터지는 바람에 다량의 마약이 급격히 흡수되면서 경련을 동반한 쇼크사에 이르게 된 것이다. 정상적이지 않은 사망 과정이었기에 사후 부검을 통해 국립과학수사연구소에서 밝힌 내용이다. 당시만 해도 국내에서 그러한 사례를 들어 본 적도 없었기 때문에 굉장히 충격적이었고 한동안 회자가 되었다.

보디패커(body packer)는 마약류나 귀금속 등의 밀수품을 몸속에 넣어 운반하는 사람을 일컫는 말이다. 이들은 물건을 삼키거나 항문에 밀어 넣어 장기 속에 감추어 운반하기에 수색에 많은 어려움이 있다. 여성의 경우 질 속에 넣어 밀수하려다 적발된 사례도 있다.

〈레옹〉이라는 영화로 잘 알려진 프랑스 감독 뤽 베송의 〈루시〉라는 영화가 있다. 스칼렛 요한슨과 최민식이 주연한 2014년 영화다. 자타공인 대한민국 최고의 배우인 최민식 씨가 잔

혹한 아시아계 마약 범죄 조직의 두목으로 열연하여 국내에서 많은 관심을 받았다. 스토리의 전개가 흥미진진하여 수차례 반복해서 보았다. 평범한 삶을 살아가던 루시라는 한 여성이 마약 범죄 조직에 납치되어 강제로 배 속에 신종 합성 마약을 넣는 수술을 받는다. 졸지에 '보디패커'가 된 것이다. 그런데 어떤 사건에 휘말리는 과정에서 외부 충격으로 인해 마약을 감싸고 있던 봉지가 터져 마약 성분이 체내에 급격히 흡수된다. 이후 루시의 인체 기능에 놀라운 변화가 일어난다. 영화 속에서는 체내에 흡수된 다량의 마약의 작용으로 루시의 뇌 기능이 미지의 영역인 100%까지 활성화한다는 흥미진진한 상황이 펼쳐지지만 현실에서는 그럴 리 없다. 급성 중독으로 사망하는 비참한 마지막이 있을 뿐이다.

뿐만 아니라 보디패커는 나 같은 공항 의사의 심장 건강을 위협하기도 한다. 하루는 건장한 체격의 세관 수사관들이 한 남자를 에워싸고 의료센터 문을 열고 들어왔다. 분위기가 싸늘하다. 양팔에 문신이 가득한 승객의 손에는 수갑이 단단히 채워져 있었다. 이 승객은 이미 사전 정보에 의해 마약 운송자로 추적 중이었고 수하물 정밀 검사에서 마약이 확인되어 체포되었는데 체내에도 은닉했음이 강하게 의심되어 나에게 확인 검사를 받게 된 것이었다.

이런 경우 피의자가 강하게 저항하게 되면 검사 자체가 너무도 어렵게 되므로, 짐짓 모르는 척 편안하고 부드러운 태도로 진료에 임해야 한다. (물론 진료하는 나의 심장은 거칠게 뛰고 있지만) 먼저 입 안을 들여다본다. 가느다란 실로 마약 봉지를 묶어 그 끝을 치아에 걸고 꿀꺽 삼키는 수법을 쓰는 경우가 있어 이를 확인하는 것이다. 피의자가 내 손가락을 물지 않기를 바라면서 조심스럽게 치아 사이사이를 들여다본다. 다음 차례는 항문이다. 전립선비대나 치질 등의 질환이 있는 환자들에게 자연스럽게 행하는 의료 행위인 '직장 수지 검사'를 이런 용도로 사용하게 될 줄이야. 장갑을 낀 손에 윤활제를 듬뿍 바른 후 환자의 항문으로 나의 손가락을 밀어 넣는다. 손가락의 길이만큼만 검사가 가능하다. 이후에는 복부에 대한 방사선 검사도 진행해야 한다. 항문으로 밀어 넣어 장 속에 은닉하는 경우는 장갑을 끼고 윤활 젤리를 바른 내 손가락 끝에 전해지는 감각만으로는 정확히 확신할 수 없다. 오래된 변도 같은 느낌으로 만져지기 때문이다. 방사선 검사는 신중에 신중을 기해야 한다. 촬영된 화면을 보고 또 보고 확대해 보기도 하고 음영을 바꾸어 보며 재차 확인을 거듭한다. 나의 판독에 자신이 없는 경우에는 원격으로 응급 판독을 의뢰해 보기도 한다. 멀리 떨어져 있지만 베테랑 영상의학과 전문의들의 날카로운 눈을 벗어날 수는 없다. 엑스레이는 컬러도 아니고 더욱이 입체 영상도 아니다. 흑과 백으로 이루어진 간접 음영만으로 숙변과 마약 봉지를 구분해 내야만 한다.

전신에 문신을 한 피의자는 처음에는 실실 웃으며 내가 시행하는 진찰에 순순히 응하는 듯했다. 그런데 막상 방사선 촬영실에 들어가게 하자 온갖 욕설을 내지르며 거칠게 반항하기 시작했다. "개XX, 내가 꼭 죽여 버리겠다. 얼굴 기억해 둘 거다. 밤길 조심해라!"

이런 말을 들으면 누구라도 간담이 서늘해질 것이다. 욕설과 고성이 난무한 가운데도 검사는 진행을 해야만 한다. 어느 정도 완력도 필요한 과정이다. 천신만고 끝에 간신히 촬영한 복강 안에서 이물질의 음영이 포착되었다. 그것이 잘 포장된 마약 봉지라는 의심이 확신으로 변하는 순간은 나로서도 그리 달가운 상황은 아니다. 태워 죽일 듯 살벌한 눈빛이 한참 동안 나를 향해 쏟아진다.

나의 역할은 몸속에 숨긴 마약의 존재를 찾아내는 것까지다. 남은 절차는 장에서 마약을 꺼내는 것인데 이를 위해 보디 패커는 호송차에 실려 공항을 떠난다. 개복수술이 가능한 시내의 종합병원으로 가는 것이다. 대부분 마약을 콘돔이나 비닐로 겹겹이 포장하여 장 안에 은닉하기 때문에 제거가 쉽지는 않다고 한다. 만에 하나 마약 봉지를 제거하기 전에 장 안에서 터지기라도 하면 그는 즉시 급성 중독 증세를 일으키며 즉사할 수도 있다. 병원에서는 우선 설사약을 먹여 변과 함께 쏠려 나오도록 하는 방법이나 관장을 한다. 그래도 여의치 않으면 항문경을 삽입한 후 집게로 집어낸다. 최악의 경우에는 전신마취 후 개복수술을 통해 꺼낸다고 한다. 이는 숙련된 외과 의사들 몫이다.

인천공항에서는 '마약 청정국'으로서 대한민국의 지위를 지키기 위한 수사 당국의 노력이 불철주야로 이어지고 있다. 그야말로 최전선인 셈이다. 국가정보원, 공항세관, 경찰 등 여러 국가기관의 치밀한 정보 교환과 수사가 총동원되는, 그야말로 소리 없는 전쟁터다.

나로서는 보디패커를 잡는 데 일조한다는 자긍심도 있지만 한편으로는 두렵기도 하다. 호송차에 탑승해 시야에서 사라질 때까지 매서운 눈빛으로 나를 노려보던 마약 운반범의 얼굴이 한동안 뇌리를 떠나지 않는다. 나중에 그에게 보복을 당하는 건 아닐까 하는 두려움이 없다면 그건 거짓말일 것이다. 그러나 그보다도 우리나라에 마약 유입이 폭발적으로 늘고 있고 관련 범죄도 많아지고 있다는 게 더 걱정이다. 심지어는 어린 학생들과 평범한 직장인, 가정주부들까지도 그들의 범죄 대상이 되어가고 있다니 믿어지지 않는다. 우리 몸속으로 들어가야 하는 것은 음식이지 마약은 절대 아니다.

출생지가 인천공항?

한 동네에 아이를 잘 받기로 유명한 산부인과가 있으면 그 동네 아이들의 출생지는 대부분 그 산부인과가 된다. 우스갯소리로 동네 친구들끼리 'ㅇㅇ산부인과 동문'이라며 소속감을 갖는다거나 같은 산후조리원에서 산후조리를 한 엄마들의 모임이 아이들이 성장하면서도 수년간 지속된다는 이야기도 종종 들린다.

먼 과거에는 만삭에 밭일을 하다가 아기를 낳았다는 분도 있었고, 전쟁 통에 피난 가는 기차 안에서 태어났다는 분들도 더러 있다. 그런데 혹 공항 면세구역에서 아이가 출생했다는 이야기도 들어 보셨는지. 실제로 출생 장소가 인천공항 터미널인 아이들이 더러 있다. 이들도 나중에 커서 공항 출생자 모임을 만들면 어떨까.

공항 터미널이나 운항 중인 비행기 안은 출생 장소로 안전한 곳이 결코 못 된다. 그래서 이런 사태를 예방하기 위해 항공운송조약은 항공기 탑승이 가능한 임산부의 임신 주수를 규정해 놓고 있다. 이에 따르면 정상임신 32주까지는 임산부가 비행기로 여행하는 데에 크게 무리가 없는 상태로 본다. 32주에서 36주 사이라면 여러 가지가 고려된다. 첫 임신인지, 단태아인지 쌍둥이인지, 임신 합병증(임신성 고혈압이나 임신성 당뇨 등)이 있는지 등을 살펴서 주치의가 종합적으로 판단해 임산부의 여행 가능 여부를 결정한다. 임신 36주(이를 흔히 막달이라 부른다) 이후로는 항공 여행 불가다. 언제 어디서든 출산이 임박한 상황이 될 수 있는 상태(임신 36주 이후에는 약 92%의 산모들이 예고 없이 출산할 가능성이 있다는 통계 보고가 있다)이기 때문이다.

이에 근거해 산모 승객의 임신 주수를 확인하고 탑승 가능 여부를 판단해 주는 것도 공항 의료센터의 업무 중 하나다. 우선 항공사에서는 탑승 전 산모의 주치의가 발급한 산모 확인서와 탑승 가능 소견서를 확인하게 되는데, 이 서류에 문제가 있으면 산모 승객을 의료센터로 안내하여 확인을 시킨다.

나는 산부인과 전문의가 아니기 때문에 초음파를 통해 태아의 상태를 정확히 확인할 수는 없다. 다만 산모가 소지한 산모수첩 등을 통해 출산 예정일을 확인하고 태아와 산모의 건강 정보를 종합하여 안전 여부를 추정할 수 있다. 혹시 모를 오류를 막기 위해 산모가 정기적으로 다니는 산부인과에 문의하여 반드시 재확인 절차를 거친다. 가끔은 임신 주수를 속이려는 산모들이 있기도 하다. 특히나 출산에 임박하여 미국령인 괌이나 하와이로 여행을 간다는 산모들은 특별히 주의해 살펴야 할 대상이었다. 출산일에 근접하여 무리하여 여행을 한다는 의도가 상식적이지는 않다고 보기 때문이다. 지금은 거의 사라졌지만 태어날 자녀의 국적 취득을 위해 해외 원정 출산을 계획하는 것이 사회문제로 부각되기도 했던 탓이다.

2009년 10월, 공항 터미널 3층 환승구역에서 인도네시아인 산모가 산통을 호소한다는 다급한 전화를 받고 응급 분만 장비를 챙겨 그 먼 거리를 숨 한 번 안 쉬고 달려간 적이 있다. 도착해 보니 공항 구급대원들의 신속한 조치로 태아가 무사히 산모의 몸 밖으로 나와 숨을 쉬고 있었다. 하지만 아직 태반이 나오지 못해 아이와 산모의 몸은 탯줄로 이어져 있었다. '신중해야 한다. 자칫 잘못 판단하면 소중한 두 생명을 위험에 빠뜨릴 수도 있는 상황이다.' 우선 멸균포로 산모와 태아를 감싸고

2부. 인천국제공항의 생로병사

조심스럽게 탯줄을 자른 뒤 결찰한다. 태반은 섣불리 만출시키지 않는다. 과다출혈로 이어질 수도 있기 때문이다. 조치를 마치고 아이가 저체온증에 빠지지 않도록 면포로 여러 겹 감싸 조심스럽고도 신속한 발걸음으로 의료센터로 복귀했다.

다행히 산모와 태아 모두 건강했다. 현장에서 호흡의 적정성을 평가할 수 있는 산소포화도도 95% 정도로 잘 나왔고 아이도 열심히 울어 댔다. 영종도에서 유일하게 출산과 입원이 가능한 산부인과에 전화를 하여 사정을 이야기하고 응급 입원을 요청했다. 서둘러 공항 구급대의 앰뷸런스 안에 산모를 눕히고 포대기에 싸인 아이는 내가 품에 안고 공항고속도로를 내달렸다. 응급 후송과 입원 조치까지 마치고 나자 긴장감으로 조마조마했던 가슴이 안도감과 뿌듯함으로 벅차올랐다. 동승한 공항 구급대원들과 하이파이브를 하고 센터로 돌아오는 길에 의문 하나가 머릿속에 떠올랐다. 그 산모는 임신 38주의 몸으로 어떻게 인천공항까지 비행기를 타고 올 수 있었던 걸까? 인도네시아는 우리나라보다 항공사의 산모 탑승 규정이 느슨한 걸까, 아니면 창구 직원의 확인이 미흡했던 것일까? 산모가 임신 주수를 속인 것일까? 가끔 뉴스를 통해 국제선 항공기 안에서 일어난 출산 소식을 접할 때마다 가슴이 철렁거리면서 그때의 의문이 다시 고개를 들곤 한다.

임신 말기의 임산부는 집 근처 나들이도 조심해야 한다. 준비되지 않은 갑작스런 출산은 산모와 태아 모두에게 너무나 큰 위험을 초래한다(혹여 인천공항에서라면 내 심장 건강에도). 어쨌거나 체중 2.8kg의 그 사내아이는 출생지가 '인천공항 환승구역 탑승구 앞'이 되었다. 건강하게 잘 자라고 있기를 바란다.

임산부의 항공기 탑승 규정

임신 32주 미만인 임산부는 제한 없이 항공기 탑승이 가능합니다. 단, 임신성 고혈압이나 당뇨 등이 있는 산모는 주치의의 진단서 및 건강 상태 서약서가 필요합니다. 임신 32~36주에 해당한다면 탑승 가능 여부에 대한 주치의 진단서가 필요합니다. 임신 36주 이상의 임산부는 탑승할 수 없습니다.

다태아 임신의 경우 국제항공운송협회의 임산부 가이드라인(IATA Medical Manual Guideline)에 따라 단태 임신과 다른 탑승 기준이 적용됩니다. 다태아 임신이 33주를 넘겼다면 탑승이 불가합니다.

어떤 항공사의 지침에는 임신 초 3개월까지 항공 여행을 피할 것을 권고하고 있기도 합니다. 사이판 등 특정 지역으로 여행 시 임신 6개월 이상의 임산부는 의사 진단서가 필요한 경우도 있습니다. 임산부가 중증의 빈혈이 있거나, 탑승 전 질 출혈이 발생했거나, 호흡기 또는 순환기 등에 문제가 있다면 임신 기간에 관계없이 비행기에 탑승하지 않도록 하고 있습니다.

네 시간 이상 비행 시 임산부 주의사항

1. 헐렁하고 편한 옷과 신발을 착용합니다.
2. 가급적 복도 쪽 자리에 앉는 것이 좋고, 최소 30분마다 일어나 가볍게 스트

레칭하거나 복도를 걸어 다니는 것이 좋습니다. 단, 기류가 안정적일 때만 가능합니다.

3. 커피나 탄산음료 등 소화기에 불편감을 초래할 수 있는 자극적인 음료는 삼가고 물을 조금씩 자주 마시는 것이 좋습니다.

4. 장시간 비행으로 부종이 염려된다면 압박 스타킹을 착용하면 도움이 됩니다.

임산부가 여행할 때 주의사항

1. 시차가 너무 큰 곳이나 이동이 많은 여행 일정은 피하세요. 한 군데에서 근처를 둘러보며 편히 머물 수 있는 장소를 선택하는 것이 좋습니다.

2. 현지에서 긴급한 상황이 발생할 때 이용할 수 있는 의료기관의 위치를 확인해 둡니다.

3. 가벼운 온천욕은 괜찮지만 고온의 사우나는 하지 않습니다.

4. 음료와 식사 등은 위생 상태가 좋은 식당에서 합니다. 현지 노점 음식은 삼갑니다.

5. 전염병 예방을 위해 자주 손을 씻고 과밀 지역에서는 마스크를 착용합니다.

6. 탑승 예정인 항공사 홈페이지나 서비스센터에 접속하여 임산부 탑승에 관련된 해당 항공사 준수사항을 정확히 확인합니다. 미리 준비할수록 출발 당일의 혼란을 줄이고, 좀 더 안전하고 쾌적한 여행이 될 것입니다.

미국 발 베트남 행 비행기에서의 안타까운 죽음

공항 상황실에서 잠시 후 착륙하는 항공기의 게이트 입구로 급히 출동해 달라는 요청이 왔다. 이런 종류의 출동 요청이 오면 바짝 긴장을 하고 마음을 단단히 먹어야 한다. 이런 호출은 통상적으로 항공기 내에서 승객이 갑자기 사망한 경우이거나 의료센터까지 환자를 이송해 오는 시간마저도 촉박한 응급 상황이 기내에서 벌어지고 있는, 아주 좋지 않은 상황에서 오는 것이기 때문이다.

승객이 비행 중에 사망하였고 그 원인이 불분명한 경우에는 해당 항공기가 도착하는 게이트 앞에 공항 경찰대 형사들과 구급대원들, 공항 검역소 직원과 의사인 내가 함께 대기하게 된다. 항공기가 도착하면 객실 안으로 직접 들어가 일차적으로 사망 승객에 대한 육안적 검안(부검이 아님)을 시행하고 외인사(외부 요인으로 인한 사망)가 의심되는 정황이 있는지를 살핀 후 승객들을 모두 하기(비행기에서 내리게 하는 행위)시키고 사체는 공항 의료센터로 후송하여 자세한 검안을 시행한다. 주변에 가족 등 일행이 있었다면 사망 당시의 상황과 평소 질환 등 고인에 대한 정보를 수집해 추정에 근거한 사체 검안서를 작성하고 사체는 영안실로 운구하는 것이 통상적이다. 내가 근무해 온 20년 가까운 세월 동안 기내에서 외인사한 사체를 부검하거나 경찰 수사가 진행된 경우는 한 번도 없었다.

승객의 기내 돌연사는 흔히 있는 일이 아니다. 그런데 미국에서 출발하여 인천을 경유, 베트남으로 향할 예정인 항공기 안에서 승객이 갑자기 사망했다는 전갈을 받고 출동한 적이 여러 번 있었다. 특수한 상황에서의 죽음인 만큼 비슷한 케이스가 반복된다면 관심이 가지 않을 수 없다. 미국에서 출발하여 인천을 경유, 베트남으로 향하는 기내에서 고령의 베트남인이 사망하는 케이스가 왜 반복해서 생길까 하는 궁금증에 한 번은 고인의 가족에게 조심스럽게 물어보았다. 고령의 나이인데다 암 투병 등으로 쇠약한 몸을 이끌고 무리하게 장거리 여행을 하게 된 연유가 대체 무엇이냐고. 가족들의 이야기를 듣고 사정을 알게 된 나는 숙연해질 수밖에 없었다. 그들의 사연에는 마음 아픈 현대사의 한 페이지가 아로새겨져 있었으니.

1975년 4월, 베트남 전쟁에서 남베트남이 패망하기 직전에 남베트남 국민들의 국외 탈출이 시작되었다. 5월, 난민 47명이 탄 배가 최초로 말레이시아에 도착하면서 이들을 '보트피플'이라 칭하게 되었다. 보트피플은 1980년대까지 꾸준히 이어져 400만 명가량이 베트남을 떠난 것으로 추정된다. 이들 중 상당수는 풍랑에 휩쓸리거나 식량과 식수가 떨어지는 등 다양한 이유로 사망하거나 실종되었다. 미국이나 호주 등지에 도착하여 새로운 삶을 이어간 경우는 운이 좋았다고 할 수 있다. 수십 년이 지나 그때의 보트피플은 백발이 성성한 노인들이 되었고, 고국을 그리워하던 그들의 마지막 소원은 고향 땅을 다시 밟아보는 것이었다. 그래서 고령의 몸을 이끌고 무리하게 베트남 행 항공기에 몸을 실었는데 안타깝게도 고국 땅을 밟지 못한 채 항공기 안에서 운명을 달리하는 경우가 생기는 것이었다. 중간 기착지인 인천공항에서 사체 검안을 마친 후 자연사로 판명된 사체는 인근 병원의 영안실을 거쳐 관에 봉안되어 다시 비행을 하게 된다. 그토록 그리던 고국이 아니라 살던 곳인 미국으로 돌아가는 비행 편에, 그것도 화물칸에 실린 채로….

오래전 돌아가신 내 할머니 역시 6.25전쟁 통에 고향인 황해도 평산을 등지고 남으로 오셨다 한다. 어린 육남매의 손을 잡고, 태어난 지 돌도 되지 않은 막내작은아버지는 포대기로 싸서 등에 업은 채 얼마 되지 않는 세간살이를 이고 지고 내려와 황해도에서 가장 가까운 인천에 정착하여 억척스럽게 살아내셨다. 80이 넘은 나이에 위암 선고를 받으시고 그 힘든 수술도 이겨 내시면서 투병 중에도 오래전 떠나온 고향 마을의 나지막한 뒷산과 집 앞을 흐르던 개울을 그리워하시던 우리 할머니는 결국 꿈에 그리던 고향 땅은 밟아 보지 못하셨다. 그나마 잘 자란 자손들의 애도 속에 본인이 늘 생활하던 잠자리에서 평안히 영면을 맞이하신 것은 참 다행스러운 일이다. 멀리 이국 하늘의 비행기 안에서 생의 마지막을 맞이해야 했던 보트피플에 비하면 말이다. 이름 모를 베트남 노인의 안타까운 죽음을 애도하며 명복을 기원한다.

누구나 평안한 영면을 꿈꾼다. 하지만 지극히 평범하고 자그마한 꿈을 이루는 것조차 현실에서는 결코 쉽지 않은 것 같다. 부디 나의 마지막을 내 방 침대에서 사랑하는 가족이 지켜보는 가운데 맞이할 수 있기를 조용히 소망해 본다.

멀미의 추억, 앰뷸런스 블루스

나는 1970년대 중후반에서 1980년대 초반까지 초등학교를 다녔다. 당시 어린 초등학생들의 마음을 설레게 했던 봄 소풍 장소는 대개 학교에서 얼마 떨어지지 않은 뒷산이었다. 교가에 단골로 등장해 '정기를 받'게 하는 OO산으로 소풍을 가는 것이 당시엔 '국룰'이었던 것이다. 친구들의 손을 잡고 노래 부르며 걸어가던 봄 소풍의 추억은 내 또래의 중년이라면 누구나 가슴에 남아 있을 것이다. 운이 좋으면 가끔은 용인에 있는 자연농원(지금의 에버랜드)이나 서울에 있는 고궁으로 버스를 타고 소풍을 가기도 했다. 장거리 소풍이나 견학 전날이면 나는 기대와 함께 걱정에 휩싸였다. 바로 멀미 때문이었다. 어린 시절 나는 차멀미가 심했다.

심은경 배우가 주연한 영화 〈걷기 왕〉에 등장하는 주인공처럼 어떤 교통수단도 이용할 수 없어 왕복 네 시간 거리의 학교를 걸어 다녀야 할 정도로 심각한 지경까지는 아니었지만, 그 심정이 이해가 된다. 내 나이 또래 아이들이 흔히 겪는 그런 멀미였지만 움직이는 차 안에서 토하는 고통은 모처럼의 나들이를 망치기에 충분했다. 그렇다고 안 갈 수도 없다. 지금이야 다양한 종류의 멀미약이 출시되어 귀 밑에 붙이기도 하고 마시기도 하여 멀미를 예방한다지만 당시에는 이런 멀미 예방약은 찾기도 어려웠고 그저 몸으로 때울 수밖에 없었다. 토할 만큼 토하고 지쳐서 잠을 좀 자다 보면 어느새 목적지에 다 와 가는 그런 식으로.

차를 타고 멀리 나가는 일이 있을 때면 어머니는 소풍 가방에 검은 비닐봉지를 몇 개씩 챙겨 넣어 주셨다. 차 안에서 구토가 밀려나올라치면 재빨리 비닐봉지를 움켜쥐고 그 속에 얼굴을 박은 채로 속을 비워 내야 했다. 그나마 다행인 것은 당시엔 버스를 타면 멀미를 해 대는 친구들이 적지 않아서 혼자만 창피함을 느낄 이유는 없었다는 것이다.

중학교 시절, 집에서 꽤 멀리 떨어진 학교를 배정받은 나는 매일 아침 이른 시간에 집을 나와 "다 타셨으면 오라이~"를 외쳐 대던 안내양 누나의 거친 손에 등을 떠밀린 채 만원 버스에 몸을 구겨 넣고 40여 분간의 시간을 고통 속에서 보내야만 했다. 출근하는 어른들 틈에 섞여 몸통이 찌부러지는 듯한 압박감을 버티는 것도 버티는 것이지만 1980년대 초중반 시내버스의 낡고 오래된 디젤엔진에서 뿜어져 나오는 기름 냄새와 덜덜거리는 소음과 진동은 내 속을 뒤집어 놓기에 충분했다. 버티다 버티다 도저히 못 견디겠으면 중간에 만원 버스에서 탈출하여 다음 버스가 올 때까지 여러 차례 헛구역질과 심호흡을 해야 했다.

성인이 되고 나서는 멀미를 거의 잊고 지내게 되었다. 만원 버스에 몸을 구겨 넣지 않아도 되고 교통 환경이 좋아져 더 이상 냄새 나는 버스에 올라타는 일은 거의 없다. 물론 지금도 출퇴근 '지옥철'에서 아침저녁으로 고생하는 분들이 많지만, 다행히도 자가운전으로 출퇴근하는 나에게는 그저 먼 이야기가 된 것이다.

그럼에도 '멀미의 추억'이 현실의 고통으로 되살아날 때가 있다. 바로 수시로 타는 앰뷸런스 안에서다. 디젤트럭을 개조해 만든 구급차의 요란한 소음과 진동은 박스형으로 제작되어 있는 뒤 칸에 고스란히 전달된다. 특히 촌각을 다투는 시급한 후송에는 이리저리 핸들을 틀어 차들 사이를 비집고 다니는 경우가 많기 때문에 급가속과 급감속, 급회전의 충격을 뒤 칸에 있는 환자와 의료진이 고스란히 받게 된다.

사실 중년의 의사가 앰뷸런스에 탑승하는 일이 흔치는 않다. 대개는 병원에 머물며 구급차에 실려 온 환자들을 치료한다. 응급 후송은 거의 신참 의사들의 몫이다. 나 역시 공항 의료센터에 근무하기 전에는 전공의 1년차 정도에, 중환자실이나 호스피스 병동에서 마지막 임종을 집에서 맞이하기를 원하는 환자들이 집으로 돌아가는 앰뷸런스에 동승해 본 것이 전부였다. 슬퍼하는 가족들 옆에서 앰부백(ambu-bag : 환자의 호흡을 유지해 주기 위해 기도 삽관 장치에 공기를 불어넣어 주는 의료 장비)을 짜는 막내 의사의 육체적 정신적 고통은 대부분 시간이 흘러 고참 의사가 되고 나면 그저 먼 과거의 경험담 속에만 남게 된다. 군대 다녀온 남자들이 모이면 자신의 군 생활이 최고로 힘들었던 것마냥 떠벌리듯, 의사들도 중년의 지긋한 나이가 다 되어서도 자신의 초년기 의사 생활의 무용담을 술 안줏거리로 삼기 마련이다.

머리가 희끗한 중년 의사가 된 지금도 나는 걸핏하면 앰뷸런스를 탄다. 아니 타야만 한다. 인천공항이 환자의 마지막 장소가 되지 않게 하기 위해서이다. 의료센터의 존재 임무가 그러하기에 이는 선택이 아니라 필수이다. 공항 의료센터에는 언제 어느 때고 응급 환자가 실려 들어온다. 가벼운 응급 질환자에서부터 심장과 호흡이 멎은 채로 일분일초가 급한 초응급 환자까지. 의료진의 혼신을 다한 노력으로 잠시 멈추었던 심장이 가늘고 약하게 다시 뛰기 시작하고 들릴 듯 말 듯 얕은 숨도 내쉬기 시작하면 이제는 환자와 함께 공항을 벗어나는 구급차에 몸을 실을 시간이다. 환자 소생의 골든타임이 그리 많이 남아 있지 않기에, 간신히 부여잡은 생명의 끈을 좀 더 확고하게 만들기 위해 의료진도 많고 전문적인 중환자 케어가 가능한 육지의 대학병원 응급실로 후송해야만 하는 것이다.

인천공항은 영종도 섬 안에 있어 길고 긴 다리를 건너 한참을 달려야만 종합병원에 연결이 된다. 후송 앰뷸런스에 환자를 싣고 공항고속도로를 내달리기 시작한다. 바다를 가로지르는 인천대교를 지나 육지에 다다른 순간 맞닥뜨리는 것은 도로를 가득 메운 화물차들의 행렬. 인천대교의 도착 구간은 인천항의 진입로와 맞물려 있기 때문이다. 요란한 사이렌과 비켜 달라는 거의 고함에 가까운 방송에도 육중한 화물트럭들의 몸놀림은 굼뜨기만 하다. 그도 그럴 것이 일반 승용차도 아니고 수십 톤의 화물을 나르는 트럭들이 즐비하다 보니, 길을 터 주려 해도 쉽지 않을 것이다. 곡예 운전을 하듯 이리 비집고 저리 비집으며 목적지인 대학병원 응급실에 무사히 도착하여 환자를 인계하고 나면 동승했던 공항 구급대원과 나의 옷은 비지땀 범벅이 되기 일쑤다.

2009년 인천대교가 개통되기 이전, 육지와 연계된 다리는 영종대교가 유일했고 그나마 영종대교에서 병원까지는 청라지구라는 대단지 신도시가 한창 개발 중이었으니. 앰뷸런스 안은 위급한 환자의 상태를 살피랴, 이리 흔들 처리 기우뚱하는 차체가 안겨 주는 멀미 기운과 싸우랴, 참으로 이루 말할 수 없는 생고생의 장이었다. 특히나 앰뷸런스 안에서 의사는 주행 역방향으로 설치된 의자에 앉아 환자의 상태를 계속 주시해야 하기 때문에 장시간 탑승은 멀미를 일으키기에 딱 좋은 조건이다. 어릴 적 버스 안에서 느꼈던 어지럼증과 메스꺼움이 화려하게 부활하는 순간이다.

어릴 적 마침내 도착한 놀이공원에서의 즐거움이 멀미의 고생을 뛰어넘는 보상이었다면, 중년이 된 나에게도 나름 확실한 보상이 있다. 환자를 무사히 응급실로 이송하고 공항으로 복귀하는 도로에서, 특히나 인천대교를 지날 때 보이는 서해 바다와 군데군데 떠 있는 섬들의 풍광은 고단한 몸과 마음을 달래 주고도 남음이 있다. 앰뷸런스의 창문을 열고 짭조름한 바다 내음이 배어 있는 바람을 쏘이는 것도 좋다. 이 정도면 충분하다.

우리나라 대학 입시에서 '의대 열풍'은 하루 이틀 일이 아니다. 일부 학원에서는 초등학교 저학년 때부터 의대 입시반이라는 것을 꾸려 아이들을 과도한 학업에 몰아넣는다는 기사도 심심치 않게 접하게 된다. 물론 우리나라의 직업 현실이 녹록치 않다. 의사라는 직업이 가지는 여러 가지 장점에 대해 모르는 바도 아니다. 나 역시 의사로서의 삶이 후회스럽지 않다. 다른 직업에 종사하는 나의 모습을 그려 본 적도 없다. 하지만 분명한 것은 의업에는 무한한 책임이 따르며, 때로는 고통과 희생까지도 감수해야 하는 바, 의사라는 직업의 겉모습과 경제적 안정성만 생각하다가는 평생 적성에 맞지 않는 일을 하는 고통 속에 살아가게 될 수도 있다.

특히나 요즈음에는 필수 의료에 종사하려는 젊은 의사들의 수가 많이 줄어들고 있다. 이러다가 아이는 해외에 나가서 낳아야 되는 것 아니냐, 심장 수술을 할 의사가 없어지고 있다, 응급실을 지킬 의사가 없다 등등 우리 의료의 미래에 대한 암울한 전망들이 있다. 각 분야에서 다양한 정책과 대안을 내놓고 있지만 현재까지는 대단히 실효적이거나 문제의 근본을 바꿀 수 있을 만해 보이지 않는다. 현업에 종사하고 있는 나로서도 답답하고 걱정되지만 암울한 전망을 희망으로 바꿀 만한 청사진을 가지지는 못했다.

그렇다 해서 일선에 있는 의사들이 현업을 게을리하거나 어느 하나라도 소홀히 할 수는 없다. 나 역시 주어진 업무를 묵묵히 수행할 것이다. 내가 선택한 일이고 내가 존재하는 이유이자 이 사회에서 내가 부여받은 임무이기 때문이다. 저녁노을을 받으며 신나게 인천대교를 건너 복귀하는 앰뷸런스 안에서 마음을 가다듬는다. 스멀스멀 올라오는 멀미는?… 어쩔 수 없다. 그냥 견딜 수밖에.

오후 3시의 징크스와 '조용한 VIP'

오후 3시. 공항 의료센터에는 이 시간에 대한 징크스가 있
다. 이 시간만 되면 응급 환자가 문을 밀고 들어온다. 대개 피
를 흘리면서.

공항 의료센터는 매시간 무슨 일이 생길지 몰라 긴장의 끈
을 놓을 수 없다. 우선, 오전 진료 시간은 그야말로 전쟁터를
방불케 한다. 우리 의료센터 뿐만 아니라 공항 전체가 거의 그
래 보인다. 이른 아침부터 공항을 뜨고 내리는 수많은 항공편

이 집중되어 있고 그에 맞추어 승객들의 발길이 바쁘게 오고 간다. 출국 시간이 얼마 남지 않아 한시라도 빨리 진료를 받기를 원하는 승객들과 이제 막 여행을 마치고 도착한 후 여행지에서 발생한 다양한 증세들로 집으로 바로 가지 못하고 의료센터를 방문하는 승객들이 뒤섞여 대기실에서 발을 동동 구르는 것이 오전 의료센터의 풍경이다. 승객들이 무사히 진료를 받은 후 처방전을 받아들고 의료센터 문을 나설 때까지, 전 과정이 일사천리로 매끄럽게 진행되어야만 한다. 진료가 지체되면 다급함이 묻어나는 짜증과 불만이 뒤섞인 승객들의 불평을 듣게 되는 일이 생기게 된다. 의료는 자동화된 기계가 수행하는 일이 아니어서, 매순간 의료진을 비롯한 모든 직원들의 개입이 필요하기에 업무가 종료되는 시점까지는 긴장의 끈을 놓을 수 없다.

이렇게 정신없이 오전을 보내고 점심시간이 되면 한바탕 전쟁을 치른 몸과 마음을 추스르고, 오후 진료라는 새로운 전장으로 투입될 마음을 새로 다잡아야 한다.

그렇게 오후 3시가 다가온다. 오전 진료의 피로감과 퇴근 시간이 다가온다는 기대감이 교차하는 시점이다. 그 즈음에 피가 흥건한 손가락을 부여잡고 병원 문을 들어서는 환자가 거의 매일 있다시피 하다. 공항에서 근무하는 직원일 확률이 99%. 나와 마찬가지로 교차점을 지나다 그런 것이 틀림없다.

바쁜 오전 시간을 보내고 점심시간의 폭풍을 감당한 후에 저녁 손님들을 맞이하기 위해 바쁜 손놀림으로 재료를 다듬다가 아차 하는 순간에 자신의 손가락을 썰어 버린 식당 직원이다. 크고 작은 화상을 입어 병원을 방문하는 직원들은 말할 것도 없다.

요식업에 종사하는 직원들의 손을 보면 마음이 아프다. 물론 그들에겐 훈장과도 같은 것이다. 손등이고 손가락이고 온통 크고 작은 봉합의 흔적과 화상 자국이 가득하다. 이분들도 나처럼 힘들고 바쁜 오전 시간에 온통 집중을 한 후 오후의 고단함을 이겨 내며 일하다가 잠시 잠깐 집중력을 놓쳤을 것이라는 생각에, 최대한 흉터가 남지 않도록 꼼꼼하고 정성스럽게 봉합해 드리는 게 나의 임무다. 기름과 식재료 냄새가 배어 있는 손가락을 내가 치료해 줄 수 있어 영광이다. 상처 부위를 정성스럽게 소독하고 한 바늘 한 바늘 꼼꼼히 이어 준다. 수년 전 엄청난 인기를 누렸던 드라마 〈시크릿 가든〉에서 나와 유행했던 '장인이 한 땀 한 땀 정성껏'이라는 표현이 잘 어울릴 듯하다.

의료센터 의사들이 가장 자주 하고 또 잘해야 하는 시술 중 하나가 이런 외상 환자들의 상처를 치료하는 것이다. 우리 공항 의사들끼리는 재봉틀 정도의 실력은 갖추어야 한다고 농담 반 진담 반으로 이야기하곤 한다. 애틋한 마음만으로는 안 된

다. 그건 기본이고, 빠르고 깔끔하게 봉합하는 실력이 있어야
한다.

전공의 시절에는 시장에서 돼지고기와 껍데기를 사 와 의국
에 모여 앉아 선배 전공의의 지도하에 이런 모양 저런 모양으
로 칼집을 내어 놓고 다시 봉합하는 훈련을 많이도 했다. 그때
의 노력이 지금 재봉틀에 견주는 실력의 밑바탕이 되었으리라.
봉합 연습을 마친 후 남은 고기는 그날 저녁의 안줏거리가 되
기 십상이었다. 돼지는 정말 버릴 것이 하나도 없다는 말이 딱
들어맞는다. 물론 소고기였으면 더 할 나위 없었겠지만 빠듯
한 의국 전공의들 살림에는 돼지고기도 훌륭하다.

모든 시술을 마친 후 마무리로 감아 주는 붕대는 가급적 눈
에 잘 보이게, 조금은 과한 듯 도드라지게 감아 준다. 봉합한
상처 부위를 잘 보호하는 의학적 의미도 있지만 다쳤다는 핑
계로 오늘은 작업에서 벗어나 좀 쉬라는 뜻이다. 나의 그 마음
을 이해한 식당 직원들은 고맙고 미안한 미소를 지으며 일터로
복귀한다.

자랑할 것 까지는 아니지만 나는 공항 식당의 VIP다. 공항
에서 어깨에 힘을 좀 주고 다니는 직위에 있는 것도 아니고 식
당을 자주 이용하면서 값비싼 음식을 먹고 돈을 많이 내는 것
도 물론 아니다. 내가 한 땀 한 땀 봉합해 준 손의 주인들이 지
금도 공항 곳곳에서 맛있는 음식을 정성껏 만들어 손님들에게

제공하고 있다. 바로 그 손들이 내 그릇에 고기 한 점이라도 더 올려 주기 때문이다. 그래서 나는 '조용한 VIP'인 게다.

'빨간 전화'와 양치기 소년

"원장님. 좀 긴장되시나 봅니다."

내 앞에 앉아 있는 공항 구급대의 고참 응급구조사가 웃으며 말을 건넨다.

"하하. 제 얼굴에 쓰여 있나요? 티 안 내려 했는데."

너털웃음을 지으며 대답을 하긴 했지만 장갑을 끼고 있는 내 손에는 땀이 한가득이다. 햇살이 따가운 2005년 여름날의 공항 활주로 한쪽 길가. 초짜 공항 의사인 나는 지금 구급차 안에서 공항 구급대원들과 함께 비상 대기 중이다. 구급차 안에는 에어컨이 틀어져 있으나 헬멧을 쓰고 있는 나의 머리와 장갑을 낀 손에는 긴장한 탓에 배어나온 땀이 흥건하다. 활주로의 아스팔트는 내리쬐는 햇볕에 뜨겁게 달구어져 있고 시간이 마치 정지된 것처럼 주변은 적막하기만 하다. 잠자리들만이 이 상황을 아는지 모르는지 한가로이 여기저기 날아다니고 있다. 내가 타고 있는 구급차의 앞과 뒤로는 만일의 비상사태에 대비하기 위해 지휘 차량과 소방차들이 시동을 걸어 놓은 채 빼곡히 대기 중이다.

불과 십여 분 전이었다. 따르릉~ 따르릉~! 비상 응급 전화의 벨소리가 조용한 의료센터의 잔잔한 음악 사이로 날카롭게 울려 퍼졌다. 일명 '레드폰red phone' 혹은 '크래시폰crash phone'이라 불리는 비상 응급 전화다. 레드콜과는 또다른 '빨간 전화'인 셈. 외관은 얌전한 흰색의 구형 전화기일 뿐인데 그렇게 불리는 건 그 전화가 전하는 내용 때문일 것이다.

"지금 인천공항에 착륙 예정인 787편 기장입니다. 착륙 점검 중 랜딩기어 작동 시그널에 이상이 감지되었습니다. 혹시 모르니 응급 상황에 대비해 주십시오."

운항 중인 항공기 기장으로부터 공항 관제소로 이 같은 응급 무전이 들어왔다. 이를 접수한 공항 관제탑에서는 지체 없이 레드폰을 들고 응급 상황을 공항의 모든 비상 대응 조직에 신속히 전파한다. 외래 진료는 즉시 중단되고 나는 진료실 한편에 가지런히 놓여 있는 '의료조정관'이라 큼지막하게 쓰여 있는 하얀 헬멧을 쓰고 턱끈을 조여 맨 후 구급차 탑승로를 향해 걸음을 재촉한다. 지금 제일 필요한 것은 신속한 출동이다. 마치 전장에 나가는 병사의 심정으로 구급차에 올라탄다. 내가 의료센터가 아닌 공항 활주로에서 헬멧을 쓰고 구급차 안에 대기하고 있는 이유이다.

처음 공항 의료센터에 부임 후 얼마 지나지 않아 활주로로 첫 비상 출동을 나갔을 때 걱정과 긴장으로 보낸 수십 분의 시간이 지금도 생생하게 기억난다. '항공기가 무사히 착륙하지 못하고 혹시라도 방향을 상실해 우리가 대기하는 곳으로 떨어지면 어떻게 되지?' 구급차 옆에 길게 파인 배수로가 자꾸 눈에 들어온다. '음. 유사시엔 저기에 납작 엎드리면 화는 면하겠군.' 하는 얄팍한 계획도 세워 본다. 같이 긴장하고 있는 구급대원들에게 나의 창피한 계획이 들키기라도 할까봐 여유 있는 표정을 지으려 애를 쓴다. 집에서 무사 퇴근을 기다리는 아내와 발령 첫해에 갓 태어난 첫딸아이의 모습이 눈에 계속 아른거린다. 방송을 통해 해외 특보로만 보도되는 항공기 비상착륙과 끔찍한 재해의 현장 한가운데에 내가 있을 수도 있겠다는 불안감이 나를 엄습해 온다. 다행히도 그날 그 항공기는 단순한 시그널 이상으로 확인되어, 출동을 나간 우리 모두는 구급차 창으로 밀려들어오는 활주로의 바람을 맞으며 기분 좋게 돌아올 수 있었다.

지난 20여 년 동안 머릿속으로 불안해하며 그려 보던 불상사는 실제로 일어나지 않았다. 크고 작은 사건들이 있었지만 인천공항은 많은 사람들의 노력으로 안전하게 유지되는 가운데 매일 밤낮으로 수많은 항공기들이 날아오고 날아가고 있다. 앞으로의 20년도 지금과 같기를 희망할 뿐이다. 물론 응급 출동은 앞으로도 계속 나가야 할 것이고 구급차 안에서 대기하는 상황에도 변함은 없을 것이다.

세월이 흐르며 비상 출동을 하는 나의 마음가짐도 많이 여유로워졌음을 느낀다. 이제는 레드폰이 울려도 옛날처럼 깜짝깜짝 놀라지는 않는다. 그렇다고 해서 '양치기 소년'의 마을 사람들처럼 된 것은 물론 아니다. 산전수전 다 겪은 노장의 여유?

대기하는 구급차 안에서 이제는 공항에서 같이 세월을 보낸 구급대원들과 소소한 이야기꽃을 피우며 긴장을 달래기도 하고 신입 구급대원들에게는 과거의 경험을 들려주는 여유까지 부리기도 한다. 그 옛날 한여름 고참 구급대원이 긴장하던 나에게 해 주었던 농담도 재생하면서.

고도 10km 상공에서
아프면 어떡하지?

하품을 하실까요, 껌 좀 씹으실까요?

기압 중이염aerotitis media

"선생님. 비행기 타기 전까지만 해도 멀쩡했는데 도착하기 직전부터 귀가 너무 아프고 사람들 말소리도 잘 안 들립니다."

귀를 손으로 만지작거리면서 도대체 이유를 모르겠다고 갸우뚱해하는 승객의 귀 안을 이경을 통해 꼼꼼히 들여다본다. 좁고 가느다란 귓속, 그 끝을 가로막고 있는 고막이 벌겋게 달아올라 부어 있고 안쪽으로는 작은 물방울들이 창문에 서린 이슬마냥 붙어 있다. 기압 중이염 또는 항공성 중이염이라는 질병이다.

여행을 마치고 비행기에서 내린 승객이라면 무사히 여행을 마쳤다는 안도감과 함께 얼른 집에 가서 쉬고 싶은 생각뿐일 것이다. 그런데 극심한 통증 때문에 공항을 떠나지 못하고 의료센터로 찾아오는 이들은 대개 이 병증 때문이다.

비행 후 드물지 않게 통증을 호소하는 신체 부위가 바로 머리와 귀다. 환자들이 처음에는 도대체 왜 아픈지 영문을 모르겠다며 괴로움을 호소하지만 차분히 진찰한 후 까닭을 설명해주면 고개를 끄덕이며 안심하고 귀가한다. 시간이 지나면 천천히 호전되어 사라질 일시적인 증상이라는 걸 알게 되니 심했던 통증도 조금은 완화되는 느낌이라 한다. 귀와 머리에 나타나는 이 통증의 공통점은 항공기가 빠른 속도로 하강하는 동안 발생하는 기압차 때문에 일어나는 현상이라는 점이다.

우리 신체 가운데 귓속의 중이middle ear라 불리는 곳과 미간 안쪽 전두동frontal sinus이라 불리는 닫힌 공간에 소량의 공기층trapped gas이 있다. 이곳의 공기는 몸 밖과 소통하지 못하므로 외부 기압 상태에 따라 상대적으로 압력이 높아지기도 하고 낮아지기도 한다. 항공기 제작 기술이 발달하긴 했지만, 객실 여압을 하더라도 정상 기압과 동일하게 기압을 유지할 수는 없으므로 기내의 인체가 잠깐 부적응을 겪게 되는 것이다. 특히 중이와 전두동에 있는 공기의 급격한 팽창과 수축은 그 주변 공간의 압력을 변화시켜 통증과 염증을 유발한다. 코감기 증세가 있거나 비염이 있어 코를 통한 호흡이 어려운 승객이나 탑승 24시간 전에 스쿠버 다이빙 등의 활동을 즐겼던 승객의 경우에는 더욱 예민한 반응이 나타날 수 있다.

하지만 이러한 통증과 염증은 정상 기압 하에서 며칠만 생활하면 씻은 듯이 사라진다. 그러니 승객들에게는 집으로 돌아가 처방된 약을 먹고 잘 쉬면 된다고 안심시키고 당분간 항공 여행은 하지 말라고 당부하는 걸로 진료를 마칠 수 있다. 하지만 승무원들은 좀 다르다. 잦은 기압 변화에 노출되는 것이 직업이다 보니(국내선의 경우 하루 네다섯 차례 이착륙을 반복하는 일정도 있다) 기압 중이염은 만성 직업병이 되곤 한다. 항공사들은 이를 업무 중 발생한 질병으로 인정하여 확진된 승무원에게 수일간의 공가를 주고 상태가 회복되었는지를 확인한 후 업무에 복귀하도록 하고 있다. 이를 진단하고 회복 여부를 확인해 주는 것이 의료센터 진료의 중요한 업무이기도 하다.

비행 후 귀가 아프다며 찾아오는 승무원들이 있지만 대부분 며칠 쉬면 나아지는데 그렇지 않은 경우도 있다. 수년 전, 의료센터에 자주 찾아오던 한 승무원이 있었다. 어릴 적부터 승무원이 꿈이어서 항공운항과에 진학했고 조건을 갖추기 위해 체력 관리를 열심히 했다. 영어도 수준급이었으며 늘 밝은 미소를 띠고 즐겁게 생활했다. 그런데 막상 승무원이 되고 보니 생각지도 못한 귀 통증이 괴롭히는 것이었다. 비행만 하고 나면 어김없이 찾아오는 기압 중이염 때문에 휴직과 복직을 반복하게 되었고, 결국은 자존감이 떨어지고 동료들에게 미안하기도 하여(승무원은 주로 팀별로 스케줄을 짜는 경우가 많기 때문에 너무 잦은 병가는 누가 뭐라 하지 않아도 동료들에게 미안한 감정이 들 수밖에 없다고 한다) 결국 사직할 수밖에 없었다.

본인의 잘못도 아닌 업무 환경 때문에 그토록 원하던 직업을 포기해야만 하는 사정이 너무나 안타까웠다. 인사차 마지막 진료를 받으러 온 그 승무원에게 뭐라 위로할 말도 찾지 못한 채 가만히 손을 잡아 줄 수밖에 없었다. 하지만 워낙 밝고 적극적인 성격이니 잠시의 충전 이후 금세 또 다른 꿈을 찾아 날개를 활짝 펼치고 훨훨 날아다니고 있을 거라 믿는다.

기압 중이염 주의 환자를 위한 안내사항

기압 중이염은 항공기 이착륙 시 발생하는 급격한 기압의 차이에 의해 발생하는 귀의 통증과 불편감을 통칭합니다. 귀는 크게 외이도와 중이, 내이의 세 부분으로 나뉘며 외이도와 중이 사이는 고막으로 가로막혀 있습니

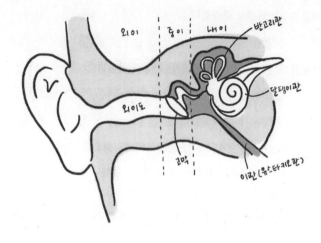

외이 | 중이 | 내이 반고리관

달팽이관

외이도

고막

이관 (유스타키오관)

다. 중이는 고막을 통해 전달된 음파를 내이로 전달하며 이관(유스타키오관)을 통해 비인강과 연결되어 환기가 되는 구조를 가지고 있습니다.

이관이 정상 컨디션일 때는 비행기 이착륙 시의 기압 변화에도 중이와 이관의 공기 순환에 문제가 없을 수 있지만, 코감기나 비염 등 이관에 염증이 생길 수 있는 조건에서는 급격한 압력의 변화가 이관에 악영향을 줍니다. 이관의 오작동으로 고막의 안쪽 공간인 중이에 염증이 발생하며 여러 증상이 나타납니다. 귀가 막히고 답답한 느낌, 갑작스러운 귓속 통증, 자기 목소리가 울려서 들린다거나 심한 경우 이명과 어지러움을 느끼는 것이 모두 기압 중이염의 주요 증상입니다.

이런 증상을 예방하기 위한 주의 사항은 다음과 같습니다.

탑승 전

① 비염이나 감기는 탑승 전에 적극적으로 치료 및 투약을 받으세요.

② 이전에 유사한 증세가 있었다면 탑승 전에 병원에 가서 고막 상태를 점검받고 예방약(귀 점막 수축제나 진통 소염제 등)을 처방받으세요.

③ 공항 약국에서 중이염 예방 귀마개를 구입할 수 있습니다. 이 귀마개는 소리는 전달되지만 기압 변화를 줄여 줍니다.

비행기 안에서

① 발살바 법_{Valsalva Maneuver} : 귀가 먹먹해지려고 하면 손으로 코를 막고 콧바람을 불어 눌린 이관을 열어 줍니다. 단, 너무 세게 하면 오히려 고막에 손상을 줄 수 있으니 조심하세요.

② 일부러 하품하기도 도움이 됩니다. 음료에 빨대를 꼽아 자주 꼴깍거리며 마시는 것도 좋습니다.

③ 영아는 젖꼭지를 물리거나 어린이들은 껌을 씹게 하면 좋습니다.

④ 예방약을 챙긴 경우 항공기 착륙 한두 시간 전에 복용합니다.

기내에서는 술을 끊고, 조금은 어수선하게

이코노미 클래스 증후군economy class syndrome, deep vein
thrombosis

딱 보기에도 건장하고 다부진 체격의 외국 청년이 휠체어에
실려 의료센터로 들어왔다. 그의 뒤로 비슷하게 건장한 외국
인들과 군복을 입은 한국 군인들이 걱정 어린 표정으로 우르
르 따라 들어왔다. 분위기가 심상치 않다.

외국 청년은 무릎 아래로 양 종아리가 금방이라도 터질 것처럼 벌겋게 부어올라 있었고 식은땀을 줄줄 흘릴 정도로 아파 보였지만 애써 신음을 참아 내는 모습이었다. 동행한 한국 군인의 말로 이들은 모두 모 국가의 특전사 요원들이고 국내에서 한국 특전사와 교류를 위해 오늘 도착했다고 한다. 출발 당시에는 멀쩡했던 다리가 몇 시간의 비행 뒤부터 부어오르기 시작했다고 한다. '하지 정맥의 혈전증'이 강하게 의심되는 상황이었다.

우선 진통 주사로 고통을 덜어 준 후 부어오른 양 종아리에 압박붕대를 감고 부목을 사용하여 고정시킨 다음 정밀 검사와 후속 치료를 위해 종합병원으로 후송 조치하였다. 다리가 부어오른 것 말고는 심각한 합병증은 일어나지 않았지만 그는 예정된 훈련에 참가하지 못하고 군 병원 신세를 지다가 귀국했다고 한다. 평소 훈련으로 다져진 젊은 군인이어서인지 남다른 회복 속도를 보였다고는 하지만 머나먼 이국땅까지 날아와 꼼짝 없이 병원 신세만 지고 돌아갔으니 한동안 동료들 사이에서 놀림거리가 되지 않았을까 싶다.

만약에 나이가 많고 당뇨 등 만성질환까지 가진 승객에게 이런 증상이 왔다면 이처럼 가볍게 끝날 문제가 아니었을 것이다. 하지의 부종을 유발했던 혈전(피떡)이 혹시라도 떨어져 나와 혈관을 타고 흘러 다니다가 주요 혈관을 막아 버리는 심각한 합병증이 발생할 수도 있다.

일명 '이코노미 클래스 증후군'이라 불리는 질환인데, 의학적 공식 명칭은 '심부정맥혈전증DVT: deep vein thrombosis'. 하지 깊은 곳의 정맥에서 혈전이 생기는 병증이란 뜻이다. 항공기의 이코노미석을 생각해 보면 왜 이런 별칭이 붙게 되었는지 쉽게 수긍이 갈 것이다. 앞뒤 간격이 좁은 이코노미석에 장시간 앉아 있으면 하지 정맥의 혈액순환에 문제가 생기기 쉽고 혈액이 정체되면서 응고돼 혈전이 발생하기 쉬운 조건이 되는 것이다. 초기 증세는 다리가 갑자기 부어오르거나 쥐가 나는 듯한 통증을 느끼는 정도지만, 이것이 떨어져 나와 혈관을 타고 흘러 다니다가 폐의 동맥을 막는 폐색전증에 이르게 되면 호흡곤란과 최악의 경우 사망에 이르게 할 수도 있는 치명적인 질병이 심부정맥혈전증이다.

심부정맥혈전증이 항공기 안에서만 발생하는 것은 아니다. 45인 이상이 탑승한 채 여러 시간 고속도로를 달리는 버스 안에서도 이런 일이 심심치 않게 일어난다. 장시간 사무실에서 앉아서 일하는 직장인이나 거동에 문제가 있어 침대에 누워 생활할 수밖에 없는 환자들에게도 발생할 수 있다.

지인들은 내가 공항에서 근무하니 틈나는 대로 해외를 다닐 수 있을 거라 생각하지만, 실제로 내가 공항에서 근무한 20여 년의 세월 동안 해외로 나간 것은 한 손에 꼽을 정도다. 나는 비행기 타고 멀리 가는 걸 별로 좋아하지 않는다. 여권의 잔여 기간을 챙기는 것도, 반드시 거쳐야만 하는 출입국 수속도 번거로울 뿐더러 항공기가 출발하거나 이륙할 때 전해지는 가속과 감속의 전율(나는 놀이공원의 바이킹도 타지 않는다)도 내 몸에는 맞지 않는다. 게다가 앞뒤 좌우로 좁은 좌석에서 발 한 번 제대로 펴지 못하고 몇 시간씩 앉아 있어야 하는 답답함을 감수하면서까지 해외에 나가고 싶은 마음이 별로 없다.

항공기 내에서 폐색전증에 이르게 될 확률은 통계적으로 4,600번의 장거리 비행에 한 번 꼴이라 하니, 매우 드문 질환이기는 하다. 나라면 그 핑계로 해외 나갈 일이 있어도 접겠지만 여행을 좋아하는 사람이 폐색전증이 무서워서 못 간다고 할 정도는 아닌 것이다.

이코노미 클래스 증후군은 수시로 다리를 펴 주고 몸을 움직여 주는 정도로도 예방에 도움을 얻을 수 있다. 말 그대로 '이코노미 클래스' 증후군이니 앞뒤 간격이 넓고 몸을 길게 눕힐 수 있는 비즈니스석이나 일등석을 이용하면 문제없지 않느냐고도 하는데 참으로 맞는 말이다. 하지만 쌀이 없으면 고기를 먹으라는 얘기와 같으니 별로 도움이 되지는 않겠다. 다행히 요즈음 개발되는 신형 여객기들은 이코노미 클래스도 앞뒤 간격이 넉넉한 형태로 나오고 있어 장거리 여행의 육체적 고통이 줄어들 것으로 기대한다.

심부정맥혈전증이 우려되는 승객은 다음과 같다.

- 만성질환자(특히 고혈압, 고지혈증, 당뇨 등)와 고령자, 임산부
- 복부비만자(동양인 기준 허리둘레 90cm 이상, 100cm 이상 고위험)
- 최근 골절 등으로 수술을 받은 경우
- 피임약을 복용 중인 경우

심부정맥혈전증의 증상

- 갑작스러운 다리 부종과 팽만감
- 피부색의 변화(붉은색이나 파란색 등)와 해당 부위의 열감
- 저림과 통증
- 호흡곤란이나 가슴 통증

심부정맥혈전증 예방을 위한 기내 행동 요령

① 기내에서 최소 30분마다 가볍게 돌아다니고 수시로 다리 스트레칭을 해 줍니다. 앉은 자리에서 발목 돌리기와 발 떨기도 도움이 됩니다.

② 기내에서 자주 충분히 수분을 섭취합니다. 단, 알코올이나 카페인은 섭취하지 않도록 합니다.

③ 허리를 조이는 옷은 입지 말고, 허리띠는 느슨히 매어 주세요.

④ 만성질환자, 산모, 고령자는 압박스타킹을 착용하세요.

자연의 섭리를 거스른 대가를
소액 결제하고 싶다면?

시차 증후군jet lag syndrome

중년이 되면서, 잠자리에 누우면 꿈나라로 직행하는 사람들이 그렇게 부러울 수가 없다. 아버지가 중년 이후 노년까지 오랫동안 불면증에 시달리는 모습을 보아 온 나로서는 나의 미래가 그려지는 듯하여 두려운 생각마저 든다. 간신히 잠이 들었다가도 이른 새벽에 화장실 가려고 깨었다가 다시 잠들지 못하고 이리 뒤척 저리 뒤척 하다가 아침이 되어 무거운 몸을 겨우 일으키는 생활이 지속되면 몸과 마음의 컨디션은 금세 엉망이 된다.

잠 때문에 공항 의료센터에 찾아오는 승객들은 이런 만성적 불면증 환자는 아니다. 여행을 앞두고 시차 부적응으로 인한 불면증이 생길 것을 걱정해 미리 수면제를 처방받고자 찾아오는 경우가 대부분이다. 가까운 중국이나 동남아시아권 국가로의 여행이라면 우리나라와 시차가 거의 벌어지지 않으니 평소 수면 습관을 그대로 유지하는 데 문제가 없다. 그러나 유럽이나 미주처럼 10시간 이상 비행 후 낮과 밤이 뒤바뀐 현지에 도착하면 시차 부적응에 시달릴 확률이 매우 높아진다.

수백 년 전 대항해시대에 커다란 범선을 타고 지구 곳곳을 누볐을 탐험가나 상인들은 아주 천천히, 자연스럽게 시차에 적응해 갔다. 하지만 지금은 하루면 지구 반대편에 도착할 수 있는 시대다. 그곳의 낮과 밤은 출발지와 반대로 돌아가고 있으니 밤에 잠이 올 리 없고 낮에 정신이 멀쩡할 리 만무하다.

5~6시간 이상 시차가 나는 지역으로 이동했을 때 현지 시간과 신체가 인식하고 있는 시간 사이의 부조화로 인해 발생하는 여러 신체 증상을 시차 증후군jet lag syndrome이라 한다. 대다수의 여행객이 불편을 호소하는 증상은 밤에 잠들기 어렵다는

것과 이에 따른 낮 시간의 각성 장애(과다한 졸음증과 무기력)가 있고 두통, 현기증 등의 신경학적인 증세와 소화 불량, 변비 등의 소화기계 장애도 있다.

서쪽보다는 동쪽으로 이동하는 경우에 시차 적응이 더 어렵다고 하는데 지구의 자전 방향으로 이동하는 것이 몸에 더 큰 무리를 준다고 할 수 있겠다. 우리의 몸은 뇌 속 시상하부에 존재하는 생체 시계에 의해 정해진 시간대대로 조절된다. 아침에 눈을 뜨면 각성 상태가 시작되고 장운동이 활발해지며 식욕이 증가한다. 밤이 되면 휴식을 취하기 위해 수면 욕구가 증가한다. 이는 24시간을 주기로 우리의 신체를 조절하여 항상성을 유지하는 데 중요한 기전이다.

시차 증후군은 시간이 지나면서 점차 완화된다. 하루 또 하루 지내다 보면 빛의 자극, 식사와 신체 활동의 패턴이 생체 시계에 신호를 전달해 점차 여행지 시각에 맞추어지게 된다. 그렇게 시차에 완전히 적응하기까지는 보통 일주일 정도가 소요된다. 생체 시계가 무리 없이 조절할 수 있는 시간은 하루에 1시간 정도라고 생각하면 된다. 지구 반대편으로 날아갔다면 적어도 7일 정도의 시간이 흘러야 현지의 시간에 적응이 된다는 것이다. 장기 여행객이라면 시차 부적응 상태를 즐기면서 서서히 적응해 가면 되겠지만 도착 후 즉시 일정을 소화해야 하는 단기 체류자에게는 큰 부담이 아닐 수 없다.

하루는 말끔한 정장 차림의 중년 신사가 여행 가방을 끌고 진료실로 들어섰다.

"선생님, 제가 오늘 미국으로 출국하는데 도착하면 바로 사업 설명회며 미팅 일정이 빡빡하게 잡혀 있어요. 그런데 시차가 바뀌면 도통 잠을 잘 수가 없어서 너무 괴롭습니다. 도움을 좀 받을 수 있을까요?"

사업차 해외 출장이 잦은 승객분이다. 출장 때마다 찾아오는 시차 부적응이 두려워 장거리 여행이 점점 더 부담스러워진다고 한다. 나는 승객이 체류할 국가와 그곳에서의 활동 계획을 묻고, 시차 적응에 도움이 될 만한 적절한 행동 요령을 몇 가지 알려드렸다.

"처방해 드리는 약물을 복용하시고요, 여행지에서 몇 가지 행동 요령이 있는데 이걸 잘 지키시면 한결 편안하실 겁니다."

단기간 사용을 전제로 안전성이 입증된 수면유도제를 처방하면서 내가 해 주는 조언은 비행기에 탑승하자마자 도착지의 현재 시각을 확인하고 몸과 마음을 그 시간대 모드로 맞추라는 것이다. 목적지의 현재 시각이 밤이라면 안대를 쓰고 잠을 청하고, 낮이라면 책을 읽거나 영화를 보는 등 깨어 있는 시간에 하는 활동을 해야 한다. 도착한 다음 날부터는 최대한 햇볕에 노출되는 것이 좋다. 낮에 햇빛을 흠뻑 받으면 생체 시계가 자극을 받아 밤에 숙면을 이루는 데 크게 도움이 된다. 별다른 묘수가 없다. 결국 가장 필요한 것은 자연의 섭리대로 몸이 적응해 나가는 '시간'이다.

시차 증후군 예방을 위한 안내 사항

여행 전

출발 며칠 전부터 수면 패턴을 조절해 봅니다. 동쪽으로 여행(미 대륙 방향)하는 경우에는 하루에 한 시간씩 일찍 자고 일찍 일어나며 서쪽의 경우(유럽 방향) 하루 한 시간씩 늦게 자고 늦게 일어나 미리 생체 시계를 조절해 나가는 것이 좋습니다. 최소한 출발 2~3일 전부터 현지 시간에 맞추어 수면 시간을 조절한다면 현지 적응에 도움이 될 수 있습니다.

기내에서

① 이륙 후 시계를 도착지 시간으로 맞추고 활동합니다. 도착지 시간이 밤이면 기내에서 활동을 줄이고 안대를 착용하고 수면을 취하는 것이 좋습니다.

② 충분한 수분을 섭취하세요. 피로의 가장 큰 원인 중 하나는 탈수입니다. 기내에서 과도한 알코올과 카페인의 섭취는 탈수를 일으켜 시차 증후군을 악화시키므로 가급적 삼가는 것이 좋습니다.

여행지 도착 후

① 주로 아침 시간에 야외 활동을 많이 하도록 노력합니다. 밝은 햇빛은 생체 시계를 자극해 현지 시간에 빨리 적응할 수 있도록 도와줍니다.

② 아침에 일어난 지 90분 이상 지난 후에 카페인을 섭취하면 주간 각성 상태 유지에 도움을 주는 것으로 보고되어 있습니다. 하지만 기상 직후 공복에 커피 등 카페인 성분을 섭취하는 것은 좋지 않습니다.

③ 현지에서 멜라토닌을 구입할 수 있으면 복용하는 것도 도움이 됩니다. 멜라토닌은 뇌 안에서 생성, 분비되는 호르몬의 일종으로 생체 시계 조절과 수면 유도에 효과가 있다고 보고되어 있습니다. 단 멜라토닌은 직접적인 수면유도제가 아니므로 수면 직전에 복용하기 보다는 잠자리에 들기 두 시간 전에 복용하는 것이 좋습니다.(3~6mg정도)

④ 이러한 방법이 모두 통하지 않는다면 여행 전 처방받은 소량의 안전한 수면유도제를 수면 30분 전에 복용하면 도움이 됩니다.

방금 내게 무슨 일이?

실신syncope

"환자분, 어디가 불편하셔서 오셨어요?"

"글쎄요. 저는 기억이 잘 나지 않는데 정신을 차리고 보니 객실 복도에 누워 있더라고요. 주변 사람들은 제가 실신해서 쓰러졌다고 합니다."

불안한 눈빛으로 진료를 받으러 온 승객. 정신도 몸도 멀쩡해 보이는데 눈빛만 불안으로 가득 차 있다. 이런 승객은 주로 보호자들에게 부축을 받거나 휠체어에 몸을 의지하고 의료센터에 들어선다. 대개 운항 중인 항공기 안에서 실신을 경험한 사람들이다. 당사자는 실신 후 정신이 돌아올 때까지의 기억이 없으니 무슨 일이 벌어졌는지 모르고 어리둥절해할 뿐이지만, 옆에서 지켜본 가족이나 일행은 심하게 놀랄 수밖에 없었을 것이다. 특히 연로하신 부모님을 모시고 효도 관광이라도 다녀오는 길에 이런 일이 벌어지면 모시고 들어오는 자녀들은 마치 죄인이 된 것 같은 표정이다. 때로는 좁은 통로에서 일어선 상태로 실신하여 의자 모서리 등에 부딪혀 타박이나 열상, 심지어 안면부 골절상까지 입고 구급대에 실려 오기도 한다. 대충 넘길 만한 일은 아니다.

우선 혈압과 맥박, 호흡 등 기본적인 활력 증후를 확인한 뒤 혈당 상태와 심전도 검사를 하고, 기본적인 신경학적 이상 소견이 있는지를 진찰을 통해 확인한다. 저혈압과 저혈당에 의한 실신의 경우 부정맥이 있는지 여부와 특히 고령자의 경우 신경학적 후유증이 있는지를 우선적으로 살펴야 한다. 이런 기본적인 진찰과 검사에서 특정 이상 징후가 발견되지 않으면 일단은 마음이 좀 놓인다. 여전히 불안해하는 승객에게 당시의 상황에 대해 여러 가지 질문을 한다.

"혹시 실신하시기 전에 약간 어지럽거나 속이 울렁거리는 증상이 있었는지요?"

"완전히 기억을 잃은 시간이 어느 정도 되는지요?"

"과거에도 유사한 경험을 한 적이 있었는지요?"

"혹시 기내에서 수면제나 안정제 등 약물을 복용하신 것이 있는지요?"

질문과 대답이 하나하나 오가는 중에 나의 머릿속에서는 실신의 원인이 될 만한 여러 질병들이 용의 선상에서 제외되거나 강력하게 부상하기도 한다.

항공기 내에서 발생하는 응급 상황을 빈도순으로 정리한 학술 논문에 따르면 가장 흔한 증세가 바로 '실신'이다. 실신 중에서도 '미주신경성실신'이 가장 흔하다고 한다.

사람의 몸은 흥분 상태일 때 육체를 조절하는 교감신경계와 편안한 상태일 때의 부교감신경계가 조화롭게 유지되어야 항상성을 유지할 수 있다. 야심한 밤 어두운 골목길을 걸어가는데 뒤에서 점점 다가오는 검은 그림자가 있다고 상상해 보라. 심장은 요동치기 시작해 온몸 구석구석으로 혈액을 뿜어대어 언제든 폭발적인 힘으로 달아날 준비를 할 것이고 동공은 최대한 커져 주변의 탈출로를 찾으려 할 것이며 등줄기와 손바닥에 땀이 맺힐 것이다. 만약 이러한 흥분 상태가 평상시에도 지속된다면 우리 몸은 오래 견디지 못하고 탈진한다. 과밀집된 전철이나 버스 안에서 가끔 호흡곤란이나 실신감을 경험해 본 사람들은 알 것이다. 얼마나 공포스러운 경험인지를.

항공기 안에서 이런 일이 왕왕 일어난다. 정신의학에서 질병으로 분류한 '공황장애'까지는 아니더라도 긴 여행으로 누적된 피로와 장내 가스 팽만 등의 불편감, 기내 진동과 소음으로 인한 신경의 거슬림, 장시간 앉아 있는 자세로 인한 하지의 혈액 저류 등 모든 상황이 인체의 항상성을 유지하는 신경계의 조화를 깨뜨린다. 그 결과로 실신이라는 증세가 나타나는 것이다. 이것이 '미주신경성실신'이라는 증세의 흔한 발생 기전이다.

내 진료의 마지막은 환자를 안심시키는 것이다. 단순히 괜찮다는 말만 가지고는 불안해하는 환자를 충분히 안심시킬 수 없다. 이런 증상의 발생 원인과 주로 발생할 만한 상황들을 인지시키고 그런 상황이 재발하지 않도록 예방법에 대해 교육하는 것까지를 포함해야 한다.

"갑자기 속이 울렁거리거나 어지러움증이 심하게 나타나면 실신의 전조 증세일 수도 있으니 갑자기 일어서거나 걷지 마시고 무조건 앉거나 누워 있어야 합니다. 증세가 완전히 가라앉을 때까지는 행동을 차분히 하시고 심호흡을 지속하십시오."

항공기 내 실신 예방을 위한 안내 사항

실신syncope이란 어떤 원인에 의해 뇌로 가는 혈액의 양이 줄거나 산소의 양이 부족해져 의식을 잃었다가 잠시 시간이 지난 후 자발적으로 회복되는 경우를 말합니다. 실신할 것 같은 증상을 느끼지만 의식을 잃지는 않는 경우는 '실신전pre-syncope'이라 합니다.

성인의 약 3% 정도가 평생 한 번은 실신을 경험한다고 합니다. 특히 여성, 노인, 심장질환이 있는 사람의 경우 더 흔하게 발생할 수 있고, 그로 인한 낙상 및 골절상 등의 위험이 커집니다.

실신의 원인은 다양합니다. 대부분의 경우 미주신경성실신 등과 같이 특별한 문제가 되지는 않지만, 부정맥이나 심부전 등 심장질환에서 기인하는 경우도 있기 때문에 실신을 경험한 경우에는 반드시 병원에 방문하여 진찰과 검사를 받는 것이 안전합니다.

통로가 좁은 항공기 객실 내에서 실신이 발생할 경우에는 좌석의 팔걸이에 안면부가 부딪혀 부상(타박, 열상, 골절상등)을 입을 가능성이 매우 높으니 주의해야 합니다.

항공기 내 실신 조치법

① 실신은 갑작스럽게 발생할 수 있지만 대개 속이 울렁거리거나 시야가 흐려지는 등의 전조를 동반하니, 이런 증상이 느껴지면 즉시 자리에 앉거나 바닥에

누워 주위에 도움을 청하십시오.

② 숨을 몰아쉬거나 급하게 쉬지 마시고, 최대한 천천히 심호흡을 하세요.

③ 실신 환자를 발견한 주변인들은 즉시 승무원에게 도움을 청하고 환자를 안전하고 넓은 장소로 옮겨서 옆으로 눕힙니다. 침이나 역류된 음식물이 기도를 막는 것을 예방하기 위함입니다.

④ "여보세요!" "정신 차리세요!" 등 큰 소리로 불러 깨우며 어깨를 흔들어 의식 상태를 확인합니다. 이때 목이 과도하게 흔들릴 정도로 과격한 동작은 추가적인 경추 손상을 일으킬 수 있으니 삼가시기 바랍니다.

⑤ 일정 시간이 흐른 뒤 의식이 돌아오는 경우, 환자를 최대한 편안한 자세로 눕거나 편한 좌석에 기대어 쉬도록 조치합니다. 환자가 숨차 하면 기내에 비치된 응급용 산소를 일정 시간 공급해 주는 것도 도움이 됩니다.

⑥ 목적지에 도착하면 병원을 방문하여 당시 상황을 잘 전달하고 진찰을 받는 것이 안전합니다.

2008년부터 2010년까지 지상의 응급센터에 접수된 기내 응급상황 발생 순위(N Engl J Med 2013)

1위. 실신(다양한 원인에 의한) : 37.4%

2위. 호흡기 증세 : 12.1%

3위. 오심, 구토 등 소화기계 증세 : 9.5%

4위. 가슴 통증. 빈맥 등 심장 관련 증세 : 7.7%

5위. 다양한 원인에 의한 경련 증세 : 5.8%

'목신Pan'이 찾아오면 딴청을 피우세요

공황장애panic attack, 비행공포증

지루한 수속을 마치고 출발할 시간, 비행기 문이 닫히고 거대한 동체가 몸을 들어올려 날아오를 준비를 한다. 승무원들도 이륙 전 안내를 마치고 자리에 앉아 안전벨트를 맨다. 그런데 그때, 객석에서 갑자기 비명소리가 터져 나온다. "문 열어! 열란 말이야!" 한 승객이 자리에서 일어나 몸부림을 치기 시작한다. 주변의 승객들이 웅성거리고 아이들은 울기 시작한다. 소란의 주인공은 숨을 못 쉬겠다며 당장 문을 열라고 난리를 치는 것도 모자라, 이대로 이륙하면 자기는 죽을지도 모른다고 협박 아닌 협박을 하기도 한다. 승무원들은 그 승객이 비상구 문을 강제로 열 것에 대비해 경계를 늦추지 않으면서도 다른 승객들을 안심시키느라 정신이 없다. 비행공포증, 공황장애의 하나다.

비행기뿐만 아니라 버스나 지하철과 같은 교통수단이나 심지어는 엘리베이터 안에서도 자신을 둘러싼 주변 환경이 갑작스럽게 자신의 목과 숨통을 조여 오는 것 같은 공포를 느낀다. 이것이 '공황장애'다.

최근 일부 승객이 착륙 직전 하강하는 항공기의 비상구 문을 억지로 열려다가 주변 승객과 승무원들을 놀라게 했다는 뉴스를 접했다. 상상도 하기 싫은 불상사가 일어나지는 않았지만, 위험천만한 일이 아닐 수 없다. 같이 탑승했던 승객들에게는 평생 잊을 수 없는 무서운 기억이 될 법도 하다. 약물에 취해 그런 건지 스스로를 승객들과 함께 재앙의 늪으로 몰고 들어가겠다는 의도였는지는 조사를 통해 밝힐 일이고, 범죄 시도였다면 응당한 처벌을 받아야겠지만 대개는 정신의학적 증상, 공황장애일 가능성이 크다.

'공황장애'라는 말을 과거에 비해 요즈음 쉽게 접한다. 불과 몇 년 전만 해도 이런 유의 정신과적 용어는 행여나 이상한 눈으로 바라볼까 봐 입에 올리는 것조차 조심스러웠다. 그런데 유명 연예인들이 자신들이 겪은 공황장애를 드러내기 시작했고, 정신의 병증도 차츰 몸의 병증처럼 자연스러운 것으로 여겨져 가고 있다. 덕분에 보통 사람들도 조금은 편안하게 숨겨온 자신의 증세를 주변에 드러낼 수 있게 된 듯하다.

'공황장애panic attack'의 '패닉panic'은 그리스신화에 나오는 반인반수의 존재 '판pan'으로부터 나왔다. 신화에서 목동의 신(牧神)으로 여겨지는 판은 허리 위는 사람, 아래는 염소의 모습을 하고 있다. 평소 춤과 음악을 좋아하는 명랑한 성격이지만, 때로 길 가는 나그네에게 느닷없이 소리를 지르며 달려들어 공포에 빠뜨리는 것으로 묘사된다. 공황장애는 바로 그러한 판의 습격panic attack과도 같은 것이다. 얼마나 급작스럽게 아무 예고도 없이 환자를 공포에 빠뜨리는지 짐작할 만하다. 갑작스럽게 밀려드는 극심한 공포, 곧 죽게 될 것만 같은 강렬한 불안!

이륙을 알리는 기장의 목소리가 흘러나오면 대부분의 승객들은 약간의 긴장감과 설렘을 경험하지만, 공황장애를 가지고 있는 사람은 곧 목을 조여 오는 압박감과 숨이 쉬어지지 않는다는 공포심에 휩싸여 더욱 빠르고 얕게 숨을 몰아쉬면서 극심한 패닉의 상태에 빠져들게 된다. 거칠고 빠른 호흡이 지속되면 마비와 경련으로 이어지거나 의식이 상실되기도 한다.

이런 상황에서 주변 사람들이 침착하기란 매우 어렵다. 공포는 너무도 쉽사리 주변으로 전파된다. 좁은 객실 안은 그야말로 공포의 공기로 가득 차게 된다. 버스나 지하철, 엘리베이터에서처럼 그 공간에서 빠르게 벗어나거나 곧장 병원으로 옮겨 치료받게 할 수도 없는 것이 기내 상황이다.

승무원마저 환자의 공포와 불안에 말려들면 환자를 도울 수 없다. 노련한 승무원은 환자를 객실에서 분리하여 승무원 전용 공간에서 안정을 취하게 한 후 응급 자문을 요청한다. 일단 마스크를 씌워 과도한 호흡을 억제하는 게 우선이다. 숫자를 세면서 천천히 호흡을 진정시키는 방법도 좋다. 환자 본인이 호흡을 조절할 수 있게 하는 것이 가장 유효한 방법이다. 이런 방법으로도 승객이 안정을 되찾지 못하면 항공기 출발은 거의 불가능해지고 승객을 하기(비행기에서 내리게 하는 행위)시켜야 한다. 하지만 항공기 이륙을 중지시키고 승객을 내리게 하는 것이 쉬운 절차는 아니다. 혹시 모를 위험에 대비해 승객의 짐을 철저히 확인하는 등의 절차를 거치면 다시 이륙하기까지 여러 시간이 걸릴 수도 있다.

패닉에 맞서 싸우는 방법

불안과 공포는 실체가 없습니다. 나 자신의 마음에서 비롯하는 것이라는 정체를 알고 이것이 나에게 해를 끼치지 못한다는 것을 분명히 자각하세요. 공황증 치료제는 대부분 신경을 안정시키는 향정신성 의약품이므로 의사의 처방과 감시 없이는 복용이 불가합니다. 항공기 내에는 의사가 있을 경우에만 사용 가능한 주사 안정제가 있습니다. 만약 본인이 폐쇄된 공간이나 진동, 소음 등에 민감하다면 항공 여행 전 의사와 상담 후 약간의 진정제를 미리 준비하는 것이 좋습니다. 본인 약은 항상 본인이 준비해야 합니다.

공황장애와 비행공포증이 두려운 분께

공황장애는 공황 발작이 1회 이상 발생한 적이 있고, 공황 발작에 대한 예기불안(어떤 사건이 일어날 것 같은 불안감), 불안감에 따른 여러 신체 증상이 지속되어 일상생활을 유지하는 데 어려움을 겪을 경우에 내리는 진단명입니다.

10분 이내 정도의 짧은 시간 동안이지만 죽거나 미칠 것 같은 극도의 불안감을 경험하며, 이와 함께 가슴이 참을 수 없을 정도로 두근거리고, 이에 따라 죽을 것 같은 공포가 더욱 강해지며, 동시에 각종 자율신경계의 항진 증상(오한과 식은땀, 몸이 떨리거나 후들거림, 어지럼과 실신감 등)이 동반되는 것을 '공황 발작'이라 정의합니다. 그중에서도 폐쇄공포증은 항공기를 탑승한 공황장애 승객들이 가장 많이 경험하는 특정 공포증으로 좁고 막힌 공간에 갇혀 있는 것에 대한 공포감이 지나치게 강한 것을 의미합니다. 항공기가 출발하기 위해 문을 닫으면 돔 형태의 객실은 폐쇄 상태(실제로는 그렇지 않지만)로 들어가게 되고 특히 엔진이 가동되어 엔진의 소음과 진동이 객실로 전달되면 폐쇄공포증 환자들의 공포감은 극에 달한다 합니다.

공황장애까지는 아니더라도 비행공포증을 호소하는 사람이 적지 않습니다. 비행기 탑승에 어려움을 호소하는 사람들을 연구하고 치료하는 '비행공포증연구소'에 따르면 성인의 약 10% 정도는 비행공포증을 경험하며 남성보다는 여성이, 젊은 사람보다는 중년층 이상이 더 경험한다고 합니다. 선천적인 요인보다는 후천적인 경험이 더 크게 작용하는데 비행기 탑승 중 난기류를 만났거나, 갑작스러운 가속과 기체 기울어짐으로 어지럼증을 겪는 등 불안하고 불쾌한 경험이 불안감의 원인이 됩니다.

이 글을 쓰는 저 역시도 약간의 비행공포증을 가지고 있는데, 그 시초를 곰곰이 생각해 보니 성인이 된 후 처음으로 탄 제주 행 비행기가 착륙 전 난기류를 만나 급강하한 아찔한 경험 이후였던 것으로 생각됩니다. 이런 공포증에 조금이라도 도움이 되는 방법 몇 가지를 소개합니다.

1) 탑승 후 주위 상황을 신경 쓰지 말고 한 가지에 집중하기

평소에 하고 싶었는데 여유가 없어서 하지 못했던 것들을 몇 가지 준비해서 실행해 보세요. 밀린 드라마를 시청하거나 게임에 집중하거나 글을 쓰는 것

도 좋습니다. 매 30분마다 집중하면 불안감이 많이 줄어듭니다.

2) 알코올과 카페인 멀리하기

불안감을 누르기 위해 술에 의지하려는 분들이 있는데, 이는 역효과를 불러일으킵니다. 알코올과 카페인은 오히려 신경을 더 흥분시키고 공포감을 극대화합니다. 차라리 미지근한 물이나 차를 마시는 게 심신의 안정에 도움이 됩니다.

3) 팩트 체크

한 해에만 보통 4천만 대의 항공기가 목적지에 무사히 착륙합니다. 비행기 추락 사고가 발생할 확률은 2천만~3천만 분의 1로 극히 낮습니다. 인간이 발명한 교통수단 중에 사고율이 가장 낮은 것이 비행기입니다. 난기류도 사실은 매우 자연스러운 현상입니다. 비행기 창문 밖으로 위태롭게 휘청거리는 것으로 보이는 비행기 날개는 절대로 꺾이거나 부러지지 않습니다. 행여 항공기 엔진에 문제가 발생하더라도 족히 100km 이상은 날아가 인근 공항에 안전히 착륙할 수 있습니다. 막연하게 두려웠던 사실들을 이해하는 순간 공포심은 조용히 사라질 수 있습니다. 어릴 적 어둠 속에 희미하게 보이는 그림자가 두려워 잠을 이루지 못하고 부모님께 달려가 안겼던 때를 생각해 봅시다. 방에 불을 켜고 그 실체가 사실은 방 안에 계속 함께 있었던 친근한 존재임을 알게 된 순간 그 그림자는 더 이상 공포스러운 존재가 아닌 것이 되지요. 그 기억을 떠올립시다.

4) 전문가의 도움 받기

본인의 의지로 극복이 되지 않을 경우는 전문가에게 도움을 받습니다. 약물 처방이나 인지행동 치료 등이 이런 공포증을 극복하는 데 도움을 줄 것입니다. 단시간 작용하는 신경안정제를 처방받아 단거리 노선을 타는 연습을 하고, 익숙해지면 장거리 여행에 도전해 보세요. 나중에는 약을 먹지 않고 그냥 가지고만 있어도 큰 공포심 없이 편안함을 느낄 수 있습니다.

3부. 알면서도 모르는 항공 질병 이야기

질병 예방은 다다익선

풍토병과 전염병 – 말라리아, 황열, 일본뇌염, A형간염, 장티푸스, 콜레라 등

한 무리의 승객들이 의료센터를 방문한다. 승객들의 손에는 노란 카드yellow card가 쥐어져 있다. 축구 경기 중 심판이 주머니에서 꺼내드는 옐로카드가 아니다. 인천공항 2층에 있는 공항검역소에서 '황열' 예방접종을 받았음을 증명하는 카드다. 황열이 풍토병인 아프리카와 남아메리카 일부 국가에서는 입국 전에 예방접종 여부를 확인하기 때문에 이들 국가로 여행하는 승객이라면 이 카드를 꼭 가지고 있어야 한다.

이 병에 걸리면 대개 피부가 누렇게 변하는 증상이 나타나기 때문에 '황열yellow fever'이라고 부르게 되었다. 황열 바이러스를 지닌 모기에 의해 전파되는 이 질병에 걸리면 급성 간부전에 의한 황달로 피부가 누렇게 변하고 고열과 복통, 구토 등의 증세에 시달리게 된다. 증상이 심하게 진행되는 환자의 절반 정도가 12일 이내에 사망한다고 하니 이 병이 유행하고 있는 국가들의 경계심은 충분히 이해하고도 남음이 있다. 다행히 예방접종이 상용화되어 있으며 한 번의 백신 접종으로 10년 정도 효과가 지속되니 크게 걱정할 필요는 없다.

"말라리아 예방주사 맞으러 왔습니다."

승객이 귀찮지만 할 수 없다는 표정으로 접종을 요청한다.

"하하! 말라리아 예방약은 주사가 아닙니다. 체류 기간에 따라 약물을 처방해 드립니다. 어느 국가에서 얼마나 머물게 되시는지요?"

황열이 유행하는 지역과 말라리아가 유행하는 지역이 겹치는 경우가 많아서 말라리아도 예방접종이 가능한 줄 아는 경우가 종종 있다. 아픈 주사를 또 맞지 않아도 된다는 말에 승객들의 입꼬리가 조금 올라가고 얼굴에는 화색이 돈다.

체류 예정 국가와 지역, 체류 기간, 체류하는 동안의 활동 내용에 따라 맞춤 약물이 처방된다. 한 번에 한 알 정도로 장기간 예방이 된다면 더할 나위가 없겠지만, 아직까지는 매주 1회 또는 매일 복용해야 하는 경구 약만 개발되어 있는지라 현지에서도 꼬박꼬박 약을 먹고 지긋지긋한 모기들을 요령껏 피해 다녀야 안전할 것이다.

휴양지의 리조트나 호텔에서 짧게 머무는 경우라면 예방약까지 복용할 필요는 없을 수 있지만, 중남미와 아프리카 등지로 장기간 여행하거나 탐험, 선교 활동, 사업 목적의 방문, 주재원 근무를 하게 되는 경우에는 현지 말라리아의 위험 정도를 잘 파악하여 그에 맞게 대처하는 것이 현명할 것이다.

어느 항공사의 외국인 기장은 말라리아에 대한 공포가 너무 컸던 나머지 아프리카 국제공항에 몇 시간 동안 잠시 체류하는 일정이었음에도(그마저도 조종석 밖으로는 나오지도 않는) 말라리아 예방약을 받겠다고 억지를 쓰는 바람에 그럴 필요까지는 없다는 것을 설득하느라 진땀을 뺀 적도 있다. 결과는? 그 기장의 고집을 꺾지 못하고 약을 처방해 주었다. "말라리아에 걸리면 당신이 책임질 거요?"라는 한마디가 결정적이었다. 평소 친하게 지내던 동료 기장이 말라리아에 감염되어 거의 사경을 헤매는 것을 본 그의 입장에서는 충분히 그럴 만도 하다는 생각이 들기도 했다.

해외여행을 준비하면서 여행지와 관련한 정보를 확인하는 것은 필수다. 체류할 숙소, 현지 맛집이나 인생 사진을 남길 만한 이국적 풍광의 관광지, 치안 상태나 날씨 조건 등. 요즈음은 인터넷 검색이 워낙 발달해 검색창에 원하는 목적지만 넣어도 마치 현지에 가 있는 듯 생생한 정보를 시시각각으로 확인할 수 있다. 여행지에 유행하고 있는 전염성 질환이나 풍토병에 대해서도 잘 살펴보고 예방책을 준비하는 것을 잊지 말아야 한다. 질병 예방과 안전은 과유불급이 아니라 다다익선이다. 항상 넘치게 대비해야 한다.

해외 전염성 질환 예방을 위한 안내

1) 말라리아

말라리아malaria는 말라리아 원충에 감염된 모기가 흡혈할 때 모기의 침샘에 있던 포자가 주입되어 감염되는 급성 열성 질환입니다. 지구에는 네 종류의 말라리아가 존재하며 (열대열, 삼일열, 사일열, 난형열) 우리나라 경기 북부 지역이나 서해 섬 지역 등에도 토착 말라리아가 있습니다. 우리나라에 흔한 삼일열 말라리아는 사망에 이르게 하는 경우는 거의 없는 것으로 보고되나, 해외에서 유입되는 열대열 말라리아 등은 중증으로 진행할 가능성이 높습니다. 세계적으로 매년 약 1만 명 이상이 해외여행 도중 말라리아에 감염된다는 보고가 있으며 그중 약 1% 정도가 사망한다고 합니다. 말라리아 예방약은 체류 예정 국가에서 주로 유행하는 말라리아의 유형과 체류 기간, 활동 등에 따라 달라지므로 최소한 출국 1주일 전에는 병원을 방문하여 전문의와 상담하는 것이 좋습니다. 특히 임산부와 어린이, 노약자나 만성질환자들에게 금기인 예방약도 있고 복용에 주의가 필요하므로 반드시 전문가와 상담이 필요합니다. 말라리아에 감염이 되었어도 초기에는 증세가 경미할 수 있으므로 위험 지역에 입국 후 1주일이 지나서 원인 불명의 열이 나는 경우에는 반드시 말라리아 감염 여부에 대해 진찰을 받아야 합니다. 특히 열대열 말라리아는 감염된 지 24시간 이내에 치료받지 않으면 급격히 상태가 악화될 수 있음을 명심하여야 합니다.

2) 황열

황열 바이러스에 감염된 모기에 물려 전염되는 바이러스성 질병으로 고열과 두통, 황달 등을 동반하는 급성 열성 질환입니다. 황열 유행 지역을 여행할 경우 반드시 황열 예방접종을 받아야 합니다. 국립 검역소를 비롯하여 국가 인증된 의료기관에서 접종이 가능하며 접종 후 증명서Yellow card가 발급됩니다. 1회 접종으로 10년간 예방력이 유지되는 것으로 보고되고 있습니다.

3) 일본뇌염

일본뇌염 바이러스를 지닌 매개 모기(작은빨간집모기)에 물려서 전염되는 바이러스성 급성 신경계 질환입니다. 아시아의 온대 지역(일본, 한국, 중국, 네팔, 라오스, 미얀마 일대 및 인도 북부 지역)에서는 대개 7월에서 9월 사이에, 적도 인근 지역(인도 남부, 타이, 필리핀, 인도네시아 등지)에서는 연중 발생합니다. 성인의 경우 예방접종 대상은 아니지만, 어린이는 백신을 맞는 것이 좋습니다. 여행 10일 이전에 접종을 완료해야 합니다.

*말라리아, 황열, 일본뇌염과 뎅기열은 모두 모기에 물려 전염되는 질환입니다. 모기에 물리지 않는 것이 중요합니다.

- 모기가 왕성히 활동하는 저녁시간부터 새벽까지는 야외 활동을 피합니다.

- 외출이 부득이한 경우에는 긴 상의와 하의를 입되 어두운 색 옷은 가급적 피합니다.

- 노출된 피부에는 모기 기피제를 뿌리거나 바릅니다. 제조사의 허용량을 확인하여 이를 초과하지 않도록 주의합니다. 특히 체중이 적게 나가는 영유아에게 사용시는 더욱 각별한 주의가 필요합니다.

- 숙소의 창에 방충망이 없으면 모기장을 사용합니다.

4) A형간염

A형간염은 청장년층에서 주로 급성 간부전을 유발하는 질병입니다. A형간염 바이러스에 오염된 식재료나 식수를 섭취하는 과정에서 감염되기 때문에 위생 관리가 좋지 않은 상황을 피해야 합니다. 개발도상국에서 1개월 거주시 10만 명 당 약 300명 정도가 발생하는 것으로 알려져 있고, 배낭여행이나 통상의 관광지를 벗어나 여행하는 경우 5~7배로 위험도가 증가합니다. 예방접종은 1회 접종 후 4주 경과시 95% 정도의 면역력이 형성되며 6~12개월 후 재접종시 면역력이 30년 이상 유지됩니다.

5) 장티푸스typhoid fever

살모넬라 타이피균을 가진 환자나 보균자의 대소변에 오염된 음식이나 물을 섭취하면 감염되는 급성 전신 감염 질환입니다. 우리나라의 경우도 상하수도 시설이 부족했던 60~70년대 이전까지 대규모로 유행하였으며, 상하수도 시설이 미비한 아프리카, 중남미, 동남아시아 일대에서 지속적으로 유행 중입니다. 백신 접종은 유행 지역으로 여행하기 2주 전에 마치는 것이 안전하며 3년간 유효하므로 추가 접종은 3년마다 권장합니다.

6) 콜레라cholera

콜레라균에 감염되어 발생하는 질병으로 A형간염, 장티푸스와 함께 우리나라 제2급 법정 전염병으로 분류되어 있습니다. 급성 설사를 유발하며 중증의 탈수가 진행되어 사망에 이를 수도 있는 질병인데, 오염된 식수와 음식물이 주된 감염 경로입니다. 연안에서 잡히는 어패류를 잘못 섭취하거나 세균에 오염된 손으로 조리한 음식을 섭취한 경우에 위험도가 높아집니다. 장티푸스와 마찬가지로 우리나라에서도 1960~1970년대에는 연례행사처럼 창궐하였으나, 2017~2019년의 콜레라 발병자들은 모두 해외에서 감염된 사례로 밝혀졌습니다. 경구용 백신이 개발되어 있으며 처음 2회 투약 후, 2년 간격 추가 투약이 권장됩니다.

* A형간염, 장티푸스, 콜레라는 특정 바이러스나 세균에 오염된 물이나 식품 섭취로 인해 전염되는 질환입니다. 여행지에서 이런 질병에 걸리지 않으려면 다음 사항을 잘 지키세요.

- 모든 음식물은 반드시 완전히 조리된 상태로 섭취합니다. 길거리 음식은 위생 상태를 확인할 수 없으니 먹지 않는 것이 좋습니다.

- 음식 조리 전이나 섭취 전, 화장실 사용 후 반드시 손을 씻습니다. 손 씻기가 어려운 환경에서는 손 소독제와 위생 장갑을 사용합니다.

- 물은 반드시 끓여서 마시고 뚜껑이 개봉된 상태로 방치된 음료는 마시지 마세요.

- 화장실 사용 시 변기에 1회용 위생 커버를 씌워 사용하고 화장실 문손잡이나 수도꼭지를 만지지 않도록 합니다.

우주 방사선과 승무원 산재

방사선 피폭으로 인한 질병

2018년, 국내 모 항공사 출신 승무원 A씨가 방사선 피폭으로 인한 백혈병으로 산재 승인 신청을 했다. A씨는 2009년부터 6년 동안 북극 항로를 비행하는 항공기에 탑승해 왔는데, 2015년에 백혈병에 걸려 투병하다가 그것이 업무 중 '우주 방사선' 피폭으로 인한 질병임을 인정해 달라고 한 것이다. 신청

3년 뒤인 2021년 5월에야 근로복지공단은 업무 관련성을 인정하고 산재 승인 판정을 했지만, 당사자인 A씨는 그로부터 1년 전 이미 세상을 떠난 뒤였으니 안타까운 일이 아닐 수 없다.

A씨의 경우는 승무원 업무 중 방사선 노출이 누적된 까닭이라는, 업무 관련성이 인정된 최초의 사례인지라 큰 이슈가 되었다. 장기간 누적된 방사선이 인체에 악영향을 주고 특히 취약한 갑상선과 골수의 조혈모세포 DNA를 손상시켜 갑상선암과 백혈병을 일으킬 수 있다는 것이다. A씨가 누구인지 알지는 못하지만 아마도 근무 기간 중 내게 진료를 받았을 수 있었을 것이다. A씨에 대한 보도를 접하고 나서 승무원들이 진료를 받으러 올 때 호소하는 다양한 증상들을 조금 더 꼼꼼하게 살펴봐야겠다고 생각했다.

그런데 '우주 방사선'이 대체 무얼까? '방사선'이라고 하면 일반적으로 떠올릴 수 있는 사건이 몇 가지 있다. 우리 아버지 세대에게는 2차 세계대전을 종식시킨 히로시마와 나가사키에 투하된 원자폭탄의 충격이 있었고, 그 이후 세대에게는 체르노빌 원전 사고에 대한 기억이 있다. 가장 최근의 악몽은 후쿠시마 원전 사고다. 방사선에 대한 우리의 두려움과 공포가 얼마나 크고 깊은지는 굳이 말할 필요가 없겠다. 그렇지만 방사선의 위험이라는 것이 커다란 사건이나 사고를 통해야만 치명적 위해를 가할 수 있는 것처럼 인식되고 있는 것도 사실이다. 일상에서는 X-레이나 CT 촬영을 할 때 방사선 노출을 걱정하는 것이 전부나 마찬가지다. 그러나 사실 우리는 위험 수준에 이르지 않을 뿐이지 생활 주변 곳곳에서 매순간 방사선에 노출되고 있다. 우주 방사선도 그 중 하나다.

우주 방사선에는 폭발한 초신성 등 태양계 밖에서 날아오는 '은하 방사선'과 태양의 활동으로 발생해 지구로 날아오는 '태양 방사선'이 있다. 우리 지구는 다행히 자기장과 대기에 의해 보호받고 있어서 이들 우주 방사선이 어느 정도는 차단이 되지만 아주 일부는 지표면까지 도달하게 된다. 일반인이 일상생활에서 노출되는 연간 방사선량은 연간 3mSv(밀리시버트) 정도인데 그중 0.3~0.4mSv 정도가 우주 방사선인 것으로 알려져 있다.

사실 일반인들이 지상이나 아주 가끔 타는 비행기에서 노출되는 우주 방사선은 염려할 필요가 전혀 없다. 인천에서 뉴욕까지 1회 비행을 하는 경우 노출되는 방사선량은 약 0.07~0.08mSv 정도로 무시할 만한 수준이다. 하지만 국제선 항공기를 자주 타야 하는 승무원, 특히 북극 항로를 이용하는 대륙간 노선을 자주 타는 승무원의 경우라면 상황이 다를 수

---

* 밀리시버트mSv : '시버트(Sv)'는 인체에 영향을 끼치는 피폭방사선량을 나타내는 단위로 스웨덴의 물리학자 롤프 시버트(Rolf Maximilan Sievert)의 이름을 따서 지어졌다. 1시버트(Sv)는 노출 30일이 지나 10%의 사망률을 보이는 수치이고, 1Sv의 1/1000인 1밀리시버트(mSv)는 통상 흉부 엑스레이를 10회 정도 촬영했을 때 도달할 수 있는 양이다.

밖에 없다. 비행 고도가 높아질수록, 그리고 항로의 위도가 높아질수록 우주 방사선량이 늘어나는데 북위 50도 이상의 고위도 상공에서는 고도 1km마다 약 25%씩 방사선량이 증가하기 때문이다.

원자력안전위원회가 매년 조사해 발표하는 〈생활주변 방사선 안전관리 실태조사 결과보고서〉에 따르면 2017년부터 2021년까지 5년간 항공승무원의 최대 피폭선량은 평균 5.42mSv로 일반인 선량 한도인 1mSv보다 5배 이상 높다(연합뉴스 보도 인용). 우주 방사선과 같은 상대적 저선량 방사선에 자주, 장기간 노출되었을 때 발생할 가능성이 있는 건강상의 문제와 백혈병 등 치명적 질병에 대한 연구가 시급한 이유이기도 하다. 그나마 다행인 것은 과거 연간 50mSv로 유명무실했던 피폭방사선량 기준이 연간 6mSv로 대폭 강화되고, 우주 방사선 피폭을 고려한 승무원의 탑승 노선 조정과 건강진단이 의무화되었다는 점이다.

우주 방사선을 다 막아 주는 항공 기술이 개발되기를 기대해 보지만 아직은 SF소설 속에나 등장할 만한 이야기이다. 그렇게 되기 전이라도 우리의 편안하고 안전한 비행을 책임져 주는 승무원들이 보다 안전한 환경에서 마음 편히 일할 수 있는 다양한 법적 제도적 장치들이 마련되고 실행되기를 바란다.

호환마마보다 무서운 건강검진?

항공 종사자 건강검진

"원장님, 매년 하는 건강검진이지만 받으러 올 때마다 많이 긴장되고 무섭습니다."

"그렇긴 하죠? 하하, 저희 같은 일반 직장인들도 건강검진 때면 긴장하고 결과를 걱정하는데, 시험 치르듯이 검진을 하시는 분들이야 오죽하겠습니까?"

긴장을 풀어 주려고 한참 너스레를 떨다가 필요한 대화를 이어 간다.

"최근 건강에 이상이 있어 진료를 받으셨거나 그간 새로 복용하게 된 약물은 없으신가요?"

일반 건강검진 센터에서 흔히 이루어지는 건강검진 대상자와 의사의 대화처럼 들릴지도 모르지만 사실은 좀 특이한 사정이 숨어 있다. 건강검진이 두렵다고 불안을 호소하는 환자는 다름 아닌 항공기 조종사이거나 '하늘의 교통경찰'이라 불리는 항공관제사다. 이들은 직업 특성상 업무에 관련된 자격 유지 외에도 특수한 건강검진을 통한 인증서가 하나 더 필요하다. 바로 '항공 종사자 건강검진'이다. 이 검진을 통해 기준을 통과하였음을 알리는 작은 인증 카드를 주는데 이를 통상 '화이트 카드'라고 부른다. 특별한 이유는 없고 그저 인증서 종이가 하얀색이기 때문이다.

나는 이들에게 화이트 카드를 발급할 의무와 권한을 부여받은 '항공 신체검사 전문의'이다. 보통 의사 면허는 보건복지부에서 발급하고 관리하지만 항공 전문의는 국토교통부 관할이다. 전문의 자격을 가진 의사 중 항공 의료 업무에 종사하는 의사들이 따로 소정의 교육 과정을 마치고 발급받는 별종의 면허인 셈이다.

세상의 많은 직업들이 그러하겠지만 자신이 하는 일이 자신

뿐만 아니라 수많은 사람의 생명과 재산, 안전에 직접적인 영향을 주는 직업을 가진 사람들은 항상 건강 상태가 업무에 최적화되도록 꾸준히 관리하고 확인받아야 하는 의무가 있다. 공항에서는 항공기 조종사와 항공관제사가 대표적이다.

지금은 조금 달라졌지만 내가 고등학교 다니던 시절만 하더라도 공군사관학교에 지망하려는 사람은 충치가 있어서도 안 되고 안경을 착용해서도 안 된다는 게 정설이었으니, 항공 업무 종사자에게 얼마나 높은 신체 건강 기준을 적용하는지 짐작할 만하다. 내시경이나 초음파 검사 등은 포함되어 있지 않았지만 항목도 많고 통과 기준도 일반 검진에 비해 까다로웠던 것이 사실이다. 누구나 인정하듯이 전투기 조종사가 되려면 나무랄 데 없는 신체 조건을 가져야 한다. 나도 어렸을 적 한때 파일럿을 꿈꾸었는데, 충치가 있으면 파일럿이 될 수 없다는 부모님의 말씀을 철석같이 믿고 좋아하는 사탕도 안 먹고 얼마나 열심히 이를 닦았는지 모른다.

미국 배우 톰 크루즈가 주연한 〈탑건〉 시리즈를 보면, 전투기 조종사들이 처할 수 있는 극한 상황과 이를 이겨 내기 위한 다양한 훈련들을 받고 비행기를 조종하는 모습이 참으로 매력적으로 연출되어 있다. 이 영화가 흥행한 이후로 조종사를 지망하는 학생들의 경쟁률이 부쩍 올라갔다는 소리가 있을 정도였다. 이런 과정을 거쳐 온 조종사들도 세월의 흐름 앞에서는 장사가 없는 법이다. 탄탄했던 복근도 점점 느슨해져 가고 글이라도 읽을라치면 인상을 찌푸려야 하는 노화는 누구도 피할 수 없다. 가장 두려운 것은 중년의 나이가 되어 슬금슬금 올라가는 혈압과 점점 나빠지는 시력이다. 중년의 조종사들은 특히 검진 때 혈압계 앞에 앉는 것이 가장 두렵다고 한다. 내 앞에 앉아 검진 결과 설명을 듣는 기장의 푸념 섞인 말은 이제 많이 익숙해졌다.

"원장님. 조종사들이 가장 스트레스를 많이 받을 때가 항공기 착륙할 때의 몇 분간이라고 하는데 저는 이 조그만 혈압계 앞에 앉을 때가 더 그렇습니다. 혈압이 높게 나올까 긴장이 되거든요."

혈압이 기준치를 넘게 측정되면 정상 혈압이라는 것이 확인될 때까지 다양한 검사를 받아야만 하고 심지어 일시적인 비행 업무 중지 처분까지 받을 수 있으니 그럴 만도 하다.

일반인들이 많이 시술받는 시력 교정술도 조종사들에게는 제한되는 경우가 많으니 항상 조심 또 조심해야만 한다. 이렇게 요구받는 수많은 조건들은 그만큼 책임지고 있는 업무의 무게를 반증하는 것이다. 승객들의 안전과 생명을 책임지는 직업의 특성상 어물쩍 넘어가기란 있을 수 없는 일이다.

항공 종사자의 스트레스와 우울증 등에 대한 정신의학적 접근도 활발히 진행되고 있다. 그 계기가 된 사건이 있다.

2015년 스페인을 출발하여 독일로 향하던 독일 국적의 저먼 윙스 소속 항공기가 알프스산맥에 추락해 150여 명의 승객과 승무원 모두가 사망한 사고다. 평소 우울증을 겪고 있던 부기장이 자살 목적으로 비행기를 고의로 추락시킨 것으로 밝혀져 충격을 주었다. 이 사건 이후 일반적인 건강검진 항목 이외에도 정신 상태 평가라는 항목이 추가되고 과도한 스트레스나 우울증세, 무기력증의 기미가 보이는 대상자는 보다 전문적인 정신 검증을 받도록 규정이 까다로워졌다. 현재 국내에는 약 100여 명의 항공 전문의가 각자의 현장에서 업무를 수행하고 있고, 나 역시 내가 하는 신체검사 판정의 중요성과 무게를 항상 생각하며 진료에 임하고 있다.

항공 종사자 여러분, 화이팅! 여러분의 건강이 곧 승객의 안전입니다. 건강검진 스트레스 받지 마시고 평소 규칙적인 운동과 좋은 생활 습관으로 오래오래 건강하게 업무에 종사하시기를 바랍니다.

항공 종사자 신체검사 종류와 검사 기준

1종: 항공기 조종사. 사업용 조종사, 부조종사

2종: 자가용 비행기 조종사, 조종 연습생, 항공사 등

3종: 항공교통관제사

검사 주기는 나이와 직종에 따라 최단 6개월 에서 최장 60개월 간격.

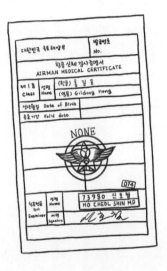

*화이트카드. 지금은 전자문서로 바뀌었다.

꿀물 타기
좋은 온도를
아시나요?

액땜이냐 조짐이냐, 그것이 문제로다

　누구에게나 시간이 지나도 잊히지 않고 뇌에 각인된 기억이 있기 마련이다. 머리를 깎고 훈련소에 입소했을 때의 막막하고 두려웠던 감정, 연인과 처음으로 손잡았을 때의 설렘, 결혼식, 첫 아이의 분만장에 들어가 탯줄을 자르던 순간 등 인생을 살아가면서 절대 잊히지 않는 기억들이 있다. 직장인들에게는 첫 출근의 기억도 그중 하나가 되지 않을까 싶다.

　2005년 3월 2일. 거의 20년이 다 되어 가는데도 그날의 기억은 마치 어제 일이었던 것마냥 생생하다. 드디어 전공의 신분을 벗어나 정식 발령이 나고 첫 출근을 앞둔 전날 밤까지만 해도 소풍 앞둔 아이처럼 출근 가방을 싸고 또 싸며 기대감에 부풀어 있었다. 그런데 일기예보가 거기에 찬물을 끼얹었다. 봄맞이가 한창이어야 할 3월 초에 뜬금없는 폭설이라니. 걱정이 되어 잠을 자는 둥 마는 둥 하다 일어난 시각은 새벽 5시. 예보대로 아파트의 창문 밖에 펼쳐진 세상은 하얗기만 했다. 세상을 다 덮어 버릴 듯이 눈이 쏟아지고 있었다. 첫 출근의 기대도 다급함과 걱정으로 덮여 버렸다. 지체할 겨를 없이 등짐을 메듯 출근 가방을 둘러멨다. 매끈한 구두와 양복 대신 두툼한 방한바지와 등산화로 중무장하고 집을 나왔다. 무릎까지 쌓인 눈으로 시내 교통은 마비 상태였다. 나는 오가는 차 한 대 보이지 않는 길 한복판에 홀로 남겨진 생존자였다.

하지만 첫 출근 날이었다. 날씨를 이유로 지각을 할 수는 없는 노릇. 9시 진료 시작 전까지는 세 시간 남짓 남은 상황이었다. 걸어가다 보면 어쩌다 마주치는 교통편이 있겠지 하는 생각으로 눈길을 헤치고 걷기 시작했다. 얼마쯤이나 걸었을까, 다리에 힘이 풀리고 등에 땀이 촉촉하게 맺혔다. 그때, 쏟아지는 눈발 사이로 버스 정류장 표시가 눈에 들어왔다. 멀리서 바퀴에 체인을 감은 버스가 조심조심 다가오고 있는 것이 보였다. 공항 가는 직행버스였다. 귀인을 만나면 머리 뒤로 후광이 보인다더니 버스에서 후광이 비쳤다. 버스에 오르면서 기사님께 고맙다는 인사를 몇 번을 했는지 모른다. 이미 버스 안은 공항 상주 직원들의 발갛게 상기된 얼굴들로 가득했다. 그렇게 천신만고 끝에 9시가 되기 전에 공항에 가까스로 도착하여 의료센터 문을 열고 들어갔다. 로비와 접수창구는 눈길에 미끄러지고 넘어져 다친 사람, 차량 접촉 사고로 실려 온 사람들이 뒤섞여 그야말로 난장판이 따로 없었다. 동료 직원들과 느긋하게 커피 한 잔 나누며 인사를 하고 첫 진료에 임하는 마음가짐을 가다듬을 겨를 따위는 눈곱만치도 없었다. 나는 곧장 그 아수라장 속으로 빨려 들어갔다.

'액땜'이라는 단어가 떠오른다. 앞으로 닥쳐올 재난을 가벼운 곤란으로 미리 겪음으로써 무사히 넘긴다는 뜻으로 흔히 사용된다. 19년 전 첫 출근의 생고생이 나에게 말 그대로 액땜이었던 건 아닐까 싶다. 비록 이리저리 고생스럽긴 하지만 공항 의사로서의 길을 그나마 큰 사건사고 없이 무탈하게 지나왔으니 말이다. 앗! 설마 그것은 액땜이 아니라 더 큰 고난의 조짐이었을까?… 어떤 것이 맞을지는 내가 은퇴할 미래 시점에 되돌려 생각해 볼 문제다. 지금은 그저 '액땜'이기를 바라며 오늘도 뚜벅뚜벅 이 길을 걸어갈 뿐.

보이지 않는 사람들

직원 주차장에 차를 세우고 내가 근무하는 1터미널 의료센터까지 걸어가는 길은 생각보다 멀다. 무더운 여름날에는 주차장에서 걸어오는 10분 남짓한 시간 동안 속옷이 땀으로 축축하게 젖는다. 한겨울에는 매서운 겨울바람에 귀가 떨어져 나갈 것만 같다. 하지만 여객터미널과 공항철도가 연결된 '교통센터'에 들어서면 쾌적한 실내 공기가 나를 맞이한다.

수십 미터에 달하는 높은 천정과 사방이 유리로 뒤덮여 있는 교통 센터는 SF영화에 등장하는 미래 도시의 느낌이 물씬 풍긴다. 미래지향적인 분위기로 수많은 CF와 드라마, 영화의 단골 배경 장소로 쓰이고 있어 유명 배우들을 먼발치에서나마 구경할 수 있는 기회를 주곤 한다. 뿐만 아니라 공항의 상주 직원들에게는 사시사철 날씨와 상관없이 걷기 좋은 산책 코스가 되어 주기 때문에 점심시간에는 삼삼오오 가벼운 복장으로 산책을 하며 담소를 나누기도 하는 공항 터미널의 힐링 공간 중 하나다.

이곳은 공항에서 지내는 노숙인들에게는 쾌적한 쉼터를 제공하는 고마운 공간이기도 하다. 출퇴근하면서 이 구역을 지날 때마다 노숙인들을 유심히 보곤 한다. 전과 비교해 행동이나 움직임에 특별한 이상 징후가 있는지를 살피는 것이다. 공항에 살다시피 하는 노숙인들은 건강에 문제가 생기면 어차피 공항 의료센터로 오게 된다. 그러니 나에겐 그들이 언젠가 진료실에서 만나게 될 예비 환자이기 때문이다.

매일같이 보이던 노숙인이 어느 날 갑자기 보이지 않게 되면 행방이 궁금해진다. 공항 밖으로 내몰려 다른 곳에서 노숙 생활을 이어 가는지, 가족의 품으로 돌아가게 되었는지 알 수 없게 되면 혹시 야간에라도 응급 환자로 우리 의료센터로 실려 왔다가 종합병원으로 후송을 가지는 않았는지 확인해 보기도 한다. 공항에 근무하기에 생긴 습관이다.

공항 터미널 여기저기에는 눈에 띄지 않게 조심조심 노숙 생활을 이어가는 사람들이 여전히 많다. 오고가는 승객들과 직원들 사이에서 얼핏얼핏 보이지만 보이지 않는 사람들로 지내는 노숙인들. 여름에는 시원하고 겨울에는 따뜻한 환경을 제공해 주는 공항은 다른 곳보다 노숙하기 좋은 환경으로 보일 수 있지만 부실한 식사, 불편한 잠자리, 그리고 개인위생의 문제로 점차 쇠약해질 수밖에 없는 처지는 다른 곳의 노숙인들과 다르지 않다.

가끔 공항 구급대원들이 탈진하거나 의식이 흐려진 노숙인을 의료센터로 데려온다. 가벼운 탈진 증세라면 수액을 맞고 침상에서 휴식하며 시간이 지나면 어느 정도 회복되지만 신경학적 이상이나 호흡곤란, 섬망, 의식 장애를 보이는 중한 상태라면 즉시 종합병원으로 이송하여 입원 치료를 하게 해야 한다. 하지만 노숙인을 흔쾌히 받아 줄 종합병원을 찾는 것이 만만한 일은 아니다. 환자 스스로 병원 입원보다 노숙의 삶을 끝까지 고집하는 경우도 많다. 곧 죽어도 공항 밖으로 안 나가겠다는 노숙인을 설득하고 달래면서, 동시에 입원이 가능한 병원을 알아보고 입원을 부탁해야 하는 이중고에 의료진은 진이 빠진다. 센터의 간호사, 행정 부서 직원들이 힘을 모아 준다. 평소 이런 일에 대비하여 협력 관계를 잘 구축해 놓은 병원들이 있어서 천만다행이다. 원하든 원치 않든 의료센터의 문을 두드린 노숙인도 우리 의료진에게는 건강 문제에 있어 대한민국 국민으로서 동등한 대우를 받아야 할 환자이다.

공항 노숙과 관련해서 잊지 못할 일화가 하나 있다. 진료에 여념이 없던 어느 날 오후였다. 공항 구급대의 이동 카트에 한 외국인이 실려 들어왔다. 남루하고 지저분한 외모에 오래 씻지 않아 생긴 특유의 냄새까지, 일반적인 승객이라고는 볼 수 없는 외양에 나는 고개를 갸우뚱하며 환자를 데려온 구급대원에게 자초지종을 묻는다.

"원장님, 이 분은 미국인인데 얼마 전부터 공항 터미널에 계속 체류를 하셔서 공항 상황실에서도 요주의로 CCTV를 통해 관찰 중이었는데요. 오늘 아침부터 갑자기 움직임 없이 벤치에 누워만 있어 혹시나 해서 진찰 겸 모시고 왔습니다."

기운 없이 축 늘어져 있는 환자를 진찰한다. 혈압과 맥박 등 활력징후를 측정하고 심전도 및 산소포화도, 기본 혈액 검사를 한다. 그 결과 장기간 영양부족에 따른 탈진 증세로 보였다. 우선 포도당 수액을 주입하며 침상에서 안정을 취하게 하고 한두 시간이 지났을 즈음 환자가 기력을 차리고 천천히 이야기를 시작했다.

그의 이름은 제임스(가명). 미국 국적의 60대 남자이다. 수년 전 한국에 영어 강사로 채용되어 입국하였고 한동안은 잘 나가는 영어 강사로 활동했다. 해외 생활의 고독을 음주로 달래던 것이 점점 심해져 점차 알코올중독이라는, 헤어나기 힘든 늪에 빠져 버렸다. 높은 연봉을 받으며 일하던 학원에서 해고당하고 직장이 없어져 버린 그는 미국으로 돌아가야 했지만 미국에 있는 가족과의 불화로 선뜻 미국 행을 택하지 못하고 한국에 남아 자포자기 상태로 그동안 모아 둔 돈마저 음주로 탕진해 버렸다. 결국 그는 오갈 데 없는 노숙자 신세로 전락하고 말았다. 급기야 알코올 남용의 후유증과 장기간 영양섭취 부족에 따른 탈진 증세로 구급대에 의해 의료센터까지 실려 오게 되었던 것이다. 어쨌든 건강부터 회복시켜야 했기에 그는 우리 센터에 있는 응급 환자용 침대에 거주(?)하게 되었다.

의료센터의 환자용 침대는 몇 시간 정도 안정을 위한 용도이지 입원을 위한 용도는 아니다. 공항 의료센터는 입원실이 따로 없는, 말 그대로 응급센터이기에 제임스가 여러 날 머무는 것이 쉬운 일은 아니었다. 하지만 일회성의 수액 치료 후 퇴원시키거나 시내의 다른 병원으로 이송하기도 애매했다. 센터 의료진과 상의한 끝에 그를 임시로라도 우리 센터에 가입원시키고 귀국하는 날까지 돌봐 주기로 했다. 포도당 수액에서 영양 수액으로, 수액에서 죽과 수프 등 연식으로 점차 회복하면서 그는 눈에 띄게 밝아지고 명랑해졌다. 우리 센터 직원들이 순번을 정하여 식사를 날라다 주며 여러 날이 지나는 동안 그의 사정이 미국 대사관에 알려졌고, 미국 대사관의 부영사가 의료센터에 방문하여 그가 처한 상황을 직접 보고 장시간 면담을 진행하였다. 의료센터에서 지내며 심신이 회복된 그가 목욕과 면도까지 마치고 나자 젠틀한 중년 신사의 본모습을 되찾았다. 제임스는 미국 대사관과 미국 국적 항공사의 도움으로 무사히 귀국길에 올랐다. 우리 센터 직원들은 국적을 초월해 아픈 이에 대한 사랑을 실천했다는 자부심으로 서로를 격려할 수 있었다.

"이참에 술은 끊으셨나요? 가족과 화목하게 건강히 잘 지내고 계시지요? 미스터 제임스."

인천공항 '터미널'의 '톰 행크스'들

스티븐 스필버그가 감독하고 톰 행크스, 캐서린 제타존스
가 주연한 2004년 개봉 영화 〈터미널〉은 뉴욕의 JFK공항을 배
경으로 한다. 1988년부터 2006년까지 프랑스 드골국제공항에
서 18년 동안 머물렀던 한 이란인의 실화에서 모티프를 얻었
다고 하는데, 영화의 시작은 다음과 같다.

'크라코지아'라는 동유럽 가상 국가의 시민인 빅터 나보스키
(톰 행크스 분)가 뉴욕의 JFK국제공항에 도착한다. 그런데 그가

비행기를 타고 미국까지 오는 동안 크라코지아에서는 쿠데타가 일어나 국가의 기능이 정지되어 버렸고, 졸지에 유령국가의 국민이 된 그의 여권은 효력이 없어져 버렸다. 입국도 거부되고 다시 출국도 할 수 없게 된 나보스키. 기약도 없이 공항에 머무를 수밖에 없는 상황에서 온갖 에피소드가 펼쳐진다.

명연기로 호평 받는 톰 행크스가 주연한 영화이기도 하고 공항이라는 한정된 공간에서의 에피소드들이 너무도 친근하게 다가와 수차례 반복해서 봤다. 그도 그럴 것이 내가 근무하는 인천공항에도 경우와 기간은 다르지만 영화 속 '톰 행크스' 같은 처지들이 수두룩하니까.

한 외국인이 공항 구급대 들것에 실려 의료센터로 들어온다. 그 뒤로 공항 보안 요원과 항공사 직원, 출입국 관리실 직원들이 줄줄이 따라 들어온다.

"무슨 응급 환자인가요? 어디서 쓰러졌어요? 얼마나 됐나요?"

들것 위에 축 늘어져 있는 환자를 본 나는 속사포처럼 질문을 쏟아 낸다.

"이분은 입국이 거부돼서 공항에 체류시켰다가 금일 다시 본국으로 돌려보내려 한 승객인데요, 체류 기간 동안은 잘 지내다가 막상 출국장으로 데리고 가려 하니까 갑자기 경련을 일으키더니 의식을 잃고 쓰러져 의료센터로 이송해 온 겁니다."

나는 의식 없이 누워 있는 환자의 모습을 꼼꼼히 살펴보고, 현장에 있었던 항공사 직원을 불러 당시의 상황을 자세히 물어본다. 이야기를 듣자니 공항에서 오래 근무한 전문의의 뇌리에 묘한 의구심이 들기 시작한다. 어딘가 어색하고 자연스럽지 않은 상황이다. 경련 후 의식을 잃고 쓰러지게 되면 대부분 머리를 지면에 부딪치거나 혀를 깨물게 되어 부상을 입게 마련인데 환자의 얼굴은 너무도 멀쩡하다. 목격자의 말에 따르면, 팔다리를 조금 과장스럽게 열심히 떨다가 스르륵 주저앉은 후 아무리 말을 걸고 흔들어도 반응이 없어 실신한 것으로 보고 구급대에 신고를 했다고 한다.

혈압, 맥박, 호흡 등 환자의 활력 징후를 보여주는 모니터도 모두 정상을 가리킨다. 긴장되었던 마음이 조금은 풀어지고 여유가 생긴다. 잠시 후 나는 엄지와 집게손가락으로 환자의 꼭 감은 눈을 열고 눈동자를 마주보며 환자의 이름을 불러 본다.

"헤이, 미스터 ○○○! 플리즈 게럽. 아이 노우 유어 시추에이션."…

얼마간의 시간이 지난 후 실려 왔던 응급 환자는 연신 미안하다고 머리를 조아리며 멀쩡히 본인의 발로 걸어서 항공사 직원을 따라 출국장으로 향한다. 도대체 무슨 일?

내가 근무하는 인천국제공항의 3층 출국장 한 구석, 일반인 출입이 금지된 공항 깊숙한 곳에 '톰 행크스'와 비슷한 사연의 외국인들이 임시로 거처하는 공간이 있다. 출입국 관리 사무소가 관할하는 이 공간은 우리나라에 입국이 거부된 외국인들을 임시로 보호하는 시설이다. 법무부의 정밀 심사에 따라 다시 출국이 될지, 입국이 될지 여부가 결정되는데 그때까지 그들의 신병을 보호하는 임시 체류 시설인 것이다.

여기 머무는 외국인들의 사연은 참으로 다양하다. 입국 목적이 불분명하거나, 위조된 여권이 발각되었거나, 본국에서 범죄를 저지른 혐의가 있거나, 내전 중인 나라에서 목숨을 걸고 빠져나와 난민 자격을 요구하는 경우도 있다. 사연이야 어떻든 법무부의 최종 결정이 나오기 전까지는 꼼짝 없이 임시 거주 시설에 있어야 한다. 그 '임시 체류' 기간이라는 것이 얼마가 될지는 사실 아무도 모른다.

낯선 외국의 공항에서, 그 안에서도 제한된 공간에서 짧게는 수일에서 길게는 수개월 간 생면부지의 타인들과 숙식을 함께하며 지내다 보면 몸에 크고 작은 이상이 생기는 것도 무리가 아니다. 낯선 환경에 낯선 음식(주로 패스트푸드가 제공된다), 낯선 사람들과의 동거도 불편하지만 언제 어떻게 될지 모르는 불안감이 체류 외국인들의 건강을 위협한다. 감기나 위장병 등 소소한 질환은 내가 왕진을 가거나 관리 직원의 동행 하에 외래 진료를 받으러 와서 해결하지만 간혹 의식상실, 호흡곤란,

심한 가슴 통증, 실신, 경련 등 응급한 상황도 생긴다. 사정이 어떠하든 의료센터로서는 할 수 있는 범위 내에서 최대한 이들을 보살펴야 한다.

그런데 가끔은 위중한 증세를 이유로 외부의 종합병원으로 후송되는 상황을 노리는 이들이 있다. 질병 치료를 이유로 손쉽게 입국 허가를 받아 내려는 것이다. 그들이 호소하는 증상이 진짜인지 소위 '꾀병'인지를 가려내는 것도 우리 센터의 일이다. 꾀병의 흔한 예로는 실신한 척하기, 억지 경련 일으키기, 흉통과 복통 호소하기 등이 있다.

의사는 환자의 눈을 잘 보아야 한다. '눈은 마음의 창'이라는 멋진 시적 표현이 있지만, 의사에게 환자의 눈은 '마음의 창'이라기보다는 우리 뇌의 질병 여부를 알려주는 '신경계의 창'이기 때문이다. 특히 눈동자(동공), 직경 5~6mm 정도밖에 되지 않는 작은 창의 미세한 움직임을 통해 우리 의사들은 환자의 뇌신경에 문제가 있는지 여부를 추론해 내야 한다.

실신했다고 실려 오는 환자들을 진료할 때에도 환자의 동공 반응을 확인한다. 우선 부드럽게 눈꺼풀을 열고 환자의 눈을 응시한다. 동공이 확대 고정되어 있는지, 비정상적으로 수축해 있는지 등을 관찰한다. 다음으로는 끝이 뾰족한 물건(볼펜이 가장 손쉽다)이나 끝이 뾰족한 침을 서서히 환자의 눈에 가까이 가져가 본다. 환자를 위협하는 행동이 아니라 정상적인 진료의 일환이니 오해는 없으시기 바란다. 이때 꾀병 환자의 경우 눈꺼풀이 미세하게 떨리면서 눈동자가 슬며시 볼펜 끝을 피하는 걸 볼 수 있다. 동공 반응 다음으로 확인하는 순서는 환자의 팔을 들어 올렸다가 환자 머리 위에서 놓아 보는 것이다. 진짜 실신하여 의식이 없는 경우라면 손이 환자의 머리 위에 그대로 떨어지지만, 의식이 있는 환자는 슬며시 머리를 비껴 침대 쪽으로 툭 떨어뜨리는 인위적인 동작을 취하는 경우가 많다. (이런 '영업비밀'을 누설해도 될까 싶지만, 이 책을 읽는 분들은 '꾀병 실신' 같은 건 안 하시리라 믿는다.) 이런 테스트와 객관적인 몇 가지 검사를 통해 진짜 실신이 아니라는 확신이 서게 되면 우선 마음은 좀 놓인다. 이제 남은 것은 '시간이 약'이다.

앞에서 언급한 그 승객은 본국으로 돌아가지 않을 방법을 찾다가 '꾀병 경련'과 '가짜 실신'이라는 궁여지책으로 출국을 지연하고 인도적 동정을 좀 얻어 볼 심산이었을 것이다. 설령 그들이 증세를 과장하거나 없는 증세를 만들어 낸다 할지라도, 그래서 우리가 진짜 실신과 가장 증세를 구별해 낸다 하더라도, 의료센터에서는 그들을 가짜 환자로 몰아세우거나 내쫓지는 않는다. 그들이 그렇게 할 수 밖에 없는 절박한 심정과 사정을 마음으로나마 헤아려 의사로서 내가 할 수 있는 최대한의 배려를 해 줄 뿐이다. 따뜻한 말로 격려해 주기, 환자가 필요로 하는 약 처방해 주기, 최대한 안정 취하고 돌아가게 하기 등. 그러나 우리는 그들이 처한 문제를 근본적으로 해결해 줄 수 없다. 다만 그들이 몸과 마음을 잘 추슬러 언제 끝날지 모르는 임시 체류 기간을 잘 버틸 수 있도록 도울 뿐이다.

그들의 바람대로 입국이 허가되어 자유의 몸이 되든지, 아니면 타고 온 항공사의 비행기에 다시 몸을 싣고 자신의 나라로 돌아가게 되든지, 인천공항 시설에서 체류하고 있는 동안만큼은 부디 몸과 마음이 다치지 않고 무탈하기를 바란다.

이주 노동자의 꺾여 버린 꿈

힘없이 늘어진 팔과 다리, 초점 없는 눈. 공항에서 무료로 대여해 주는 휠체어에 의지하기도 하고 심지어는 수하물을 싣는 카트에 실려 공항 진료실 문을 열고 간신히 들어오는 환자들이 있다. 이들 중 상당수는 열심히 일해 돈을 벌어 본국에 있는 가족들을 행복하게 해 주려는 마음으로 멀리 이국땅 한국에서 비지땀을 쏟아 온 '이주 노동자'들이다.

방글라데시 출신 삼십대 초반 남성의 사연이 오랫동안 생각난다. 환자를 데리고 온 두어 명도 모두 비슷한 연배로 보였다. 일행 중 한 명이 떠듬떠듬 부족한 한국어로나마 연유를 설명하기 시작했다.

"의사 선생님. 제 친구가 아픈 지 좀 오래되었어요. 한국에 처음 와서는 일도 열심히 하고 성격도 밝아서 힘은 좀 들었지만 즐겁게 잘 지냈는데 얼마 전부터 자꾸 머리가 아프다고 하고 기운도 없어 했어요. 회사에서는 일도 잘 못하고 어떤 때는 가끔 발작도 해서 다니던 회사에서 해고가 되었어요. 따로 집을 구하지도 못해서 저희가 같이 모여 사는 숙소에서 돌봐 주었는데 요즈음에는 밥도 먹지 못하고 말도 제대로 하지 못해요. 이러다가 큰일이 날 것 같아서 저희가 비행기 태워서 고향으로 돌려보내려고 왔어요."

"그런데 비행기를 태워 주지 않아요. 비행기 타도 된다는 진단서를 가지고 오래요."

해당 항공사를 확인해서 탑승이 거부된 이유를 물어보았다. 사유는 분명했다. 기운 없이 축 늘어져 의사소통도 되지 않는 승객을 확인도 없이 탑승시키는 항공사는 없다. 게다가 이 승객은 출국 수속 직전에 카운터 앞에서 경련을 일으킨 것처럼 사지를 부르르 떨기를 반복했단다. 항공사는 긴 비행 시간 동안 아무 일 없이 안전하게 도착할 수 있을 것이라는 의사의 진단서가 없으면 탑승을 허용하지 않겠다 한다.

우선 우리 의료센터에서 할 수 있는 기본적인 진찰과 방사선검사, 심전도검사, 산소포화도검사를 시행해 본다. 다행히 큰 이상 소견은 발견되지 않았고, 경련 후에 환자들에게 흔하게 보이는 약간의 탈진 상태로 판단이 되었다. 하지만 지금의 상태로 항공기 탑승을 허가해 주라는 진단서를 작성할 수는 없는 노릇이다. 행여나 탑승 후 경련이 재발하여 상태가 심각해질 가능성을 배제할 수 없기 때문이다.

"환자분이 종합병원에 가서 검사받은 자료나 기록이 있나요?"

같이 온 동료들이 주섬주섬 병원의 진료 기록과 영수증 뭉치를 내게 건넨다. 하지만 어디에도 병명을 확진한 흔적은 보이지 않는다. 의료보험이 되지 않아 고가의 검사를 받을 엄두가 나지 않았으리라 짐작되었다.

10여 년 전에 인천 지역에서 의사 20여 명이 의기투합하여 이주 노동자들을 위한 무료 진료소를 열고 진료 활동을 한 적이 있다. 코로나 사태 이후 진료가 멈춘 상태이기는 하지만 그전까지는 매주 일요일 오후에 순번을 정하여 진료소를 방문하는 이주 노동자들에게 치과 진료와 일반 진료, 한방 진료까지 제공하는 활동을 나름 열심히 해 왔다. 진료소에 방문하는 대부분의 외국인이 의료보험의 사각지대에 놓인 불법 체류자 신분이었기에 정상적인 병원 진료를 받는 것은 엄두도 못 낼 일이었다. 그때 약간의 예비비를 모아 둔 것이 문득 머리를 스치고 지나갔다. 환자 상태가 고국으로 돌아갈 수 있을 정도로라도 회복되려면 우선 입원을 시키고 정밀 검사를 통해 원인을 확인하는 게 우선이었다. 동료 의사에게 부탁해 당시 무료 진료소 사업에 협조적이었던 병원을 섭외했다. 공항까지 자신들의 동료이자 친구를 데리고 온 같은 처지의 외국인 노동자들에게 이러한 상황을 설명하고 협조를 구했다.

처음에는 비행기를 태워 주지 않는 것에 분개하던 동료들이었으나 상황을 이해하고 난 후에는 적극적으로 협조했다. 결국 환자는 시내 종합병원에 입원을 하게 되었고 그렇게 하여 밝혀진 병명은 대뇌암종. 우여곡절 끝에 입원하여 각종 검사를 받고, 상태가 안정되자 귀국하는 항공기 탑승이 가능하다는 주치의의 진단서를 발급받을 수 있었다.

여전히 휠체어에 의지한 채이지만 그래도 처음 봤을 때보다는 한결 나아진 모습으로 공항 의료센터를 방문하여 최종 확인을 받고 출국을 위해 센터의 문을 나서는 환자의 뒷모습을 지켜보며 무척이나 많은 상념에 휩싸였다. 의사로서 무사히 돌려보냈다는 보람도 크지만, 한국에서 받았을 고통의 시간들과 본국으로 돌아가서도 지속될 고통의 나날들이 눈에 선했기 때문이다.

고향에서 오매불망 애타게 기다리는 가족들을 생각하며 언젠가는 가족 모두가 모여 행복하게 살아갈 날을 꿈꾸었을 것이다. 이역만리 한국 땅에서 모두가 기피하는 힘든 일도 마다지 않고 버티었을 그 청년 노동자의 꿈이 뜻하지 않은 질병 앞에 맥없이 무너질 줄 누가 알았을까. 그 방글라데시 청년이 고국에 도착하여 치료를 잘 받고 다시 두 발로 일어섰을지 확신할 수 없다. 그저 행운과 축복이 있기만을 바랄 뿐이다. 더하여 그 청년과 그의 가족들에게 한국이라는 나라가 조금이라도 정이 있고 따뜻했던 나라로 기억된다면 더 바랄 나위 없겠다.

'공항 졸업생'에게 건네는 의료센터의 '졸업장'

"원장님, 오늘이 공항에서 원장님께 받는 마지막 진료가 될 듯합니다."

"아이고, 세월 참 빠릅니다. 벌써 공항을 졸업하실 때가 다 가왔군요. 그동안 너무 고생 많으셨습니다. 가끔 바람 쐬러 놀러 오세요."

머리가 희끗해진 중년의 환자와 내가 진료실에서 나누는 인사말이다. 마지막 진료를 받으러 온 그 환자는 정년퇴직을 얼마 남기지 않은 공항 상주 직원이다.

"30대에 원장님을 처음 뵙고 약을 먹네 안 먹네 실랑이도 참 많이 했는데, 벌써 이렇게 세월이 흘렀네요. 덕분에 제 몸에 신경 쓰고 꾸준히 관리해서 무탈하게 정년퇴직할 수 있게 되어 뭐라 감사해야 할지 모르겠습니다."

"하하, 저도요. 처음에는 말 안 듣고 꼴 보기 싫은 환자분들 중 한 분이셨는데 어느새 모범생이 되셔서, 미운 정 고운 정이 다 들었는데 말이지요. 아무튼 무사히 공항을 졸업하시게 되어 다행입니다. 모범상장이라도 드려야 할 것 같은데요!"

공항 상주 직원들은 정년퇴직을 하면 학교를 졸업하듯이 '공항을 졸업한다'는 표현을 많이 쓴다. 퇴직이나 퇴임보다는 훨씬 더 정겨운 표현인 것 같아 나도 자주 사용하게 되었다. 항공사 협력업체에서 수하물을 관리하던 그분은 3교대 근무를 했는데 야간근무를 마치면 바로 귀가하여 쉬지 않고 동료들과 아침식사 겸 반주를 곁들이는 소소한 즐거움을 너무 과하게 누렸다. 그 결과로 복부비만에 당뇨, 고혈압, 간 기능 장애 등 각종 만성질환 세트를 몸에 달고 살게 되었다. 진료실에서 숱하게 잔소리를 하고 반은 협박에 가깝게 윽박을 질러서 그분이 진료실을 나갈 때면 둘 다 얼굴이 붉으락푸르락했던 날도 많았다. 그래도 때가 되면 약을 처방받으러 어김없이 찾아오던 분이었다. 내 진심이 조금 통했을까? 한 해 한 해 몸에 대한 자신감이 떨어져서였을까? 주변의 자신과 비슷한 지인에게서 만성질환의 말로를 직접 본 것일까? 이유야 어떻든 어느 순간부터 의사와 라포(Rapport: 라틴어로 의사와 환자의 신뢰관계)가 잘 형성된 모범 환자가 되기 시작했다. 퇴근하면 출근부를 찍던 술집 대신 헬스클럽에 등록하여 운동을 시작했다. 한 달 치 약을 주면 두세 달이 지나야 약을 다시 타러 오던 게으르고 불규칙한 복약 습관도 버리고 처방된 약을 꼬박꼬박 잘 먹었다. 그렇게 한 해 두 해가 지나면서 얼굴빛이 밝아지고 체형도 좋아졌다. 늘상 두려워하던 건강검진도 자신 있게 받게 되었다.

"정년퇴직하면 공항은 근처에도 안 오려 했는데 원장님 뵙고 약 타고 잔소리 들으러 가끔 와야겠습니다."

"아이고, 사시는 동네에도 훌륭한 선생님들 많이 계시니 그리로 가셔요."

'공항 졸업생'들에게 나는 중요한 진료 기록이나 검사 결과와 처방전을 졸업장처럼 꼭 챙겨 드린다. 앞으로 그분을 진료해 줄 의사에게 전하는 인계장 겸 편지와도 같은 것이다. 진료 의뢰서 형식을 빌어 환자의 특징이나 진료 시 참고할 만한 사항을 수기로 적어 넣기도 한다. 두툼한 서류 뭉치를 받아 든 '졸업생'은 쉽사리 의료센터 문을 열고 나가지 않고 아직은 좀 아쉬움이 남은 듯이 서성이며 말을 이어간다.

"앞으로 시간도 많겠다 약 떨어지면 공항철도 타고 여행 오듯이 놀러 오겠습니다. 제 20년 골골 병력을 일일이 설명하기 쉽지 않을 듯해서요. 하하하!"

"그렇기는 하겠군요. 하하하! 늘 건강하십시오."

진심으로 건강하기를 바라는 마음으로 작별 인사를 전한다. 청춘을 다 보낸 직장에서 퇴직한 이후의 삶이 그리 녹록치 않으리라는 것을 잘 알고 있다. 그분도 여느 대한민국의 가장들처럼 인생의 제 2막을 열기 위해 부단한 노력을 할 것이다. 진료실이라는 한정된 공간이지만 한 인간과 인간으로 관계를 맺어 왔던 내 환자분들, '공항 졸업생'들이여, 어디에서라도 부디 건강하시라!

그 많던 원주민 환자들은 어디로 갔을까?

8년이 넘는 대공사 끝에 바다를 메워 2001년, 드디어 인천 국제공항이 개항하기 전까지 영종도는 말 그대로 섬이었다. 지금의 젊은이들에게는 '디스코팡팡'으로 더 알려진 월미도선착장이나 연안부두에서 하루에 몇 차례 뜨는 배를 타야만 드나들 수 있는 인천 앞바다의 수많은 섬들 중 하나가 영종도였다.

나와 영종도의 인연은 고등학교 시절에 시작되었다. 고등학교 때 단짝이었던 내 친구는 영종도에서 태어나고 자란 토박이

인데, 당시에 그 섬에는 고등학교가 없었기 때문에 '육지 대도시'인 인천으로 소위 '유학'을 나와 있었다. 덕분에 여름방학이면 월미도에서 배를 타고 들어가 친구의 부모님 댁에서 며칠씩 '섬 생활'을 해 보는 값진 경험을 할 수 있었다.

친구의 어머님이 해 주신 망둥어 조림이 생각난다. 툭 튀어나온 눈이 나를 노려보는 듯한 망둥어는 참 해괴망측하게도 생겼다. 처음에는 차마 먹지 못하고 쭈뼛거리다가 친구가 하도 맛나게 먹기에 용기를 얻어 맛을 보았다가 3일 동안 밥반찬으로 망둥어 조림만 먹었다. 내겐 이런 행복한 기억이 가득한 섬이 영종도다.

친구의 부모님은 물때에 따라 갯벌에 나가 바지락이나 낙지를 잡으시고 집 근처에서 밭을 일구셨다. 인천공항이 공사에 들어가면서 살던 집과 땅이 수용되어 생업은 포기할 수밖에 없었지만, 정든 고향을 떠나지 못하고 지금도 영종도에 살고 계신다. 가끔 고령의 몸을 이끌고 공항 의료센터에 찾아오셔서 진료를 받고 가실 때마다 나는 힘주어 그분들의 거칠고 곱은 손마디를 꼬옥 잡아 드린다. 비록 막내아들 친구이지만 장성한 의사에게 차마 반말을 못 하시는 조심스런 성품의 어르신들이다. 내 눈에는 반찬이 없어 어쩌냐며 고봉밥을 퍼 주시던 그때의 모습 그대로이신데. 사실 고등학생이던 내 눈에는 당시에도 영종도 주민들 대부분이 고령이셨다. 다들 그 섬에서 농사 짓

4부. '공항 의사'가 사는 세상

고 고기 잡고 갯벌에 발 빠져 가며 억척스럽게 사셨다. 친구의 부모님도 그렇게 자식 넷을 대학 공부까지 시켜 낸 대한민국의 억척스런 어머니 아버지이셨다.

내가 2005년에 처음 공항 의료센터로 발령을 받고 진료를 시작했을 때, 호기심 반 기대 반으로 의료센터를 찾아오시던 영종도 원주민 어르신이 많았다. 영종도 내에 작은 개원 의원이 몇 군데 있었지만 대학병원이 운영하는 제법 큰 규모의 의료센터는 처음인지라 지역 주민들의 기대감도 컸다고 한다. 의사가 자신을 찾아오는 환자분들을 위해 애쓰는 것은 너무도 당연하지만, 나는 유달리 할머니 환자에게 애착을 많이 느끼는 편이다. 아마도 열일곱 살의 어린 나이에 어머니를 여의고 자칫 방황할 수도 있었던 나의 학창 시절을 온 힘을 다해 살뜰히 보살펴 주신 내 할머니 때문일 것이다. 당시에는 대입을 준비하기 위해 정규 수업 시간이 끝난 뒤에도 밤 9시까지 자율학습이라는 명목으로 학교에 남아 계속 공부를 해야 했다. 소위 '명문대 반'으로 따로 선발된 소수의 인원들은 12시가 다 되는 시간까지 독서실에 남아 공부했다. 새벽이 다 되어 진이 빠진 채로 귀가하는 손자를 기다리다가 준비해 놓으신 야식을 먹이고, 내가 맛있게 먹는 모습을 보고서야 마음 놓고 잠자리에 드시던 할머니. 커피를 무척이나 좋아하는 나에게 믹스커피 3봉을 한 번에 타서 얼음을 동동 띄워 사발로 내어 주시던 할머니의 사랑을 수십 년이 지난 지금도 생생히 추억하고 있다. 그런 할머니의 사랑과 정성으로 나는 청소년 시기를 무사히 넘기고 이 사회의 구성원으로 잘 자라게 된 것이다.

할머니뿐만 아니라, 할머니의 주치의였던 의사 선생님도 내게 직업적으로 지대한 영향을 끼쳤다. 의대에 입학한 후 나는 할머니께 받은 사랑과 은혜를 조금이라도 갚기 위해 틈나는 대로 할머니를 늘 다니시던 의원에 모셔다 드리곤 했다. 미래의 의사로서 나는 연륜 있는 현직 의사들이 환자들을 어떻게 맞이하고 진료하는지 사뭇 궁금했고 그 원장님도 나를 자신의 제자나 후배처럼 살뜰히 반겨 주셨다. 원장님 또한 백발이 성성한 노인분이셨다(나중에 알게 되었지만, 사실 그 원장님은 그리 나이가 많지는 않으셨다). 진료 대기실에 앉아 유심히 진료실을 들어갔다 나오는 환자들의 표정과 원장님의 태도를 관찰하던 내 눈에 담긴 장면은, 원장님이 직접 대기실로 나와서 환자의 손을 살며시 잡고 진료실로 모시고 들어가는 모습이었다. 원장님의 손에 이끌려 진료실로 들어가는 우리 할머니의 표정은 마치 수줍은 소녀와도 같아 보였다. 그 원장님이 환자들을 대하는 태도는 막 의사로서의 길을 시작한 나에게는 어느 고명한 대학병원 교수보다도 더 존경스러운 것이었다.

우연한 기회로 원장님과 대화를 나눌 기회가 생겨 농담 반 진담 반으로 그 연유를 여쭤보았다.

"아이고, 별거 아닐세. 그래야 그나마 자리에서 엉덩이를 떼고 움직이지. 허허허! 그리고 여기는 어르신들이 많이 오는데 나이가 들수록 부부건 자식이건 자신의 몸을 정답게 만져 주지 않지. 나는 그분들이 있어 이렇게 병원을 운영할 수 있으니 고마운 마음을 그리 표현하는 거라네."

우문현답이었다. 너털웃음이 멋졌던 그 원장님의 모습이 아직도 눈에 선하다. 그분의 환자들에 대한 깊은 사랑과 관심은 지금도 내가 의사로서 나아갈 길의 빛이 되고 있다.

나도 이제는 20여 년 경력의 중년 의사이지만 아직도 나이가 좀 지긋해 보이는 분이 오시면 자리에서 일어나 정중히 인사를 하고 자리를 안내해 드리는 습관을 가지고 있다. 대기실까지 마중 나가지는 못하지만. 나이 지긋하신 분들에 대한 나의 이런 태도가 대학병원 의사는 좀 딱딱하고 권위적일 것이라 생각했던 주민분들에게 조금은 신선하고 좋은 인상을 주었을까? 진료받으러 오실 때마다 그날 아침 갯벌에서 막 캐온 듯한 꼬막과 신선한 해산물을 한 봉지씩 가지고 오시던 할머니, 오리농법으로 지은 쌀을 추수했다고 집에 가지고 가서 꼭 맛이라도 보라며 작은 포대에 담아 이고 오신 할아버지, 그리고 지금은 거의 흔적만 남은 염전에서 여름내 비지땀을 흘리며 거둔 보석 같이 귀한 소금을 작은 봉지에 담아 직원들 손에 쥐여주고 가시던 노부부까지, 조금 유난스럽게 감사의 인사를 드리면 햇볕에 그을리고 주름 깊게 파인 얼굴에 함박웃음을 지어 주시던 그분들의 웃음소리가 아직도 귓가에 남아 있다. 이런 작은 정성과 선물을 직원들과 나누는 기쁨은 그 어디서도 누리지 못하는 호사이리라.

최신식으로 지어진 인천국제공항과 그 안에 들어선 의료센터. 그 모습과 어울려 보이지는 않지만 마치 시골의 보건지소에서처럼 원주민분들과 진료실에서 나눈 교감은 비상 상황에 대비해 항상 긴장해야 하고 낯선 승객들의 여러 가지 의학적 문제를 해결해야 하는 내게 소소한 휴식과 안식을 주었다.

인천국제공항은 개발을 거듭하면서 덩치와 규모를 점점 더 키워 가고 있다. 제1터미널에 이은 제2터미널의 개항과 활주로 증설 공사 등, 인천공항은 세계의 허브공항으로 발돋움하기 위한 노력이 현재진행형으로 계속되는 장소이다. 하지만 해가 거듭될수록 내 진료실을 찾아오시던 원주민 할아버지, 할머니들의 발걸음은 확연히 뜸해지고 있다. 다른 지역으로 이주하셨을 수도 있고, 다니는 병원을 바꾸었을 수도 있고, 어느새 수명을 다하셨을 거라는 예상도 해 본다. 그분들과의 추억에 잠길 때마다 어디에 살고 계시더라도 부디 건강하시고 행복하게 만수를 누리시기를 바란다.

팬데믹 시절의 공항 풍경

공항에서 사람들이 사라졌다. 마치 SF영화가 그려 내는, 제3차 세계대전이나 전염병이 휩쓸고 간 미래 사회의 암울한 거리처럼. '코로나19'라는 전대미문의 전염병이 전 세계를 공포에 몰아넣은 2020년 이후 얼마 전까지의 모습이다.

하루 10만 명 이상의 출입국 승객들과 방문객들이 드나들며 수만 명의 항공 종사자들로 북적거리던 인천공항은 이 팬데믹 사태의 폭풍을 정면으로 맞았다. 주차할 곳을 찾아 주차장을 뱅글뱅글 돌던 때는 기억에서 가물가물해졌고 항상 만석으로 긴 줄을 서야만 했던 공항 식당가는 하나둘 불이 꺼졌다. 의료센터도 마찬가지다. 매일 검진과 환자로 종일 북적거렸던 센터 로비가 이리 넓고 휑해 보이기는 개원 이후 처음이었다.

조금이라도 열이 나거나 기침 등의 호흡기 증상이 생기면 일반 병원 진료는 불가능해졌고 모두 보건소나 병원에 임시로 마련된 코로나 검사소에 가서 조마조마한 마음으로 검사 결과를 기다려야만 했다. 처음에는 바쁜 진료 업무에서 조금은 해방된 느낌으로 오래 묵혀 두었던 책도 꺼내서 읽어 보고 부족했던 최신 의학 소식도 검색해 공부하는 사치 아닌 사치를 부려 보기도 하였다. 이런 잠시 잠깐의 행복감도 코로나 사태가 장기화되면서 불안과 초조함으로 바뀌어 갔다.

그러던 어느 날 갑자기 의료센터의 문밖에 긴 줄이 또아리를 틀기 시작했다. 마치 인스타그램에 핫하게 떠오른 맛집이나 명소를 방문한 관광객의 긴 대기 줄처럼. 하지만 뭔가 좀 이상했다. 긴 줄을 이룬 사람들은 하나같이 이민이라도 가는 것처럼 커다란 짐 가방을 이고 지고 싣고 온 동남아시아 국적의 외국인들이었다. 어디가 아파서 찾아온 환자들이 아니었다. 대다수가 한국에서 체류하다가 코로나 여파로 직장을 잃거나 감염에 대한 공포심에 본국으로 돌아가려고 공항에 온 승객들이었다. 한국에서 불법적인 업체에서 일하다 체포되어 강제 출국

명령이 떨어져 손에 수갑이 채워진 채 출입국 관리 사무소 직원들의 삼엄한 경계 속에 의료센터에 들어서는 이들도 상당수였다. 만일의 사태를 우려하여 진료 중에도 수갑을 못 풀게 했다. 의사로서는 진료실에서 수갑을 찬 환자를 보는 것이 불편하지만 어쩔 수 없는 노릇이었다.

평소 언론보도를 통해 우리나라에 불법으로 체류하는 외국인이 많다는 것은 알고는 있었지만 매일 긴 줄을 서는 행렬을 직접 보고 응대하면서 그 사실을 몸으로 체감했다. 그런데 이들이 고국행 비행기를 타는 것도 쉽지 않은 일이었다. 항공사들은 예외 없이 이들 승객이 코로나에 감염되지 않았다는 것을 입증할 서류를 지참해야 한다는 방침을 내걸었다. 이를 증명하기 위해 공항 의료센터의 문을 두드리고 있는 것이지만 코로나바이러스를 확인할 신속항원검사나 PCR검사법이 도입되기 이전이라 의사인 나도 이들의 감염 여부를 알아낼 방법이 전무한 상태였다. 항공사와 협의 끝에 우선 37.4도 이상의 발열 여부와 몸살, 목 통증, 기침 등의 호흡기 증세가 동반되었는지 여부를 확인하여 이를 기반으로 탑승 여부를 가리는 것으로 우선 정리가 되었다. 지금의 시점에서 보면 참으로 단순하고 기가 찰 노릇이지만 당시의 상황에서는 다른 선택지가 없었다. 마스크를 벗기라도 하면 마치 큰일이 날 것 같은 분위기에서 우리 의료진은 의료용 마스크와 고글, 라텍스 장갑과 일

회용 덧가운으로 중무장을 하고 이들을 한 명 한 명 검진하고 진단서를 작성해서 보내 주는 일상이 지속되었다. 적게는 하루 100여 명에서 많게는 300명이 넘는 외국인 승객을 상대하며 하루에도 수십 번씩 손을 소독하고 땀으로 범벅이 된 가운을 갈아입으면서 의료진들은 점점 탈진해 가기 시작했다. 나는 우리나라에 체류하고 있는 동남아시아 노동 인구가 그리 많으리라고는 상상도 하지 못했다. 매일매일 끝없이 줄을 서고 건강 상태를 확인하고 손에 손에 진단서를 들고 귀국하는 코로나 피난민의 행렬은 수개월 간 지속되었다.

하지만 일선의 코로나 현장에서 진료하는 의료진들의 노고와 그들의 감염 소식 등을 뉴스로 접하면서 우리 중 어느 누구도 불평이나 불만을 입에 올리지는 않았다. 다만 나를 비롯한 동료 의료진들과 가족들이 이 코로나 사태로부터 안전하기를 바라는 작은 소망도 사치인 긴 인고의 시간을 거치는 중이었다.

그러나 우리 인류는 위대했다. 비록 역사적으로 단 한 번 (WHO 에서 공식적으로 인류가 완전히 박멸했다고 선언한 천연두바이러스)을 제외하고는 바이러스와의 전쟁에서 완벽한 승리를 거둔 적이 없지만, 전 세계적 협력과 공동 노력으로 속속 신속항원검사 및 PCR검사법이 개발되고 예방백신이 만들어졌다. 감염자들에 대한 신속한 격리와 치료제 공급 등 대응 시스템도

4부. '공항 의사'가 사는 세상

갖추어지는 등 인류의 노력과 극복 정신은 유례없는 팬데믹 사태에도 빛을 발했다.

이 글을 쓰고 있는 지금 대한민국은 코로나 팬데믹을 해제하고 일상을 거의 회복해 가고 있다. 물론 지금도 감염자들은 속속 발생하고 있지만 우리의 일상을 위협할 정도는 아닌 것으로 판단된다. 다만, 인류가 같은 실수와 우여곡절을 반복하지 않기 위해서라도 이번 사태에 대한 평가와 대비책은 신속하고 신중하게 마련되어야 할 듯하다.

내 지인들의 가족들 중에도 코로나19로 유명을 달리하신 분들이 많다. 참으로 마음 아픈 일이다. 다시 한 번 삼가 명복을 빈다. 또한 수년간 일선에서 고생하신 모든 관계자분들께 감히 이 시대의 '영웅'이라는 칭호를 보내 드린다.

'선한 사마리아인'을 위하여

모처럼 괌에서의 가족 여행을 마치고 현지 시각 새벽 1시가 넘어서 탑승한 귀국 비행기에서 나는 밀려오는 여행 피로에 이내 깊은 단잠에 빠져들었다. 얼마나 지났을까 귓가에 나지막하게 들려오는 목소리에 화들짝 잠에서 깬다.

"원장님, 주무시는 중에 죄송한데요."

꿈이거나 환청일 거라 생각했는데 아니었다. 한 승무원이 나를 깨우고 있었던 것이다.

"객실에 많이 아프다는 응급 환자가 생겼는데요. 기내 방송을 하자니 모두 잠들어 있는 시간인데다 제가 원장님이 타고 계신 걸 알아서, 부득이 도움을 요청드립니다."

생면부지의 승무원은 내가 공항 의료센터 원장이라는 걸 알고 있었다. 아무튼 잠도 깨었고, 내가 의사인 이상 승무원의 도움 요청을 거절할 까닭은 있을 수 없다.

승무원의 안내를 받아 모두가 잠든 조용한 객실 사이를 조심히 지나갔다. 객실 한 구석에 쭈그리고 앉아 끙끙거리며 신음소리를 내고 있는 젊은 여자 승객. 괌 여행 후 귀국하는 길에 갑자기 시작된 복통이 점점 심해지고 있다고 했다. 무엇보다 복통이 생긴 위치 확인이 중요하다. 진찰을 할 수 있는 공간(보통 승무원들이 기내식을 준비하는 공간이 그나마 적합하다)을 확보하고 모포로 환자가 누울 자리를 만든 후 진찰을 시작한다. 다행히 환자는 응급한 조치를 취해야 하는 상황은 아닌 것 같았고 평소 자주 발생하던 위염이 이번 여행 끝에 재발하고 악화된 듯하였다. 기내에 있는 여러 약물 중에 좀 도움이 될 만한 주사를 놓은 후 배에 핫팩을 대어 주고 넓은 좌석으로 이동하여 쉬게 하였다. 30여 분 후 승객은 다행히 통증의 강도가 조절될 만한 수준으로 떨어져서 무사히 본인의 두 발로 비행기에서 내릴 수 있었다. 나는 승객분의 감사 인사와 동승한 승무원들의 '엄지 척' 환송을 받으면서 가벼운 발걸음으로 게이트로 향할 수 있었다. 하지만 항공기 내에서 응급 환자가 발생했을 경우, 도움의 손길을 주는 것이 이렇듯 항상 해피엔딩으로 끝나는 것만은 아니다.

얼마 전, 지방의 어느 병원 의사들로부터 항공기 내에서의 응급 상황에 대한 대처 요령과 만일에 발생할 수 있는 법적인 책임 부분에 대한 강의를 요청받은 적이 있다. 나에게 강의를 요청한 이유는, 그 병원의 의사 한 분이 몽골에서 열린 학회에 참석한 후 귀국하는 기내에서 벌어진 일 때문이었다. 당시 기내에서는 당장 심폐소생술을 해야 하는 심정지 승객이 발생했다고 한다. 기내 의사를 찾는 방송이 들려왔고 내과 전문의인 그분은 지체 없이 나서서 동료 의사들과 함께 비지땀을 흘리며 심폐소생술을 시행하였다. 그러나 결과적으로 그 승객은 소생하지 못하였고, 당연하게도 온 힘을 다한 의사 일행은 허탈감과 허망함을 감출 수 없었다 한다. 그 사건 이후 현장에서 심폐소생술을 시행한 의사들은 한 가지 의문점이 들기 시작했다고 한다. 간혹 언론을 통해 어려움에 처한 이웃을 돕는 선행이 미담으로 전해지기도 하지만, 반대로 선행이 가져온 엉뚱한 결과로 인해 각종 소송에 휘말려 수년간 고통스러운 시간을 보내게 되는 사례도 있다 보니 일말의 찜찜함이 남게 되더라는 것이다.

나는 우선 항공기 내에 탑재된 여러 가지 의약품과 의료 장비들을 소개하는 것으로 강의를 시작한 후 마지막으로 현재 국내에서 적용되고 있는 응급처치에 대한 법률에 대해 설명했다. 일반인들에게는 '선한 사마리아인 법' 혹은 '착한 사마리아인의 법'이라고 알려진 법조항이 하나 있다. 우리가 '김영란 법'이라 부르는 것이 법의 원래 이름보다 더 잘 알려져 있듯, 이 법 또한 원래의 명칭은 '응급의료에 관한 법률'이다. 성경에 나오는, 예수께서 생면부지의 타인에게 도움의 손길을 내밀었던 사마리아인의 행동을 칭찬한 일화에서 유래된 법 개념이다. 간략하게 설명하자면, 생면부지의 타인이라도 위험에 처해 있다면 도와야 한다는 사회적 분위기를 만들고자 하는 취지로, 다른 사람을 돕다가 의도하지 않은 불의의 상황에 처하더라도 정상참작 또는 면책을 받을 수 있다는 것이다.

잠시 법조항을 살펴보자.

응급의료에 관한 법률 제5의 2 : 생명이 위급한 응급 환자에게 응급의료 또는 응급처치를 제공하여 발생한 재산상의 손해와 사상(죽거나 다침)에 대하여 고의 또는 중대한 과실이 없는 경우 그 행위자는 민사책임과 상해에 대한 형사책임을 지지 아니하며 사망에 대한 형사책임은 감면한다.

이 법은 일반 시민들의 응급처치에 대한 불안감을 없애기 위해 발의된 법으로 그 의미는 크지만 여전히 문제점이 존재한다. '선한 사마리아인 법'의 면책 조항 때문에 응급치료를 했다가 범죄행의로 처벌받은 사례는 거의 없다 하지만, 그럼에도 불구하고 무혐의임을 입증하기 위해 경찰서를 오가거나 법적 공방을 하게 되는 것 자체가 심적, 금전적, 시간적 손해를 떠안게 되는 문제가 있다는 것이다. 다행히도 이런 문제점들을 지속적으로 보완하고 법을 현실에 맞게 개선하려는 움직임이 지속되고 있다. 좀 더 구체적으로 이 사회의 선한 사마리아인들을 보호할 수 있는 새로운 보완법의 탄생을 기대하는 바이다.

물론 언제든 어느 때든 의사나 구조자를 찾는 간절하고 애타는 목소리가 들린다면, 내 몸은 이런 법조항을 떠올릴 겨를도 없이 먼저 반응할 것이다. 나는 의사이기 때문이다. 아니, 그 이전에 나는 성숙한 시민사회의 일원이기 때문이다.

피어라 들꽃[*]

아내는 꽃을 좋아한다. 나와 아내는 스무 살 청춘에 만나 술친구로 시작해서 9년의 우여곡절 연애 끝에 결혼에 성공하였으니, 어언 35년을 친구이자 동반자로 지내 왔다. 아내와 연애를 할 때 참 신기했던 점이, 길을 가다 우연히 길가에 핀 꽃을 보면 이름을 잘도 알아맞힌다는 것이었다. 같은 해에 태어나 비슷한 초중고 과정을 거쳐 대학에 입학했는데, 공부와 운

* 스무 살 대학생 시절, 책 제목만 보고 아름다운 수필집이라 착각하고 읽었던 장편대하소설 제목

238

동만이 취미이자 장기였던 나는 이름을 아는 꽃이 손가락으로 꼽을 수 있을 정도였던 데 비해 그녀는 길가에 핀 거의 모든 꽃들의 이름을 하나하나 부르며 예쁘다고 감탄했다. 지금처럼 스마트폰으로 사진을 찍어 바로바로 검색을 할 수 있는 시대가 아니었음에도 말이다. 그녀는 식물도감을 보며 꽃 이름과 꽃말을 공부하다 보면 어느새 그 꽃들이 정겨워진다고 했다.

수중에 돈이 얼마 없던 청년 시기. 보잘 것 없는 포장지나 신문지에 둘둘 말아 선물한 장미꽃 몇 송이에도 참으로 행복한 미소를 지을 줄 아는 모습이 참 매력적이었다. 그래서 그런지 중년이 된 지금도 굳이 기념일이 아니더라도 가끔 뜬금없이 꽃을 사서 집에 들고 들어가는 일이 종종 있다. 그럴 때면 아내는 함박웃음을 지으며 콧노래를 부르면서 꽃을 화병에 예쁘게 장식한다. 그런 아내의 뒷모습은 어찌나 사랑스러운지.

사실 나는 젊은 시절 꽃을 그리 좋아하지 않았다. 잠시 잠깐 화려히 피어 온갖 향기와 아름다운 자태를 뽐내다가 이내 시들어 버리고 마는 꽃의 속성을 그리 탐탁하게 여기지 않았던 것 같다. 그러던 내가 이제는 꽃이 흐드러지게 피어 있는 정원을 거닐 때마다 마음의 안정과 작은 행복감을 느낀다. 나이가 들면 꽃이 예뻐진다고 사람들이 말하더니 내가 딱 그러하다. 마침 인천공항에는 사람들이 잘 모르는 비밀의 정원이 곳곳에 숨어 있다. 말 그대로 '시크릿 가든'인 셈이다.

인천공항은 처음 설계할 때부터 비상하는 항공기의 모양을 모티브로 상정했다고 한다. 그 양 날개에 해당하는 자리에 터미널 건물이 길게 들어서 있고 조종석의 자리에는 터미널과 공항철도를 연결하는 교통센터가 자리하고 있다. 바로 그 날개와 머리 사이에 동서 양편으로 승객들은 잘 모르는 야외 정원이 가꾸어져 있다. 이름하여 '한국의 야생초 정원'. 한 200m 남짓 호젓한 오솔길 좌우로 우리나라 산과 들에 피고 지는 야생화들을 예쁘게 심고 이름표까지 붙여 두었다. 산들바람에 마치 인사라도 하듯 이리저리 몸을 흔들거리는 꽃들을 하나하나 바라보며 산책을 하노라면 어느새 나는 진료실과 공항을 벗어나 짧은 여행을 떠나온 착각에 빠진다.

　　진료에 지친 몸과 마음으로 예쁘게 피어 있는 들꽃 사이를 거닌다. 하나하나의 이름과 특징을 눈과 마음에 새겨 넣다 보면 어느새 새로운 힘이 충전된다. 바늘꽃, 수크령, 원추리, 꼬리풀, 상록패랭이, 은방울꽃, 둥근잎꿩의비름, 노루오줌, 매발톱꽃, 도라지꽃…. 우리나라의 산과 들, 나지막한 언덕과 오솔길을 지키며 조용히 피고 지어 왔을 귀엽고 아기자기한 우리 야생 풀꽃들이 하나하나 자신의 이름을 가지고 나에게 다가온다. 그 이름에 깃든 사연을 알아 가는 재미 또한 빼놓을 수 없다. 특히나 '노루오줌'이라는 꽃은 그 이름만으로도 궁금증을 자아낸다. 팻말에는 뿌리에서 노루 오줌 냄새가 난다 하여 붙여진 이름이라 쓰여 있는데 마음 같아서야 한 뿌리 몰래 캐서 노루 오줌이 어떤 냄새인지를 확인하고 싶지만 차마 실행은 못 하고 있다.

공항에서 새는 참으로 성가시고 위험한 존재이다. 특히 활주로 주변의 새들은 항공기 운항에 커다란 위험 요소이기에 공항 안전 팀에서는 여러 가지 방법으로 새들을 쫓는다. 하지만 이 작은 정원에 놀러 와 잠시 지저귀다 떠나는 이름 모를 새들은 비밀의 정원의 반가운 손님이자 화룡점정이다. 철마다 달라지는 정원의 모습에서 계절의 변화를 실감하기도 한다. 내가 사는 아파트의 지하 주차장에서 출발하여, 공항의 지하 주차장을 거쳐, 지하 1층에 위치한 의료센터에서 하루 종일 진료를 하다 보면 밖에 비가 오는지 눈이 오는지도 모르고 지내는 경우가 많다. 매일 아침 업무 시작 전과 점심 식사 후에는 이 작은 정원을 일부러라도 돌아보며 계절의 변화와 시간의 흐름을 몸으로 느끼고 싶어 한다. 아침 출근과 동시에 시작되는 긴장과 흥분으로 가득한 마음을 차분히 가라앉히고 뇌에서 분비되는 행복 호르몬 '세로토닌'이 나의 몸 가득 충만해지기를 기대해 본다. 오후에도 어김없이 찾아오는 다양한 환자들이 조금 더 즐겁고 활기차 보이는 의사를 만나게 된다면, 대개는 이 야생초 화원 덕분이다.

공항 '닥터'의 영어 울렁증

　사람들은 내가 영어를 잘하는 줄 안다. 사실은 나 스스로도 그런 줄 착각하며 살아 왔다. 중고등학교 전 과정을 통틀어 공부로 따지자면 다섯 손가락 안에 들어야 하고 특히나 국영수는 통달할 정도가 되어야 진학할 수 있는 의대를 입학하고, 6년이라는 긴 대학 생활 동안 온통 영어로 도배가 되어 있는 교과서를 달달 외우다시피 해야 의대를 졸업할 수 있으니 그럴 만도 하다. 이어지는 수년간의 전공의 시절에는 쏟아져 나오는 영어 논문을 해석해서 발표 자료를 만들어야만 했다. 게다가 국제공항에 위치한 의료센터에서 수많은 외국인들을 상대하는 의사이니 영어를 잘할 것이라는 기대는 어찌 보면 너무나 당연한 것이다. 하지만 나는 영어를 잘 못한다. 진료 접수창에 외국인 환자가 뜨면 '영어 울렁증'이 도진다. 물론 말하기 외의 영역에서는 나쁘지 않은 편이다. 단어도 많이 기억하고 있고 고3 딸이 가져오는 영어 시험지의 지문도 곧잘 해석한다. 하지만 딱 거기까지다. 외국인들이 쏟아 내는 말을 즉각 알아듣는 건 참 어렵다.

내가 영어를 잘 못하는 건 내가 중고등학교를 다니던 1980년대 영어 교육의 한계라고 애써 위안을 삼아 본다. 그 시절의 영어 공부는 단어와 숙어를 외우고 문법을 습득하여 긴 지문을 얼마나 빠르게 해석해 내는가가 중요했다. 듣기와 말하기 실력은 이에 대한 양념 정도의 지위였다.

이런 내 영어 실력은 발령 초기에 진료실에서 그 한계를 여실히 드러냈다. 원활한 의사소통이 되지 않음을 답답해하는 외국인 환자의 실망스런 얼굴을 보는 일이 많았고 인터넷 번역기와 각종 보디랭귀지를 동원해야만 하는 날들이 반복되었다. 환자의 말을 잘 못 알아듣는다고 진료를 대충 할 수도 없는 일이니 시간도 많이 걸렸다. 그러다 보니 외국인 승객들에 대한 공포심이 점차 쌓여 갔다. 진료실 문밖에 외국인 승객들이 대기를 하면 진료가 시작되기 전에도 가슴이 벌렁거렸고 이마에는 땀이 송골송골 맺히고 입술은 바짝바짝 메말라 갔다. 그러나 부끄러움은 새로운 시작의 원동력이라 하지 않는가! 이대로는 안 되겠다 싶어 부족한 영어 실력의 반쪽을 채우기로 결심했다.

아침 출근길, 인천대교를 건너는 내 차 안은 항상 영어 문장을 듣고 따라하는 나의 목소리로 가득 찬다. 20년 전 내 스스로에게 약속한 '아침 출근 전 영어 5문장씩 듣고 따라하고 암기하기'를 지키기 위해서. 내 스마트폰에는 다양한 상황에서 영어를 구사하는 법을 알려주는 어플리케이션과 동영상이 저장되어 있다. 버스로 출퇴근하던 시절에는 mp3플레이어에 영어 회화를 녹음해 다니면서 이어폰을 끼고 듣기 훈련을 하기도 했다. 하지만 버스 좌석에 앉아 이어폰을 귀에 꽂으면 5분 이내로 깊은 잠에 빠져 들기 일쑤여서 항상 제자리걸음을 면치 못했었다. 이제는 운전하는 차 안에서 크게 영어 문장을 듣고 따라한다. 주로 진료실에서 사용하는 영어를 유창하게 구사하고 싶은 마음에, 한때 대단한 시청률을 기록했던 미국 드라마 〈ER〉에서 응급실 의사들이 사용하는 대사들을 녹음하여 듣고 따라하는 것부터 시작해 미국 영화를 자막 없이 시청하는 훈련 등 다양한 방법들을 시도해 보고 있다. 공항에서 오고가며 마주치는 외국인들에게 일부러 영어로 말을 걸어 안내를 자처해 보기도 한다.

나의 이런 소소하지만 끈질긴 공부법은 역사가 꽤 오래다. 나는 어릴 적부터 공부를 잘한다는 소리를 듣긴 했지만, 두뇌가 명석하거나 공부를 좋아한 건 아니었다. 지금도 내가 무언가를 열중해서 잘하는 것을 들여다보면 그 바탕에는 '칭찬'과 '인정욕구'라는 커다란 원동력이 있는 것 같다. 내 기억에 의하면 처음으로 그런 인정욕구가 발현된 시기는 초등학교 2학년 때였다. 어린 소년의 눈에 천사처럼 예뻐 보였던 담임선생님께 홀딱 반한 나는 선생님의 사랑을 받기 위해 부단히 노력했다. 선생님이 무언가를 물어보시기만 하면 손을 번쩍 들고 '저요! 저요!'를 열심히 외치는 것도 모자라, 선생님이 나를 못 보시지는 않을까 걱정되어 걸상을 박차고 일어서기도 했다. 내일은 무엇을 물어보실까 궁금해 '예습'이라는 걸 처음 시작한 듯도 하다. 그런 모습이 마냥 귀엽고 대견해 보였는지, 나는 그해 처음으로 학급반장에 임명되는 짜릿한 성취를 맛보게 되었다. 이후 나의 학창시절은 그런 인정과 성취를 지속하기 위한 노력의 과정이었던 듯하다.

영어 울렁증을 극복하기 위한 나의 노력은 시험지에 적혀 있는 문장을 정확히 해석하고 답을 잘 맞혀 보려는 공부가 아니다. 내가 일상적으로 마주하는 외국인 환자들을 조금 더 제대로 진료하고 언어의 장벽 때문에 일어날 수 있는 혹시 모를 오진을 막기 위해서이다. 그러하기에 나의 공부는 현실적이고 실용적이어야 한다. 잘 읽고 잘 쓰고의 문제에서 벗어나 잘 듣고 나의 의견을 명료하게 잘 전달해야 하는 문제인 것이다.

강산이 두 번 바뀌어 2023년. 요즈음은 영어 울렁증을 조금 벗어난 듯도 하다. 물론 모국어인 한국어를 구사하는 진료에 비하면 여전히 몇 배의 에너지가 소비됨을 느끼지만(머릿속에서 한국말을 영어로 번역하여 입 밖으로 내야 하는 뇌의 과부하!) 20년 전처럼 이마가 번들거리게 땀을 흘리고 긴장하지는 않는다. 편안한 마음으로 인사를 건네고, 그러면 낯선 이국땅의 병원에서 많이 긴장한 외국인들이 더 편안함을 느끼고 차분해져서 내가 알아듣기 좋은 속도로 대화를 이어 나가게 된다.

공항에서 외국인들을 진료하는 마지막 날까지 나의 영어 공부는 계속될 듯하다. 진료실 밖에서도 도움이 필요한 외국인들을 만나면 그들이 홀랑 반해 이 나라를 다시 찾아오고 싶은 마음이 들 만큼 친절하고도 유창한 도움을 주거나, 먼 훗날 손자손녀들과 해외여행에 나섰을 때 낯선 외국의 식당에서 온 가족 하나하나의 입맛을 고려하여 복잡한 메뉴를 섬세하게 주문할 만큼 영어를 자유자재로 구사하는 멋진 노년을 꿈꾸어 본다.

집돌이와 방구석 여행가

나는 여행을 그리 좋아하지 않는다. 아이들이 어릴 적에는 자연 속에서 마음껏 뛰어 노는 모습을 바라보며 같이 간 친구들과 바비큐 파티를 하는 재미에 종종 캠핑을 다니기는 하였지만, 텐트 안에서의 잠자리는 나에게 항상 괴로움을 주었다. 군 시절의 개인용 'A텐트'야 그렇다 치더라도 구형 전술 텐트를 치는 것은 그야말로 생고생이었는지라 민간인이 된 지 오래된 지금에도 텐트를 치고 걷는 노동은 그리 달갑지 않다. 최신형

'원터치 텐트'를 구입해 보기도 하였지만 사방이 폐쇄된 텐트에서 네 식구가 몸을 웅크리고 잠을 자는 것도 그리 유쾌하지는 않았다. 아침에 일어난 후 동면에서 막 깨어난 곰처럼 어기적거리며 담이 들기 직전의 몸을 푸는 것도 그렇다.

차선으로 선택한 펜션이나 호텔의 새하얀 침대 위에 몸을 눕혀도 내 집 안방의 편안함과 포근함에는 견줄 수 없었고, 인터넷에서 유명세를 탄 현지 맛집을 찾아 줄을 서고 오랜 기다림 끝에 식당에 입성하여 맛을 보아도 평소 자주 가는 동네의 오래된 단골집이 더 편안하고 맛이 좋다는 생각이 자주 들었다. 게다가 이국적인 풍광과 낯선 정취에 대한 동경이 그리 많지도 않은 편이라 30년 지기 친구의 여행 유혹에도 끄떡하지 않고 집을 지키고 있어 이제는 누가 여행을 같이 가자는 소리도 하지 않는 지경이 되었다. 전형적인 '집돌이'인 셈이다.

내 아내도 나와 똑같다. 아니 나보다 조금 더 심한 '집순이'이다. 생전 어디 한번 가자는 소리를 하지 않는다. 지인 한 분은 자신은 여행을 좋아하지 않는데 부인의 등쌀에 못 이겨 여행을 다니느라 스트레스가 이만저만이 아니라고 하소연을 하지만 우리 부부는 이리 코드가 잘 맞으니 여행에 대한 스트레스는 없어 다행이라 생각한다.

공항 의료센터에 근무하면서 받은 하나의 오해가 해외여행을 다닐 때 항공사나 여행사의 혜택을 좀 받을 수 있을 거라는 건데, 사실 그런 것은 전혀 없다. 남들과 똑같이 표를 예매하고 줄을 서고 수속을 밟아야 한다. 그런 여러 가지 절차를 별로 선호하지 않는 것도 해외여행을 가지 않는 여러 이유 중 하나인 듯하다. 하지만 직업 특성상 해외여행을 나가는 승객들의 여러 가지 질문에 최대한 성실히 답을 해 주어야 하는 의무감을 항상 가지고 있다. 여행지에서 유행하거나 주의해야 하는 질병에 대한 정보가 주를 이루기는 하지만 이왕이면 다홍치마라고 승객들에게 조금 더 다양한 정보를 주고 싶은 마음 반, 실제 가 보지 못하는 해외의 구석구석을 머릿속으로라도 누리고 싶은 마음 반이다.

집돌이를 자처하는 내가 편안히 앉아 세계여행을 다닐 수 있는 방법이 한 가지 있으니 나를 대신하여 여행을 다니고 현지의 문물을 소개하는 프로그램을 시청하는 것이다. 나는 〈걸어서 세상 속으로〉, 〈세계 테마 기행〉이라는 두 프로그램의 애시청자이다. 물론 요즈음에는 연예인들을 앞세워 이국의 먹거리와 볼거리를 소개하는 연예 오락 프로그램들이 우후죽순처럼 생겨나 화면을 채우고 있지만 그런 종류의 프로그램은 나에게는 그리 매력적이지 않다. 본질적으로 현지인의 생활과 삶속으로 가까이 다가가는 프로그램은 이 두 가지인 것 같다는 생각이다. 나를 대신하여 세상 구석구석 돌아다니며 현지인들을 만나고 그들이 거주하는 집과 일상적으로 먹는 음식과 그들이 향유하는 문화와 그들의 인생을 소개하는 프로그램은 나의 이런 조건과 욕구를 충족시키기에 부족함이 없다. (사실 나도 자가용을 이용한 국내 여행은 좋아한다. 낯선 곳을 방문할 때 항상 현지의 주민들이 잘 가는 시장이나 현지 음식점을 찾아다니곤 했다. 왠지 남들이 다 몰려가는 관광지의 잘 정돈된 모습이나 인터넷에서 떠들썩하게 홍보되는 맛집은 나의 취향과는 맞지 않았기 때문이다.) 인터넷으로 여러 나라의 수도와 언어, 기후 조건, 인구 구성, 국가의 기원, 특이한 문화 등을 공부하고 틈이 날 때마다 주변인들에게 강의 아닌 강의를 하다 보니 어느새 마치 해외여행깨나 다녀 본 사람 행세가 가능한 수준에 이르렀다.

공항 의료센터 접수창구의 오른편 벽면에는 큼지막한 세계 전도가 걸려 있다. 국제 진료가 가능하다는 암묵적 표시인 셈이다. 나에게 세계전도는 머릿속 상상의 여행을 펼치게 하는 관문 역할을 하기도 한다. 어디를 짚어도 그 나라의 이름과 수도, 인구 구성과 간단한 역사를 읊조릴 수 있을 정도의 실력자를 자부한다. 하지만 그 누가 알겠는가? 나의 외국에 대한 지식의 거의 대부분이 책과 TV와 인터넷의 정보를 종합해서 내 머릿속에 구성하고 편집해 놓은 가상 경험의 총체라는 것을. 하지만 그 또한 즐겁고 유쾌한 여행이다. '방구석 여행가'인 나도 '걸어서 세상 속으로' 들어가고픈 미래의 꿈은 가지고 있다. 먼 훗날 내 머릿속 지도의 몇 군데만큼은 직접 내 두 발로 거닐면서 그곳의 풍광과 공기를 느껴 보고 싶은 욕망을 품고 있다.

동서양의 문명이 충돌했던, 그래서 도시의 이름도 비잔티움에서 콘스탄티노플로, 또 이슬탄불로 바뀌게 된 튀르키예의 옛 수도에서 성 소피아 성당의 높게 솟아오른 첨탑을 직접 보고 싶고, 내가 가장 사랑하는 찬란한 황금빛의 라거 맥주의 원형이라 자부하는 체코의 플젠 지방 필스너 맥주 양조장을 찾아가 수백 년 전 수도사들이 어두운 동굴에서 기도하는 마음으로 빚어낸 인류 최초의 라거 맥주를 마셔 보고 싶다. 몰트위스키의 본고장 스코틀랜드에서는 야트막한 언덕 사이를 흐르는 작은 시내를 거닐며 곳곳에 둥지를 틀고 있는 양조장을 방문해 보고도 싶다. 전쟁과 가난을 뒤로 하고 꿈과 희망을 가슴에 품고 대서양을 건너온 이민자들을 맞아 주었던 아메리칸 드림의 상징인 자유의 여신상에 올라 뉴욕 앞바다 맨해튼의 마천루를 바라보며 그 옛날 이민자들의 슬픔과 희망을 느껴 보고도 싶다. 하지만 지금은 그저 내 머릿속에 차곡차곡 쌓아 둘 뿐이고 진료실에서 만나는 여행객들에게도 난 그저 꿈 많은 방구석 여행가라는 사실을 수줍게 고백할 따름이다.

4부. '공항 의사'가 사는 세상

"뭐 없냐고? 살려는 드릴게."

"원장님, 참 오랫동안 진료 받으며 뵈어 왔는데 나이가 드셔도 티 안 나고 몸 관리를 잘하시는 것 같습니다."

30대 중반에 공항에 와서 진료실에서 친해진 한 직원분이 아침부터 기분 좋은 덕담을 해 주신다.

"아이고, 별말씀을요. 저도 이제 슬슬 나이 들어감을 느낀답니다. 눈은 노안이 온 지 이미 오래되어 화면도 잘 보이지 않고 돋보기가 없으면 도통 책을 읽을 수도 없는 걸요."

겸손한 척 너스레를 떨지만, 입꼬리가 살며시 올라간다.

"저만 알고 있는 비밀인데요, 사실은 좋은 방부제를 수입해서 먹고 있습니다."

"방부제요? 하하하!"

이런 덕담과 농담이 오고가면서 유쾌한 진료가 마무리된다.

나는 운동을 매우매우 좋아한다. 내가 나이에 비해 그나마 바른 체형과 다부진 몸을 유지하고 있는 것도, 체력이 많이 소모되는 공항 진료와 가정생활을 오랫동안 지치지 않고 해 올 수 있는 것도, 규칙적인 운동 습관이 원동력이 되어 주고 있기 때문이라 생각한다. 주변인들 중에는 운동 중독증 아니냐고 물어보기도 하는데 나는 '운동 중독'이란 용어가 '약물 중독'처럼 부정적인 용어로 인식되는 것을 부당하다 생각한다. 그래서 조금 순화시켜 '운동 의존증' 정도는 있다고 표현한다.

나는 매일 새벽 6시 전에 기상한다. 미온수를 한 잔 마셔 내 몸에게 아침이 왔음을 알린 후 집 근처에 있는 배드민턴 체육관으로 발걸음을 향한다. 벌써 15년째 지속하고 있는 일상이다. 실내 체육관에서 하는 운동은 비가 오나 눈이 오나 날씨에 구애받지 않고 지속할 수 있다는 장점이 있다. 왕초보 시절부터 꾸준히 레슨을 받으면서 운동에 매진한 결과, 이제 나름 동호인 중에서는 고수의 반열에 올랐다고 자부한다. 내가 소속

된 인천시 배드민턴 협회에서 최상위인 A클래스이자, 구 협회에서는 이름만 대면 알 만한 배드민턴 마니아이며 우승 타이틀도 가지고 있다.

처음 배드민턴을 시작한 계기는 오랜 친구의 권유였다. 마흔 살 무렵, 막 중년에 접어든 나는 청년기의 탄탄했던 몸은 오간 데 없고 마치 만삭의 산모마냥 부풀대로 부푼 배를 소유한 복부비만자로 하루하루 피곤에 절어 지내고 있었다. 피로에 지친 몸을 이끌고 집에 와서는 잠들기 전 맥주와 야식의 유혹을 이겨내지 못하였고, 주말에는 종일 침대에 누워 이리 뒹굴 저리 뒹굴 휴식을 취해 보아도 고질적인 만성피로에서 벗어나질 못했다. 계단이라도 조금 오를라치면 거친 숨을 몰아쉬어야 하는 허약 체질로 변해 배 나온 중년 아저씨의 표준 코스로 접어들려는 시기에 한 친구가 배드민턴을 같이 해 보지 않겠냐고 운을 띄웠다. 자기는 이미 전문 코치에게 강습을 받기 시작했다는 것이다.

"야, 우리나라에 배드민턴 못 치는 사람이 어딨냐? 배드민턴을 누가 돈을 내고 배워?"

지금 돌이켜보면 참으로 어리석고 창피한 생각이었지만, 사실 그때까지 내 머릿속에 배드민턴이라는 스포츠는 뒷산 약수터에서 어르신들이 즐기는 운동, 동네 골목에서 슬리퍼를 신고서도 할 수 있는 그런 종류의 운동이었다.

하지만 친구의 손에 이끌려 나간 체육관은 그야말로 신세계였다. 새벽부터 나와 비슷한 또래의 중년 남자들부터 나이 지긋해 보이는 어르신들까지 다양한 연령층으로 북적거렸다. 특히나 인상적인 것은 사람들이 저마다 화려한 배드민턴 전용 옷과 신발, 라켓으로 무장한 채 땀을 비 오듯 흘리면서도 모두 행복에 겨운 표정으로 코트 이곳저곳을 누비고 있는 모습이었다. 곳곳에서 터지는 탄성과 박수, 웃음소리가 이른 아침 체육관의 높은 천장을 우렁차게 울려 대고 있었다. 배드민턴은 그동안 내가 알고 있던 '약수터 운동', '슬리퍼 운동'이 아니었다.

나는 어린 시절부터 여러 가지 운동을 꽤나 열심히 하고 또 잘했던 편에 속했다. 그러니 배드민턴 정도는 별 배움 없이도 단숨에 잘 칠 수 있으리라는 '근자감'에 차 있었다. 하지만 70 넘은 어르신들의 화려한 테크닉 앞에서 운동신경이나 그저 조금 젊다는 것은 아무런 장점이 되지 못하였다. 번번이 힘 한번 제대로 써보지 못하고 코트 바닥에 나뒹굴며 가쁜 숨을 몰아쉬기 바빴다. 저질 체력도 형편없는 실력도 도무지 나아질 기미를 보이지 않자 결국은 코웃음 쳤던 레슨을 받기 시작했다. 레슨 코치가 코트 건너편에서 올려 주는 콕들을 끊임없이 받아 쳐야 하는 레슨은 처음에는 정말 지옥 같은 경험이었다. 금방이라도 쓰러져 죽을 것 같다는 나에게 코치는 웃으며 이런 위로(?)의 말을 건넸다.

"회원님. 레슨 받다 쓰러져 죽은 회원은 아직 아무도 없습니다."

부족한 체력부터 끌어올려야 한다는 생각에 퇴근 후에는 인근 헬스클럽에 등록하여 유산소운동과 웨이트트레이닝을 병행하기에 이르렀다. 이런 날들이 하루 이틀 지나자 나도 모르게 조금씩 내 몸에 변화가 찾아오기 시작했다. 얼마나 지났을까, 어느 날 아침 79kg의 몸무게를 가리키는 저울을 보았을 때 내 눈을 의심했다. 95Kg에 육박하여 까딱하면 세 자릿수 몸무게를 찍어 보겠구나 싶던 나의 몸무게가 줄고 있었다. 복부를 튜브처럼 감싸고 있던 지방 덩어리들이 내 몸에서 떠나고 있었던 것이다. 그 후 지금까지 몸무게 77~78Kg의 다부진 근육질 몸매를 유지하고 있다.

체중을 단시간에 좀 줄이는 것은 누구나 가능하지만, 감량된 체중을 유지하는 데에는 더 많은 노력이 필요하다. 한 주 동안 쌓인 스트레스를 풀어 버리고 싶은 욕구를 참지 못하고 주말에 들이켠 맥주와 고열량 안주에 다음날 아침 1~2kg가 불어 있는 눈금을 확인할 때면 자책하는 마음이 들곤 했다.

하지만 나는 의사이자 자칭 운동 마니아다. 내 몸 관리는 단지 체중을 유지하기 위해서가 아니다. 운동은 나이가 들어감에 따라 신체적으로 점차 위축될 수도 있는 나 스스로에게 자신감과 자존감을 부여해 주고 육체와 정신에 지속적으로 긍정적인 에너지를 공급해 준다. 의사라는 직업과 한 가정의 가장으로서 가질 수밖에 없는 스트레스를 건강하게 해소해 주고 내 삶에 활기를 불어넣어 준다.

운동을 지속하면서 인생 후반부 또 하나의 위시리스트를 가지게 되었다. 언제 이루어질지는 모르지만 은퇴 이후의 인생은 내가 직접 설계한 체육관에서 관장으로 보내고 싶다. 배드민턴, 탁구, 농구, 헬스를 원스톱으로 할 수 있는 체육관, 내가 좋아하고 잘했던 종목으로 구성해서 사람들에게 이 운동들의 혜택을 맛보게 해 주고 싶다. 지금 쓰고 있는 이 책을 마무리하고 나면 다음으로는 생활체육지도자 자격증 시험을 준비하려 한다. 멀지 않은 미래에, 그리 크지는 않지만 내용은 알차게 준비된 나의 체육관에 의사 면허증과 체육지도자 자격증을 나란히 걸어 둘 꿈을 그려 본다.

내가 배드민턴을 치는 체육관에서 잘하는 농담이 하나 있다. 한국 느와르의 새 지평을 연 〈신세계〉라는 영화에서 악역을 맡은 한 배우가 원로 선배들이 모인 자리에서 거만하게 내뱉어 유행처럼 번진 대사이기도 하다. "뭐 없냐? 살려는 드릴게."

나는 이 대사를 동호회원들에게 유쾌한 말투로 사용한다. '나와 같이 운동하다가 갑자기 쓰러지면 즉시 응급처치를 해 주겠다'는 뜻이다. 미래의 내 체육관 회원 여러분께도 들려드린다. "제 체육관에서는 걱정 말고 운동하세요. 다치면 바로 응급조치 해 드립니다."

시험 없는 공부의 참을 수 없는 즐거움

가끔 친구들과 이런저런 잡담을 하던 중에 문득 '학생 때로 다시 돌아가고 싶으냐'는 질문을 던지곤 한다. 멋모르고 뛰어 놀던 초등학교 시절 말고, 입시라는 거대한 담장을 뛰어넘기 위해 죽기 살기로 매달리던 고등학교 시절은 사실 뒤도 돌아보기 싫다. 하지만 나는 지금도 가끔 그런 시절로 돌아가는 악몽을 꾼다.

'진즉 제대해서 이제 민방위!'라고 외쳐 보지만 결국 훈련소로 다시 끌려가고야 만다는, 아니면 이등병 계급장을 영원히 떼지 못한다는, 군대를 다녀온 남자들이 평생 시달린다는 재입대의 악몽도 물론 있지만, 일관적이고 지속적으로 나를 짓누르는 악몽은 바로 의대에서 보는 시험에 관한 꿈이다.

의대의 시험 제도는 잔인하기로 악명이 높다. 그중에서도 압권은 재시험과 유급 제도. 일정 등수 안에 들지 못하면 재시험을 치러야 하고, 학기가 끝나도 진급을 못하고 같은 학년에 머물러야 한다. 2년 연속으로 유급하면 제적 조치된다. 악몽의 내용은 항상 똑같다. 준비를 못 했는데 시험을 치르게 된 상황, 도저히 답을 알 수 없는 시험지를 받아들고 식은땀을 흘리고 있는 나. 그 순간에는 '이건 꿈이야'라고 생각해도 소용이 없다. '나는 지금 의대를 졸업한 지 수십 년이 지난 50대 현직 의사거든!'이라 외쳐 봤자 악몽은 끝나지 않는다. 피로가 누적되었거나 스트레스가 심해지면 악몽의 빈도와 강도도 심해진다. 아침에 일어나 해쓱해진 얼굴로 아내를 쳐다보면, 아내는 마치 내 악몽을 다 들여다본 사람처럼 나를 다독여 준다.

하지만 나는 여전히 공부를 좋아하고 열심히 한다. 직업정신 때문이기도 하다. 최신 의학 지견을 접하고 익히면 나를 찾아오는 환자들에게 조금이라도 도움이 될 수 있으니, 즐거운 마음으로 익히고 이를 진료에 적용하고 환자들에게 설명해 준다. 물론 시험을 보지 않아서 더욱 좋다. 나를 시험에 들게 하지 않는 지금의 조건에서 나는 최대한 지적 욕구를 불태우는 중이다.

암울했던 '코로나 시대'에도 좋은 점이 있었으니, 뜻하지 않게 많은 자유 시간이 주어졌다는 것이다. 친구들과의 모임도, 직장 내 회식도, 이리저리 공적으로 불려 다니던 회의나 모임도 모두 사라지고 정말 필요한 것들은 모두 원격 온라인으로 대체되었다. 그렇게 해서 나에게 주어진 시간에 그동안 밀려왔던 지적 욕구를 채우기로 결심했다. 우선 코로나 이전 인류를 괴롭혔던 각종 전염병의 역사와 인간의 극복 과정을 알고 싶었다. 의대 시절 어렴풋이 배웠던 질병의 역사를 보다 현실적인 관점에서 알고 이해하고 앞으로의 극복 방안에 대해 고민하고 싶은 바람으로, 알베르 카뮈의 소설 〈페스트〉를 시작으로 하여 인류가 걸어온 길에 대한 궁금증을 풀 수 있는 책들 – 유발 하라리의 《사피엔스》와 《데모데우스》를 거쳐 우주와 지구의 기원에 대한 이야기가 펼쳐지는 칼 세이건의 《코스모스》 등 – 을 하나하나 꼼꼼히 읽어 나가기 시작했다. 역사, 철학, 종교 등 참으로 궁금했고 알고 싶었던 미지의 세계가 끊임없이 나를 초대했다.

초등학교 시절, 운이 좋게도 내가 사는 아파트의 대표자분께서 동네 어린이들을 위해 아파트 지하실을 개조하여 작은 도서관을 만들어 주셨다. 친구의 아버지이기도 했던 그분께 지금 이 글을 빌어 감사의 인사를 올린다. 집에는 딱히 읽을 만한 책이 없었기에 지하 도서관에 마련된 책들이 갈증을 채워 주었다. 동네에서 구슬치기며 딱지치기 등을 하다가 더 이상 놀거리가 없으면 지하실로 내려가 책을 꺼내 들었다. 나는 자연과학과 생물에 대한 책에 많이 끌렸다. 그때의 독서가 지금도 책을 읽게 하는 원동력이 되지 않았나 싶다.

어릴 적부터 궁금한 내용이나 잘 모르는 단어는 그대로 넘기지 못했다. 중년이 된 지금도 변함이 없다. 커피와 맥주를 유달리 사랑하는 내가 커피와 맥주의 기원과 유래를 그대로 지나칠 수 없는 노릇이다. 커피는 왜 커피라고 할까? 인간은 어떤 계기로 술이라는 것을 먹게 되었을까? 술은 어떤 과정을 거쳐 발전해 와 지금까지 인간을 울고 웃게 하는 걸까? 인간은 왜 가늘고 긴 국수에 열광하고, 전 세계 어디에서도 국수와 유사한 형태의 음식을 즐겨 먹는 것일까?… 등등 우리가 일상생활을 하면서 매일 경험하는 사소하고 당연한 일들과 매일 사용하는 수많은 단어들이 내 공부의 주재료가 되고 있다. 어떤 물건을 지칭하는 단어가 왜 생겨났고 오랜 역사 속에서 어떻게 변화해 왔는지를 알아내는 공부는 학교 공부를 했을 때는 전혀 느끼지 못했던 재미와 희열을 가져다 주고 있다.

나의 공부는 현재진행형이다. 물론 마감 기한은 없다. 시험도 과제물 제출도 없고 당연히 성적표도 받지 않는다. 오로지

지적 즐거움을 위한 유쾌하고 행복한 여행만이 있을 뿐이다. 알지 못하는 세계로의 여행. 코로나 팬데믹이 보태 준 내 독서 목록의 두께는 점점 더 두꺼워지고 있다. 미지로의 여행길을 비춰 주는 등불도 조금씩 환해지고 있다. 시험을 위한 공부를 하느라 미뤄 두었던, 인류가 걸어온 길을 더듬어 가는 공부는 즐겁다.

아프십니까? 저도 아픕니다

내가 가장 듣기 싫은 말 중 하나가 '의사인데 왜 아프냐'는 것이다. 질병에 대한 전문가이고 예방법과 치료법을 잘 알고 있는 의사가 아픈 것은, 마치 비만 치료를 하는 의사가 뚱뚱한 것처럼 자기 관리를 못한다는 책망으로 들리기 때문이다. 하지만, 의사로서 나의 지론 중 하나는 의사도 좀 아파 봐야 한다는 것이다. 조금 이상하게 들릴 수도 있겠지만 나는 그렇게 생각한다. 아픈 사람들을 상대해야 하는 게 의사의 숙명이다. 그렇다면 의사 자신도 좀 아픈 곳이 있고 질병으로 고생을 해 봐야 아픈 사람들의 호소에 좀 더 공감하고 귀를 기울일 수 있지 않을까.

유난히도 춥던 어느 겨울날, 여느 때와 같이 새벽 운동을 마친 후 출근하는 길에 내 몸에서 이상하고도 불길한 신호가 감지되었다. 나는 거의 10여 년 전부터 오전 6시에 문을 여는 구립 배드민턴 전용 체육관에서 운동을 하고 곧장 출근을 하는 일상을 보내고 있었다. 조그마한 온풍기 이외에는 난방도 되지 않는 체육관이어서 한겨울의 매서운 추위는 체육관 안에도 그대로 전달된다. 그럼에도 서너 게임 이리저리 코트를 휘젓고 뛰어다니다 보면 어느새 운동복과 마스크는 땀으로 흠뻑 젖는다. 출근 시간에 쫓기어 온수도 나오지 않는 샤워실에서 냉수마찰을 하듯이 대충대충 샤워를 하고 급하게 운전대를 잡았는데 얼마 후 나의 심장이 갑자기 요란한 소리를 내며 뛰기 시작했다. 현기증이 느껴졌다. 차를 세웠다. 처음에는 운동의 여파가 가시지 않은 것이겠거니 하고 몇 번의 깊은 심호흡과 안정을 취해 보았지만 날뛰는 심장은 쉽사리 가라앉지 않았다.

간신히 출근을 하고 이리저리 날뛰는 심장박동 때문에 신경이 거슬린 채로 하루를 보내야 했다. 처음에는 하루 이틀 지나면 좋아지겠지 하고 대수롭지 않게 넘어가려 했으나 다음 날도 그 다음 날도 같은 증세는 반복해서 찾아왔다. 견디다 못해 동료에게 부탁하여 심전도검사를 받았다. 결과를 받아 들고 내 눈을 의심할 수밖에 없었다. '심방세동'이라고 분명히 새겨진 심전도 판독지. 아뿔싸, 눈앞이 캄캄해졌다.

암을 진단받았을 때 처음으로 환자가 하는 반응이 '부정'이라 한다. '아니겠지, 오진이겠지' 하며 결과를 부정하고 검사를 반복하거나 무시하려는 심리적인 방어 장치. 나도 마찬가지였다. 하지만 객관적으로 측정된 결과를 부인할 수는 없었다. 수일 후 나는 의사가 아닌 환자의 입장이 되어 심장내과 교수로 재직 중인 선배를 찾아가 24시간 심전도부터 심장 초음파까지 다소 번거로운 검사의 절차를 밟게 되었다. 최종 결과를 들으러 심장내과 진료실 앞 의자에 대기하던 나는 비로소 내 진료실 밖 의자에 앉아 있는 수많은 환자들의 입장을 이해하게 되었다. 결과는 역시나 '심방세동'. 부정할 수 없는 현실이었다.

심방세동은 여러 자극에 의해 심장의 윗부분 심방이 매우 불규칙하고 빠르게 뛰어 두근거림과 어지럼증을 느끼고, 심해지면 호흡곤란 등의 증상이 나타나는 질병이다. 심방세동을 계속 방치하면 심장의 노화가 빨라져 나이가 들어감에 따라 심장 기능이 약해지는 심부전으로 이어진다. 그보다 더욱 무서운 것이, 심장 내부에서 생성된 혈전이 떨어져나가 혈관을 타고 돌아다니다 뇌혈관을 막게 되면 치명적인 뇌졸중을 겪을 수도 있다는 것이다. 심방세동 환자에게 혈전이 잘 생기는 이유는 무얼까. 소용돌이치며 흐르는 개울의 구석에 낙엽과 각종 찌꺼기가 쌓이는 것을 생각해 보면 이해가 빠를 것이다.

부정의 다음 단계인 '분노'가 찾아왔다. 심방세동은 주로 65세 이상의 고령자와 만성 음주로 심장이 약해진 경우나 당뇨와 고혈압 환자 등 만성질환자에서 주로 발병한다고 교과서에는 명시되어 있다. 나는 그 어디에도 해당 사항이 없었다. 그동안 내가 살아온, 그리 길지 않은 일생이 반추되기 시작했다. 도대체 무엇이 잘못된 건가 하는 의문이 꼬리를 물었다. 고혈압으로 일찍 돌아가신 어머니의 유전적 요인을 극복하기 위해 성인이 된 후로 몸 관리에 얼마나 많은 노력을 쏟아부었던가. 지금 50대가 되어서 금연과 절주, 매일의 운동과 체중 관리로 자타가 공인하는 몸짱이자 건강 전도사임을 자부하였던 나인데…. 인바디 검사를 하면 50대 상위 2%에 해당된다고 주변 지인들에게 자랑질을 하던 그동안의 내가 좀 부끄럽고 화가 치밀었다. 우울감이 찾아와 밤에 잠을 이루기가 어려웠다.

하지만 오래지 않아 다음 단계인 '수용'을 맞이하게 되었다. 결과를 겸허하게 받아들이고, 이를 극복하기 위해 처음부터 다시 고민하는 깊은 성찰 끝에, 고칠 것을 찾아내어 고쳐 나가야 한다는 앞으로의 실천 과제가 나에게 주어진 것이다.

우선 운동에 대한 태도를 좀 바꾸었다. 어릴 적부터 약간

강박적이고 경쟁적인 운동을 좋아했던 나였다. 심장에 무리가
갈 만한 과도한 웨이트(갑옷 같은 가슴근육과 우람한 이두박근이 내
심장을 지켜 주지는 못한다)나 1대1 단식 배드민턴 경기로 과도하
게 심박수를 올리던 자극적인 운동을 자제하고 운동 전 워밍
업과 스트레칭에 더욱 공을 들였다. 근력운동은 저중량으로
반복 횟수를 늘려 근비대보다는 근지구력 위주의 운동 방식
으로 변화를 주었다. 상체를 중심으로 해온 근력운동은 종아
리와 하체 중심의 운동으로 바꾸었고 저녁식사 후에는 러닝머
신 위에서 달리기보다는 동네를 가볍게 산책하며 몸과 마음에
안정감을 주기로 했다. 더 이상 냉수로 샤워하는 객기는 부리
지 않는다. 그리고 고심 끝에 심장내과 선배님의 권고를 받아
들여 혈전 생성을 억제하는 예방약을 매일 복용하기로 결심했
다. 행여나 심장박동이 불규칙해질 때를 대비하여 매일 출근
가방에 심장박동을 조절해 주는 약을 지니고 다니기 시작했
다. 처음에는 거북하기도 하고 약이 주는 다양한 부작용이 생
길지도 모른다는 걱정이 앞섰으나 지금은 그 당시에 비해 많이
편안해진 심장과 마음으로 변화된 나의 모습을 받아들이고 있
다. 아들이 용돈을 모아 선물한 스마트워치를 차고 다니며 평
온한 상태의 내 심장박동과 이상 느낌이 올 때의 그래프 변화
를 지속 감시하는 습관도 들이게 되었다.

그러는 사이 진료에 임하는 내 마음가짐에도 변화가 찾아왔

다. 진료실에 오는 다양한 만성질환 환자들에게 조금 더 애틋한 마음이 생기기 시작했다. 그동안 얼마나 불편하고 힘들었을까 하는 마음이다. 단지 의사가 환자에게 가지는 직업인으로서의 마음이 아니라, 만성질환을 진단받은 후 느꼈을 불안함과 고통, 매일매일 약을 먹고 식사를 비롯한 일상생활을 조절해야만 하는 환자들의 불편함을 같이 겪어 본, 그리고 반드시 함께 이겨 나가야 할 동지로서의 그런 마음이다. 나는 처방된 약을 잘 복용하지 않고 오는 환자분들에게 종종 나의 약상자를 보여주며 웃으면서 말한다. "저도 매일 약을 먹어야 하는 환자랍니다."

그리고 불편하고 힘들지만 같이 노력해 보자는 다짐도 조금 더 공고히 해 본다. 나는 심방세동이라는 질병을 이겨 내고자 한다. 아니 이기지는 못하더라도 살살 달래서 같이 공존하며 살아갈 것이다. 그리하여 내가 평안한 노후를 맞이하고 주어진 천수를 다하는 데 방해꾼이 되지 않게 할 것이다. 나는 내가 바로 만성질환자가 된 것을 굳이 부끄러워하거나 나만의 문제로 감추고 싶은 생각은 없다. 주변인들의 격려와 도움도 많이 필요한 것이 만성질환의 관리임을 잘 알기 때문이다.

질병으로 고생하는 환자분들, 많이 힘드시지요? 잘 압니다. 저도 힘든 사람입니다. 하지만 같이 이겨 낼 수 있습니다. 우리에게는 가장 소중한 나 자신의 인생과 사랑하는 가족과 함께

할 미래가 있지 않습니까?

만성질환을 진단받고 치료 중인 분들에게 드리는 고언

1. 본인의 진단을 부정하지 마십시오. 모든 치료의 시작은 사실을 객관적으로 받아들이는 인정과 수긍에서 시작합니다.

2. 주치의 선생님의 의견을 존중하고 많이 묻고 친하게 지내십시오. 대개의 의사들은 정중하게 질문을 잘하는 환자분들을 조금이라도 더 신경쓴답니다.

3. 시중에 떠도는 '카더라' 치료법을 주의하십시오. 이것만 하면, 이것만 먹으면 만성질환을 완치한다는 거의 모든 정보는 개인의 주관적 경험이거나 비과학적 신봉에서 나온 허위입니다.

4. 꾸준한 투약과 식사, 운동 등 생활 관리가 만성질환 관리의 가장 기본적이고 중요한 요소라는 사실은 변함이 없습니다. 만성질환은 당장 완치할 대상이 아니라 천천히 관리하며 일생을 조용히 같이 가는 동반자라 생각하는 게 편합니다.

5. 만성질환 관리의 궁극적인 목표는 치명적인 급성 합병증 병발을 줄이고 노후에 찾아올 후기 합병증을 예방하는 데 있습니다.

6. 최소 1주일 정도 꼼꼼히 자신의 하루 일과와 활동량, 식사 습관을 기록해 보고 이를 주치의와 상담하는 것도 좋은 방법입니다.

7. 정기적인 검진과 결과 상담은 매우 중요한 요소입니다. 검진을 통해 합병증 발생의 초기 신호를 확인하면 관리는 더욱 용이해집니다.

편리함 뒤의 고단한 노동들

　한 공항 상주 기업으로부터 직원들을 대상으로 건강 특강을 해 달라는 요청이 들어왔다. 공항에 근무하는 동안 많은 기업을 대상으로 건강 특강을 해 왔다. 주로 나의 전문 분야인 만성질환의 예방과 관리를 주제로 한 강의였다. 하지만 이번에는 강의 주제를 좀 바꾸어야겠다는 생각이 들었다. 이번에 강의를 부탁한 업체는 항공기를 정비하거나 수하물 운송 및 탑재, 하역 등의 관리를 하는 업체였고 직원들이 주로 3교대로 근무를 하며 육체적 노동을 많이 해야 하는 특성을 가진 회사였다.

공항 병원에는 근무 중 여러 이유로 다쳐 진료를 받으러 오는 상주 직원들이 많다. 업무 특성상 손목이나 어깨, 발목 등 작은 관절에 무리가 왔거나 허리에 염좌나 디스크 증세가 있어 진료를 받으러 오는 직원들도 흔하다. 화려한 공항의 이면에 상주 직원들이 육체노동으로 감내해야 하는 업무가 많은 까닭이다. 비록 정형외과나 재활의학과 전문의는 아니지만 나 역시도 과하게 운동한 탓에 관절이 성한 곳이 없고 군 복무 시절 훈련 중 부상을 당해 발생한 허리 디스크가 가끔씩 문제를 일으켜 고생을 해 오는 중이라, 평소 근골격계 질환의 특성과 예방법, 치료법등에 대해 많은 관심을 가지고 환자 진료에 임해 오던 터였다.

작업장 내에서 주로 문제가 되는 근골격계 부상에 대해 자료를 수집하고 이에 대한 예방법과 회사에서 시행할 만한 안전 조치 등에 대한 자료를 찾고 공항 근무 환경에 맞는 교육 자료를 준비했다. 강의를 준비하면서 공항뿐만 아니라 수많은 작업 현장에서 땀 흘려 일하는 수많은 노동자들의 노고와 고생을 조금이라도 이해할 수 있게 되었다.

다행인 것은 나에게 강의를 부탁한 회사의 신임 사장님은 부임하기 오래 전부터 항공 관련 전문가로, 오랫동안 내게 진료를 받아 오시던 환자이면서 나와는 환자와 의사의 신뢰 관계인 소위 '라포rapport'가 굳게 다져진 관계였다. 나보다 20년 가까이 나이가 많으심에도 나를 의사로서 굉장히 존중하고 신뢰해 주시던 분이었다. 참 좋은 기회라 생각하고 강의 자리에 가급적 임원진도 배석해서 강의를 같이 듣기를 정중히 부탁드렸다. 내 요청은 흔쾌히 받아들여졌고 강의실 앞좌석에는 나이 지긋하신 사장님 이하 임원진분들이 빼곡히 자리하게 되었다.

준비한 자료를 하나하나 꼼꼼히 설명하고 강의를 이어 나갔다. 마지막으로는 현장에서 근무하는 직원들이 그동안 하고 싶었던 질문이나 요구사항을 같이 듣고 해결 방안을 논의하는 자리를 마련해 보았다. 때마침 노조 측에서도 직원들의 안전 장비나 휴게시설 등의 개선에 대해 회사 측에 건의를 하려고 준비 중이었던 관계로 강의 자리는 이내 열띤 토론과 고민의 장으로 변했다. 근로자분들의 요구사항은 현재 지급된 허리보호대를 기능이 강화된 제품으로 교체하는 것과 낡은 휴게실을 좀 더 안락하고 편안한 공간으로 만들어 달라는 것이었다.

현장에서 강의를 경청하고 토론에 참가한 사장님 이하 임원진은 강의가 끝난 후 별도의 회의를 진행했고 이후 직원들이 요구한 사항들을 적극적으로 반영하여 개선하기로 결정했다는 후문을 듣게 되었다. 그 강의 이후 직원들이 진료를 받으러 올 때마다 휴게실에 최신 안마의자와 소파 등이 구비되었다는 감사의 인사를 받는 쏠쏠한 즐거움도 누리게 되었다.

내가 항공의학에 처음 입문했을 때 배운 교육 자료의 맨 마지막 장에 적혀 있는 영문 문구가 하나 있다. "Safety is the best consideration." 직역하면 '안전이 최고의 관심사'라는 문구이다. 나는 이 문구를 항상 기억하고 또 내 강의 마지막에 가급적 언급한다.

모든 직종이 마찬가지겠지만, 공항에서 근무하는 수많은 직원들이 보다 안전한 환경에서 근무해야 이 혜택이 결국 공항의 안전과 승객의 편안하고 안전한 여행에 직결된다는 믿음이다.

공항 활주로의 날지 않는 비행기 앞에서

하얀 헬멧을 벗자 이마에서 굵은 땀방울이 주르륵 흘러 달구어진 아스팔트 위에 떨어진다. 그늘 하나 없는 5월의 활주로는 달구어질 대로 달구어져 마치 가마솥 찜질방에 서 있는 느낌이다. 그래도 기분은 좋다. 땀을 식히며 쉬고 있는 내게 공항 구급대원 한 명이 다가와 말을 건다.

"원장님. 덥고 힘들어서 쓰러질 지경인데 뭐가 그리 기분이 좋으세요?"

4부. '공항 의사'가 사는 세상

"그러게요. 오랜만에 진료실을 벗어나 남들이 못 들어와 보는 공항 활주로에서 이렇게 훈련하니까 젊을 때 군대에서 훈련받던 생각도 나고요, 슬슬 바람이 부니 기분이 상쾌해서요. 하하하!"

나의 너스레에 구급대원의 얼굴에도 은은한 미소가 번진다. 대화를 나누고 있는 우리 뒤편으로 거대한 비행기 한 대가 화염에 휩싸여 있다. 소방차들이 둘러싸고 물대포를 쏘아 댄다. 우리가 쉬고 있는 곳까지 물방울이 날아와 뜨거운 아스팔트의 열기를 식혀 준다. 공항 활주로 위로 무지개가 뜬다.

인천공항 활주로 한 구석에는 날지 못하는 비행기가 한 대 서 있다. 거대한 몸집이 당장이라도 수백 명의 승객을 싣고 태평양을 건널 기세이지만 이 항공기는 조용히 땅을 딛고 서 있을 뿐이다. 색깔도 짙은 회색에 가까워 멀리서 보면 동면 중인 회색곰 한 마리를 보는 것 같다. 승객들이 인천공항 활주로에서 이륙을 할 때 저 멀리 활주로 한구석에 웅크린 약간 이상한 모양의 비행기를 보고 '저건 뭐지?' 하며 의아해하는 경우가 종종 있다. 일 년에 몇 번은 이 조용한 항공기도 주인공이 된다. 항공기 사고에 대비하는 훈련을 위해 특수 제작한 이 모형 항공기 주변으로 요란한 소리를 내며 헬리콥터와 각종 비상용 차량들이 몰려온다. 주변에서 화염이 솟구치기도 한다. 그 요란한 틈 속에서 각자의 임무를 나타내는 제복을 착용한 사람들이 바삐 움직인다.

여행객들의 눈에 잘 보이지는 않겠지만 공항 곳곳에서는 안전을 지키기 위한 노력이 365일 지속된다. 공항에서 좀 떨어진 곳에 위치해 비행기가 오가는 하늘길의 안전을 책임지는 공군 방공부대, 공항의 근접 주변과 터미널 안팎의 혹시 모를 다양한 상황에 대비하고 있는 공항 경찰단, 대 테러 부대, 수상한 짐이 방치되어 있다는 신고가 들어오면 바로 출동하는 폭발물 처리반(EOD), 공항 특수 경비대와 소방대, 구급대 등등 수많은 조직들이 조용히 그러나 팽팽히 긴장한 채 공항을 지키고 있다. 이들이 각자의 임무를 수행하다 가끔씩 모여 서로의 능력을 배가시키고 협업하는 훈련이 이 모형 항공기를 중심으로 이루어진다.

항공기 불시착에 이은 화재와 폭발 상황을 상정하기도 하고 테러범들이 항공기 승객들을 인질로 잡고 협상을 요구하는 상황을 가정하기도 한다. 상황은 다양하지만 내가 수행해야 하는 임무는 결국 의사로서 부상자와 관련된 부분이다. '인천공항 현장 의료조정관'이라는 이름표는 내가 공항에서 의사로 근무하는 한 계속 붙어 있을 것이다.

군복무 만기에 예비군을 거쳐 이제는 민방위에 편재된 지도 십수년이 지나 만약 전쟁이라도 난다면 하릴없는 피난민 신세가 될 수밖에 없는 처지이지만, '의료조정관'이라는 큼지막한

글씨가 새겨진 헬멧과 응급조끼를 걸치면 불길이 치솟는 모형 항공기 주변에서 공항 구급대원들과 비지땀을 흘리며 뛰어다닌다.

　나는 경기도 북부에 위치한 모 야전 군병원에서 2년간 의무병으로 복무했다. 대부분의 의대생들이 학교를 졸업하고 의사 면허시험을 통과하여 의사가 된 후 공중보건의사로 시골 보건지소에서 대체 복무를 하거나, 수련 병원에서 인턴과 레지던트를 마친 후 군의관 신분으로 군복무를 하는 것이 통상적이지만 나는 그러지 못했다. 1980년대 끝자락에 대학에 입학한 나는 당시 민주화 운동의 소용돌이 속에서 학업에 몰두하는 시간보다 광장이나 거리에서 머리띠를 두르고 시위를 하는 시간이 더 많았다. 의대는 학업에 뒤쳐지는 학생들에게 관대하지 않다. 여러 차례의 학점 미달과 유급 끝에 제적을 당한 나는 스물다섯 살 나이에 현역 입대를 하기에 이른 것이다. 당시에는 너무도 힘들었던 기억이지만 지금은 그 역시도 내 인생의 귀한 경험으로 삼고 있다.

　아무튼 내가 입대 후 배치되었던 야전 군병원에서는 전시에 대비하기 위해 '대량 전상자 훈련'이라는 것을 반복 실시했다. 전시에 적군의 포격이나 사고 등으로 다수의 사상자가 발생하는 상황에 대비하여, 의무병이 현장에 투입되어 부상자를 안전한 후방으로 이송하고 군의관의 지도하에 응급처치를 수행하는 훈련이다. 당시에는 제대하고 나면 어디에도 써먹을 일이 없을 거라 생각했던 이 훈련을 30여 년이 흐른 지금 복습하고 있는 셈이다. 군복은 가운으로, 방탄모는 하얀 안전모로 바뀌었지만 그때나 지금이나 현장에 임하는 마음가짐은 변함이 없다. 한 명이라도 더 살려야 한다는 마음 말이다. 청춘 시절 푸른 군복 속에서 흘렸던 땀과 중년 의사가 되어 하얀 가운을 입고 흘리는 땀의 가치도 다르지 않을 것이다.

아실 만한 분이 그러면 되겠습니까?

    한 남자 승무원이 진료실에 들어왔다. 머리는 헝클어졌고, 얼굴은 벌겋게 상기돼 있었다. 상의의 단추는 두어 개쯤 뜯어져 나가 있었다. 연유를 묻기도 전에 무슨 일이 있었는지 느낌이 싸하게 온다. 벌어진 셔츠 사이로 이리저리 긁혀 상처 입은 목덜미가 눈에 들어왔다. 평소 공항에서 늘 보아 오던 정갈한 옷차림과 밝은 미소는 소거된 상태다. 아직도 분이 풀리지 않았는지 진료실에 들어와 내 앞에 앉아서도 억울함과 분노와 어이없음이 뒤섞인 탄식을 내뱉는다. 소위 '진상'으로 불리는 악성 승객에게 시비가 걸리고 상해까지 입었으리라는 짐작은 너무도 당연하다. 그런데 이번에는 차원이 좀 다른 듯했다. 사정은 이러했다.

필리핀에서 한국으로 돌아오는 비행기에서 벌어진 일이다. 한 승객이 화장실을 사용하러 들어가서는 한참을 나오지 않고 있었고 다음 차례를 기다리던 다른 승객이 아무래도 화장실에서 담배 냄새가 나는 것 같다는 말을 승무원에게 전했다. 여성 승무원이 확인하기에는 무리가 있어 보여 본인이 문을 두드리고 정중히 확인을 요청했단다. 처음에는 극구 부인하던 그 승객은 갑자기 태도가 돌변하여 담배 한 대 피운 것을 가지고 지적을 한다며 이 남자 승무원의 머리채를 잡은 후 멱살을 잡고 흔들어 버렸다. 헝클어진 머리와 목덜미에 난 많은 상처들이 상황을 정확히 반영하고 있었다. 주변 다른 승객들의 제지와 승무원의 완력에 굴복한 승객은 결국 항공기가 도착한 즉시 공항 경찰대에 인계되었고 해당 승무원은 폭행에 의한 상해 진단서를 발급받기 위해 의료센터를 방문한 것이었다.

그 승객은 흡연 욕구를 참지 못해 딱 한 대의 담배를 피운 것으로 현행법상 항공보안법에 위배되어 100만 원의 과태료 처분을 받게 되었을 뿐만 아니라 승무원을 폭행한 것에 대해서도 응당한 책임을 져야만 했을 것이다.

현행법상 기내에서의 흡연은 엄격히 금지되어 있다. 다른 모든 이유를 떠나서 만에 하나 화재라도 발생하게 된다면 이는 어마무시한 결과를 초래할 수 있다. 일반적으로는 흡연 금지 구역에서 흡연을 하다가 적발이 되면 경범죄에 해당하여 십만 원의 과태료 처분을 받지만, 기내에서의 흡연은 항공보안법을 위반한 것으로 처벌 수위도 무척이나 높으니 흡연자들은 비행기가 도착할 때까지 참고 참고 또 참아야 할지어다.

실은 나도 흡연자였다. 고등학교 시절까지 천하의 모범생이었던 나는 화장실에서 몰래 흡연을 하는 또래 학생들을 발견하면 문을 막고 바가지로 물세례를 퍼붓기도 했다. 당시에 전교 회장이었던 나에게 주어진 암묵적인 권한을 과하게 사용했던 것이다. 그렇게 흡연은 천하의 나쁜 짓이라 생각하던 내가 대학생이 되자 담배에 손을 대게 되었다. 사회의 모순과 부조리에 저항했던 운동권 대학생들에게 담배는 마치 사회를 향해 내뿜는 저항과도 같았다. 깊이 들이마셔 폐부를 가득 채운 뒤 내뿜는 담배 연기는 청춘의 고뇌와도 같이 느껴졌다. 그렇게 흡연자의 길로 접어들었다. 1980년대의 사회적 분위기는 담배에 매우 너그러웠다. 마치 흡연자들의 천국에 살고 있는 것마냥 흡연자들은 어디에서고 제지를 받지 않고 담배를 꺼내 물수 있었다. 당시 우리 아버지는 가장의 권위를 보이기라도 하듯이 거실 한가운데 재떨이를 비치해 두고 흡연을 하셨고, 길거리에서건 버스 정류장에서건 커피숍에서건 흡연자들은 거칠 것이 없었다. 심지어는 시외버스 뒷좌석에서도 창문을 조금 열어 두고 흡연할 수 있을 정도였다. 지금으로서는 감히 상상도 못할 일들이다.

대학을 졸업하고 의사가 되어 대학병원에서 수련을 받는 시절에도 나의 담배 사랑에는 변함이 없었다. 지금은 기함할 노릇이지만 당시에는 새파란 전공의들이건 나이 지긋하신 교수님들이건 모이기만 하면 담배를 피워 댔다. 전공의들이 먹고 자며 생활하는 당직실은 거의 굴뚝 수준이었고 벽에 눌어붙은 담뱃진은 하얀 벽지를 누렇게 도배해 버렸다. 수술실 바로 옆의 탈의실도 예외는 아니었다. 하루에도 수차례 흡연을 자제하라는 원내 방송이 흘러나왔지만 우리 흡연자들은 딴 나라 이야기로 흘려들었다. 지금 당장 내 손가락 사이에 끼고 있는 담배 한 대의 위로가 세상 무엇보다도 크고 절실하게 느껴졌다. 밥이 먼저냐 담배가 먼저냐는 논쟁에서 어김없이 담배가 승자를 차지할 정도였으니.

공항으로 발령을 받고 나서도 나의 흡연은 멈추지 않았다. 점점 문제가 생기기 시작했다. 니코틴 부족을 알리는 신호가 스멀스멀 나의 머리를 잠식해 들어오면 인내심은 금세 바닥이 드러나고 내 앞에 앉아 있는 환자들이 거추장스럽게 느껴지기 시작한 것이다.

공항에서는 지정된 흡연실 외에는 모두 금연 구역이다. 여러 승객들과 상주 직원들이 뒤섞여 흡연을 하고 있는 공간에 하얀 가운을 입은 의사가 담배를 피워 물고 있으니 참으로 부끄러운 상황이 연출되기도 했을 뿐더러, 혹여 입에 침이 마르도록 금연 상담을 했던 직원을 마주치기라도 하는 날에는 쥐구멍에라도 숨고 싶은 심정이 되었다. 내 몸에 항상 배어 있는 담배 찌든 냄새를 가리기 위해 장갑과 마스크는 필수 장착 아이템이 되었다. 내 스스로가 부끄러워지기 시작했다.

때마침 결정적인 사건 하나가 일어났다. 흡연 욕구를 이기지 못하고 그만 의료센터에서 응급 환자를 외부로 이송하는 비상 통로에서 담배를 입에 문 것이다. 아무에게도 걸리지 않았겠지 하는 얄팍한 나의 생각은 센터로 복귀한 직후 산산이 부서져 버렸다. 나의 만행을 CCTV로 지켜보고 있던 상황실 직원에게서 전화가 걸려 왔다. "아실 만한 분이 이러시면 안 되지 않습니까?" 이 한마디에 나는 쥐구멍에도 숨지 못하는 초라한 쥐 한 마리가 돼 버렸다.

금연을 결심했다. 가정의학과 전문의로서 환자들에게 흡연의 해악과 금연의 필요성을 백 번 천 번 강조해도 모자랄 판에 정작 내가 담배를 끊지 못하고 있다니 한심하다는 생각이 들었다.

그 사건 이후로 금연한 지 10년째다. 물론 흡연의 유혹에서 완전히 벗어났다고는 장담 못한다. 지금도 시원한 어느 겨울날 희고 풍성한 연기를 뿜으며 흡연을 즐기는 주변 지인들을 보면 그 옆에서 나도 한 대 입에 물어 보고 싶은 유혹을 느낀다. 가끔은 맛나게 한 대 피우는 꿈을 꾸기도 한다. 깨어난 후에는 무의식에서라도 담배를 그리워하는 나를 책망한다.

하지만 금연이 내게 가져다 준 축복을 잘 느끼며 살아가고 있다. 담뱃값이 아무리 높이 치솟아도 나에게는 남의 나라 일이다. 입 냄새가 줄어들어 사랑하는 내 아이들에게 마음껏 뽀뽀를 한다. 외출할 때마다 담배와 라이터를 챙기는 번거로움은 굿바이, 손을 넣을 때마다 담뱃가루가 만져지는 바지 주머니를 신경쓰지 않아도 된다.

금연을 하고 나서 느낀 최고의 은총은 바로 코로 숨쉬기가 정말 편해졌다는 것이다. 해마다 10월이면 어김없이 찾아와 나를 괴롭혔던 비염 증상도 사라졌다. 코로 숨을 잘 쉬지 못해 밤새 입을 벌리고 자면서 발사하는 격한 코골이를 묵묵히 견뎌 온 아내는 비로소 평안한 잠자리를 경험한다고 칭찬해 주었다. 아침에 일어나 양치할 때마다 목을 긁듯이 뱉어 내던 가래도 사라졌다.

이제는 근무 중에도 흡연 욕구에 시달리지 않으니 한결 여유 있게 진료에 임할 수 있다. 환자와 오래 대화하면 목에 가래가 차오르는 불편한 느낌을 받곤 했는데 그것도 좋아졌다.

환자들에게 마음껏 금연에 대해 설명해 주고 금연이 가져다주는 놀라운 혜택을 맛보라는 충고도 자신 있게 하게 되었다. 모두가 알고 있는 폐암 예방 효과와 심혈관계에 대한 설명으로는 환자를 설득하기에 부족하고 식상하다. 나를 괴롭히던 불편함이 하나씩 잦아드는 즐거움들을 직접 맛보게 해야 한다. 그래야 금연을 지속할 수 있다. 지금 받고 있는 이 '금연의 은총'은 누가 나에게 선물한 것이 아니다. 오롯이 내가 나에게 준 선물인 것이다.

많이 걸으라고요? 나더러?

"강의를 시작하기 전에 퀴즈를 하나를 내겠습니다. 정답을 맞히시는 분께는 눈이 번쩍 뜨일 상품을 드리겠습니다."

조금은 어수선하게 잡담이 오고가던 강의실이 일순간 조용해졌다. '눈이 번쩍 뜨일 선물'이라는 말에 강의실에 모인 50여 명 공항 상주 직원들의 눈동자가 동그랗게 변하며 나의 질문을 기다리고 있는 게 보인다. 이럴 땐 조금 뜸을 들이는 게 좋다. 마음속으로 3초 정도를 센 후 문제를 낸다.

"우리 인천공항에는 수많은 직종의 사람들이 어울려 각자의 업무를 수행하고 있습니다. 자, 그럼 그중에서 하루에 가장 많이 걸어 다니는 분들의 직종은 무엇일까요?"

'건강 강좌'이니 조금은 의학적인 질문이 나올 거라 기대했는데 뜻밖인 듯한 반응이다. 그것도 잠시, 이곳저곳에서 서로 의견을 주고받는 수군거림이 들린다.

"공항 특수경비대 직원들 아닙니까?"

"시설 정비업체분들 아닙니까?"

"환경 관리 직원들 아닙니까?"

상품의 유혹은 크다. 이곳저곳에서 서로 손을 들고 정답이기를 바라는 마음으로 저마다 생각한 답들을 외쳐 댄다.

"하하하! 모두 그럴듯합니다. 정답은 강의가 끝날 즈음에 말씀드리겠습니다. 끝까지 잘 들어주시고 마지막에 정답을 맞힐 기회를 한 번 더 드리지요."

정답 발표에 뜸을 좀 들여야 내가 준비한 건강 특강을 끝까지 잘 경청할 거라는 생각에 애교 삼아 꼼수를 좀 써 본 것이다. 내가 생각하는 좋은 강의는 우선 내용이 듣는 사람들에게 유익한 행동 변화를 유발할 수 있어야 한다는 것이다. 이 필수 조건 위에 강사의 유머와 위트가 더해져 청중들과 충분한 소통이 이루어지면 좋다. 어렵게 시간을 낸 만큼 서로 주고받는 의견이 있어야 한다. 그러려면 서로에게 집중해야 하고, 이때 강사가 준비한 작은 선물이 화룡점정의 효과를 발휘한다.

인천공항의 운영을 총괄하는 공항공사의 주관으로 매년 2 박3일간 시행하는 '공항 한 가족 워크샵'이라는 행사의 마지막에는 꼭 건강 관련 특강이 있다. 공항 상주 직원들의 전반적인 건강 상태를 잘 알고 평소 많은 상주 직원들을 진료해 오고 있는 내가 강의를 하는 것이 조금 더 실질적일 것이라는 기대감 때문인지 심심치 않게 특강을 해 달라는 요청이 들어오곤 한다. 물론 강의료가 싼 것도 큰 장점이리라. 대학병원 의사들은 외부 특강을 나갈 때 소위 '김영란 법'에 적시되어 있는 범위 내의 강의료를 받아야 하니까 말이다.

이름만 대면 알 만한 유명한 강사들이 즐비한 세상에서 특별하게 준비된 강의를 맡는다는 것이 처음에는 영광이기도 하였지만 그만큼의 좋은 강의 자리를 만들어야 한다는 부담감이 몰려왔다. 어떤 주제를 가지고 어떤 방식으로 재미있고 유익한 강의를 만들어 나갈지 신중히 고민하기 시작했다.

상주 직원들의 상당수는 의료센터에서 건강검진을 받고 나는 그 결과를 관리해 왔다. 우선 그동안 축적된 직원들의 건강검진 데이터를 분석해 보기로 했다. 간기능 이상, 고혈압, 당뇨, 비만, 이상지질혈증 등 중년을 넘긴 직원들이 걱정하거나 궁금해하는 항목들을 정리해 보았다. 많은 후보들 중에서 점차 유병률이 높아지고는 있지만 만성질환으로 별다르게 인식하지 못하고 적극적으로 개선해 나가지 않는 문제 중 하나인 이상지질혈증을 우선 강의 주제로 선정했다.

"콜레스테롤이라고 하면 무조건 몸에 좋지 않다고 생각하기 쉬운데 여러분이 검진 후에 받아 보는 결과지를 유심히 살펴보시면 콜레스테롤에도 여러 종류가 있다는 것을 눈치채실 겁니다."

"그중에서도 고밀도 콜레스테롤HDL은 우리 몸에 누적된 좋지 않은 지질을 몸 밖으로 운반하여 '혈관 청소부'라는 별명이 붙은 유익한 콜레스테롤입니다."

바로 질문이 하나 들어온다. "원장님, 그러면 몸에 좋은 콜레스테롤을 늘릴 수 있는 좋은 방법이 있습니까?"

"참 좋은 질문입니다. 좋은 질문에 대한 감사로 선물을 하나 드리지요."

즉석에서 전달된 작은 봉투에는 공항 커피숍의 쿠폰이 한 장 들어 있다. 역시 선물의 힘은 크다. 질문자가 많아진다. 준비한 봉투가 몇 개나 남아 있는지 머릿속으로 헤아려 본다.

"제가 의대생 시절 고지혈증 강의를 하셨던 내과 교수님께서 '가벼운 술 한 잔과 많이 걷는 것이 몸에 좋은 콜레스테롤을 늘리는 가장 좋은 방법'이라고 하신 것을 너무 과대 해석해서 친구들과 한 잔 두 잔 결국은 만취될 때까지 술을 먹고 집까지 걸어가다가 탈진하기 직전까지 간 적도 있습니다. 고삐

풀린 망아지 같았지요."

ㅋㅋㅋㅋㅋ! 웃음이 터져 나온다.

"하루에 30분 이상, 일주일에 4회 이상, 하루 8천보 정도의 가볍고 경쾌한 걸음의 유산소운동과 적색 포도주 반 잔 정도라고 알려져 있지만, 우리나라에서는 포도주를 그 정도만 마시고 술잔을 내려놓는 분들이 거의 없기 때문에 의사들이 술 이야기는 안 하는 경향이 있습니다."

나의 대답에 나이가 좀 있어 보이는 여성 직원분이 조금은 어두운 표정으로 질문을 던진다.

"원장님. 저는 공항에서 일하는 미화원입니다. 저를 비롯한 환경미화원들은 종일 공항 구석구석을 돌아다니느라 하루에 적어도 2만보 이상을 걸어 다니는데 그럼 고지혈 걱정은 하지 않아도 되는 겁니까?"

순간, 잠시 과거의 어느 진료 장면으로 돌아간 듯한 느낌이었다. 공항 진료 초기에 한 상주 직원하고 상담할 때의 생각이 갑자기 떠올랐다. 정기검진을 마치고 결과를 상담받으러 온 60대 여성 직원. 검진 결과는 복부비만과 고지혈증을 나타내고 있었다. 나는 좀 심드렁한 태도로 결과를 설명하면서 "많이 걸으셔야 해요. 음식은 기름지지 않게 드셔야 합니다. 간식은 삼가시고요."라며 나름의 충고를 시작했다. 내 이야기를 듣고 있던 환자의 얼굴이 이내 어두워졌다.

"선생님, 제가 공항에서 청소 일을 하면서 하루 2만보가 넘게 걸어 다닙니다. 얼마나 더 걸어야 하나요? 그리고 밥도 직원 식당에서 나오는 대로 먹어야지 골라 먹을 형편이 아닙니다. 퇴근하고 집에 가서 밀린 집안일도 하고 나면 지쳐서 쓰러지기 일보직전인데 운동을 더 하라니요."

환자의 원망 섞인 말투가 내 심장에 비수처럼 날아들어 왔다. 일순간 정적이 흐르고 나의 머릿속은 하얗게 비어 버렸다. 입은 굳게 다물어져 다음으로 준비한 말은 내뱉을 수도 없었다. 내 앞에 앉아 진료를 받는 환자에 대해 아무것도 모르면서 그저 교과서에 나온 몇 가지 문구를 읊으려 하고 있었던 것이다. 의사인 내가 한심하고 부끄럽게 느껴졌다. 인천공항의 주치의가 되어 보겠노라 청운의 뜻을 품고 시작한 자칭 '공항 의사'라는 사람이 공항에서 근무하는 직원들의 삶의 모습도 모르면서 그들에게 감히 건강에 대해 남들이 다 알고 있는 일반적이고 교과서적인 충고만을 늘어놓으려 했던 것이다.

부끄러움은 반성으로 이어졌고 반성은 새로운 시작의 거름이 되었다. 그때까지 머릿속에 가지고 있던 질병 예방과 생활 습관 교정에 대한 지식들을 하나하나 꺼내 다시 분석하고 재정비하기 시작했다. 공항 상주 직원들의 직종별, 나이별, 성별로 가장 많이 문제가 되는 질환들에 대한 자료들을 좀 더 현실성 있게 살피기 시작한 것이다. 천편일률적인 상담과 충고로는 상주 직원들의 마음을 사로잡고 그들의 행동을 교정하고 질병을 예방하거나 치료를 이어 나갈 수 없었기 때문이다.

야간 근무 후 퇴근할 때 팀별로 아침식사 겸 음주를 많이 하는 직원들에게는 술자리 횟수를 1주 1번이라도 줄이고 남는 시간을 운동에 투자하도록 설득했다. 보안이나 청소 등 업무상 많이 걸을 수밖에 없는 직원들은 가볍고 쿠션이 좋은 신발을 신도록 하고, 걸을 때는 운동하듯이 경쾌하게 걷고 계단에서 중간중간 스트레칭하는 법을 교육했다. 무거운 물건을 많이 다루는 직원들에게는 근골격계 손상을 예방할 수 있는 자세를 설명했다. 의자에 오래 앉아 근무하는 사무직 직원들에게는 의자에 앉아서 할 수 있는 하체 근력운동을 알려주고 공항 곳곳에 있는 산책 코스를 소개하며 운동화를 사무실에 비치해 두고 점심시간에 식사 후 30분 정도는 산책하는 것을 일상화하라고 강조했다. 점심식사 후 공항 곳곳에서 운동화를 신은 직원들이 삼삼오오 산책을 하다가 나를 보고 반갑게 인사하는 모습이 늘어나는 것이 나에게는 큰 보람과 즐거움이 되었다.

다음은 커피 섭취에 대한 상담의 일례이다.

"환자분, 하루에 대여섯 잔씩 습관적으로 마시는 믹스커피 양이 너무 많습니다. 저도 믹스커피의 달달함과 정신이 맑아지는 느낌을 알지만 믹스커피 한 봉지에 들어간 흰설탕의 양이 생각보다 많습니다. 하루 한 잔 이상은 즐기지 마시고 아메리카노로 천천히 바꾸세요. 쓰다고 액상시럽을 첨가하는 일은 절대 없도록 하시고요. 우리 국민이 평균적으로 하루에 섭취하는 당류가 30g이 넘는다고 합니다. 특히 당뇨가 있는 환자분은 아무리 좋은 약을 먹어도 당 조절이 잘 되지 않는 이유 중 하나를 차지합니다."

"탄산음료는 탄산수로, 믹스커피는 블랙커피로 바꾸는 노력이 당 섭취를 줄일 수 있고 환자분의 당뇨 치료에 많은 기여를 할 겁니다."

"처음에는 힘들겠지만 시간이 지나 익숙해지면 자신감이 생기실 겁니다."

이런 상담들이 차곡차곡 쌓여 점차 공항 직원들의 입에서 입으로 퍼지면서 나는 공항 직원들을 잘 이해하는 의사라는 타이틀을 달게 되었다.

직원들을 상대로 하는 강의는 수강자들의 관심과 큰 박수 속에 나름 성공적으로 마감할 수 있게 되었다.

'어느 직종이 하루에 가장 많이 걸을까요?' 하는 문제는 사실 고지혈증과 관련해서 관심을 끌기 위한 떡밥이었고 그 질문의 정답은 '골프장 캐디'분들이었다. 하루 평균 3만보 이상을 걷는다 하니 놀라울 따름이다.

참, 정답자에게 주려고 내가 준비한 상품은 원하는 부위에 대한 초음파 검진권이었다. 강의가 끝난 후 며칠이 지나 찾아온 정답자에게 복부와 갑상선에 대한 초음파 검사를 꼼꼼히 해 주는 것으로 나의 강의는 마무리되었다. 이런 강의가 공항 직원 서로 간에도 서로의 고충을 이해하는 공감의 장이 되어 가고 있다는 것을 느낀다. 쑥스럽지만 자랑 좀 하자면, 강의 후에 시행하는 강사 평가에서도 수 년 동안 1위 자리를 내준 적이 없었고 강의 후에는 일부러 찾아와 상담을 요청하는 직원들도 부쩍 늘어났다.

하지만 아직도 많이 부족하다. 내가 상대하는 공항 직원들의 일상을 정말 충분히 잘 이해하고 있는가 하는 의문은 항상 가지고 있다. 내가 진료실에서 마주하는 그들의 이야기와 아픔에 대해 조금 더 귀를 기울일 필요가 있다. 사람들이 의사에게 '선생님'이라는 호칭을 붙여 주는 이유는, 의사에게는 상대하는 사람들의 아픔을 이해하고 그들을 설득하고 교육하여 질병의 고통으로부터 조금이라도 떨어져 살게 해야 하는 교육자의 임무가 있기 때문이라 생각한다. 나는 의사 면허를 교부받은 순간 나에게 주어진 임무에 최대한 충실한 삶을 살아가야 하는 의무 또한 부여받은 것이다.

어느 전공의의 편지

몇 해 전 스승의 날, 평소와 다름없이 진료를 하고 있는 중에 의료센터로 택배 하나가 왔다. 의료센터로 파견근무를 나오는 본병원의 전공의들을 수련시키는 입장에서 스승의 날이 되면 으레 받는 카네이션과 작은 선물이거니 했지만 발신자를 보니 누구인가 단박에 떠오르지 않는 이름이었다. 궁금증을 한가득 품고 열어 본 택배 상자에는 카네이션 한 다발과 작은 편지봉투가 들어 있었다. 조심스레 편지봉투를 열고 편지를 꺼내 읽었다. 나는 무릎을 탁 치며 그 편지의 주인공 얼굴을 떠올릴 수 있었다. 정성스런 손글씨로 쓴 내용을 읽어 나가던 나의 얼굴에 흐뭇한 미소가 번졌다.

편지의 주인공은 수년 전 공항에서 수련을 마치고 지금은 자신의 고향인 전라도로 돌아가 개원을 한 가정의학과 후배이 자 제자였다. 나와는 몇 살 터울이 지지 않아 사적인 자리에서 는 '형, 동생' 하자고 누차 설득하였으나 그 전공의는 끝내 '형' 이라는 정겨운 말 한마디를 하지 못했었다.

"원장님, 건강하게 잘 지내고 계시지요? 전공의 생활을 마치 고 부랴부랴 고향에 내려와 개원을 준비하며 정신없이 지내다 보니 안부를 잘 여쭙지 못해 죄송합니다. (중략) 제가 원장님의 진료실 뒷자리에 앉아 원장님이 환자분들을 대하시던 태도나 설명해 주시던 내용들을 지금 개원하고 나서 환자들에게 쓰고 있습니다. 평소에 잘 쓰시던 몇 가지 비유들도 그대로 환자들 에게 해 주니 좋아하더군요. 저작권 등록은 해 놓지 않으신 걸 로 알고 앞으로도 계속 잘 사용하고 저도 내용을 좀 더 풍성하 게 연구하고 개발해서 환자들에게 이롭게 사용해 보겠습니다. 의료센터에서 밤을 새며 환자들을 보던 기억이 새록새록 나고 가끔은 그립기도 하답니다. 잘 가르쳐 주셔서 감사합니다."

여러 교육 방법 중에 가장 효과적인 방법은 일대일 교육이 라고 생각한다. 의료센터로 파견 나와 야간에 당직근무를 서 는 본원의 가정의학과 전공의 후배들에게 내가 해 줄 수 있는 최선의 교육 방법으로 선택한 것이다. 진료실 내 자리 바로 뒤에 앉아서, 내가 환자들을 맞이하고 그들의 아프고 힘든 점을 들어주고 그들에게 투약을 비롯한 해결 방법들을 제시하고 진료를 마치고 환자가 진료실 문 밖을 나갈 때 인사를 하기까지 모든 모습을 지켜보게 하는 것이다.

"환자분, 제 뒤에 앉아 계신 선생님은 바로 우리 센터에서 야간에 환자분들을 돌봐 주시는 전공의 선생님입니다. 제가 환자분을 진료하는 모습을 참관시키고 교육하는 것에 대해 양해를 해 주신다면 감사하겠습니다."

행여나 환자분들이 어리둥절하거나 불쾌해하는 것을 막기 위해 매번 양해를 구한다. 대부분의 환자분들은 나의 정중한 부탁에 흔쾌히 진료 참관을 허락해 주신다. 전공의와 함께하는 진료는 사실 나에게는 부담스러운 일이다. 환자분이 들어올 때 인사도 평소보다 좀 더 유쾌하고 정중하게 해야 하고 환자분을 문진하고 진찰할 때에도 그야말로 FM대로, 교과서적으로 해야 한다는 압박감이 든다. 항상 진료가 유쾌하게 마무리가 되는 것만은 아니기에 행여 환자분과 언쟁이 생기거나 하면 나는 마치 치부를 들켜 버린 사람처럼 뒷머리가 달아오름을 느끼기도 한다.

"환자분. 당화혈색소 검사는 당뇨 조절이 잘 되고 있는지 알아보는 매우 중요한 검사입니다. 학생 때 일 년에 네 번 정도 중간고사, 기말고사를 치른 기억이 있으시지요? 당화혈색소도

석 달을 주기로 변동이 되니 가급적 석 달에 한 번 정도는 시험을 치르도록 하겠습니다. 성적이 나오면 채점을 해서 칭찬이나 격려, 혹은 야단을 칠 수도 있으니 잘 준비해 주시기 바랍니다."

적절한 비유를 곁들여 설명을 하고는 내 스스로 나를 대견해하며 슬쩍 전공의를 돌아다본다.

"환자분, 목이 많이 부었네요. 이럴 때는 너무 뜨거운 물이나 찬물은 인후에 자극이 될 수도 있으니 미온수를 조금씩 자주 마시는 게 좋습니다. 집에 혹시 꿀이 있으시면 꿀물을 드시면 좋은데 혹시 꿀물 타기 좋은 온도는 아시는지요?"

환자분에게 가벼운 질문을 던지며 슬며시 내 뒤에 앉아 있는 전공의를 바라본다. 그의 눈동자는 답을 모른다고 말하고 있다. 의학 교과서에 꿀물 타기 좋은 물의 온도가 나와 있을 리 만무하니까.

"꿀의 여러 가지 항염증 효능을 제대로 누리시려면 절대 뜨거운 물은 안 되고요. 약 40도 이하의 물에 중탕으로 타신 후 얼음을 좀 띄워 빨대로 살살 빨아서 조금씩 드시면 제가 드린 약과 함께 좋은 효과를 보실 수 있습니다."

의사의 설명과 교육은 교과서처럼 정확해야 하지만 환자의 일상생활에 맞게 구체적이고 풍부하고 현실적이어야 한다는 생각이다. 진료실 문밖을 나서면 의사와의 대화나 의학 용어의 절반 정도는 머릿속에서 지워지는 것이 너무도 당연하기 때문에 중요한 검사 결과나 문구는 꼭 메모지에 적어 드리고 다음 번 방문 시에 숙지되었는지를 확인하는 것도 중요하다고 가르친다.

검진 결과를 설명해 줄 때에는 꼭 색색의 볼펜과 형광펜을 사용해 환자의 검사 결과지에 색색의 글자를 수놓아 준다. 무시할 만한 결과에는 검은색 가위표로, 향후 천천히 다시 확인해 보아야 할 결과에는 파란색 세모표로, 당장 추가 진료가 필요하거나 투약이 필요한 결과는 빨간색 형광펜으로 밑줄 쫙! 학습지 '빨간펜 선생님'을 나도 따라하는 중인 것이다.

편지를 보낸 전공의 선생은 이제 어엿한 개원의가 되어 자기가 태어난 고향땅에서 지역 주민들의 존경받는 주치의가 되기 위해 부단히 노력하고 있다 한다. 물론 내 진료실 의자 뒤에서 내가 환자들에게 행하였던 반가워하는 인사와 알아듣기 쉽고 잘 기억에 남는 표현들을 그대로 써먹고 더 창의적으로 개발하고 있다 하니 의사이자 교육자로서 이만한 기쁨이 더 있을 수 없다. 교과서에 적혀 있는 어려운 의학 용어를 환자들에게 정확하지만 친근하고 이해하기 쉽게 설명하고 기억하게 하는 것이 의사가 '선생님'이라 불리는 또 다른 이유이지 않을까 한다.

오늘도 알기 쉽게 이해시키는 언어의 비법을 연구한다. 환자분들의 귀에 쏘옥, 머리에 꽈악 박혀 잘 지워지지 않을 찰진 의학 해설을 위해. 이만하면 잘 살고 있지 싶다. 한때 '의과대학 유급생' 신호철, 당신 말이다.

닫는 글

공항으로 간 낭만 의사

ⓒ신호철, 2024

2024년 5월 8일 1판 1쇄 펴냄

지은이 신호철

편집 김장성

디자인·그림 홍윤이

공동기획 두프레임(주)

펴낸이 김장성

펴낸곳 저상버스 경기도 고양시 덕양구 청초로66 B동 312호

전화 070-8797-1656 전송 02-6499-1657 이메일 nobarrierso@naver.com

ISBN 979-11-92102-28-3 03340

저상버스는 이야기꽃의 인문교양 브랜드입니다.

저상버스는 세상의 부당한 문턱을 낮추고자 합니다.